Le château des secrets

Chère lectrice,

En ce début d'été, la passion est au rendez-vous et vos héros de ce mois passent sans transition de l'euphorie au désespoir. Car on peut vraiment dire qu'aucun coup de théâtre ne leur est épargné ! Lady Marian, d'abord, est bouleversée quand le hasard remet sur son chemin le chevalier de Wilmont, son premier amour. Mais, très vite, son plaisir se mue en angoisse car elle sait bien que ces retrouvailles fortuites au *Château des secrets* ne seront pas sans conséquences. Découvrez vite cette dernière partie de la saga médiévale de Shari Anton, Les mariés de la Couronne... A la même époque, mais dans un tout autre contexte, lady Rhian, l'héroïne du *Dragon d'améthyste*, passe elle aussi du rire aux larmes. Certes, tomber amoureuse de l'homme que le roi lui a choisi pour escorte n'est pas un drame — à ce détail près qu'elle est sur le point d'épouser quelqu'un d'autre ! Quatre siècles plus tard, lady Pénélope, *La demoiselle d'honneur* de la reine Elizabeth, s'éprend d'un séduisant courtisan... qui se trouve être aussi l'ex-fiancé de sa sœur ! Une fâcheuse coïncidence qui va leur attirer bien des ennuis. Cette première partie de la palpitante saga élisabéthaine coécrite par Paula Marshall et Anne Herries vous entraînera dans les coulisses de la Cour, en 1558. Plus tard, en 1815, Miranda, l'héroïne du *Masque et l'ombrelle*, ne sait pas davantage à quel saint se vouer. Car comment être heureuse auprès d'un mari qui, pour de mystérieuses raisons, se montre tantôt charmant, tantôt glacial ? Toujours sous la Régence anglaise, lady Angelina et son cousin Frederick éprouvent l'un pour l'autre une tendre inclination. Mais les choses se gâtent quand tous deux découvrent que leurs parents respectifs leur ont légué un *Scandale en héritage*...

Enfin, le 1er juillet, ne manquez pas le nouveau titre des Grands Romans Historiques, *Le ruban et l'épée*, de Jennifer Blake.

La responsable de collection

SHARI ANTON

Le château des secrets

LES HISTORIQUES

éditions Harlequin

Cet ouvrage a été publié en langue anglaise sous le titre :
KNAVE OF HEARTS

Traduction française de
PHILIPPE BARBIER

83-85, boulevard Vincent-Auriol, 75013 PARIS — Tél. : 01 42 16 63 63
Service Lectrices — Tél. : 01 45 82 47 47
ISBN 2-280-17579-7 — ISSN 1159-5981

À cette époque...

Ce roman médiéval se déroule en l'an 1109 sous le règne d'Henry Ier, troisième fils de Guillaume le Conquérant. Henry passait pour énergique et instruit, surtout dans le domaine juridique. D'ailleurs, il s'était rendu populaire dès son couronnement en accordant une charte où il s'engageait à «abolir les mauvaises coutumes» introduites par son frère Guillaume Rufus – son prédécesseur sur le trône qui détestait les prêtres et blasphémait avec plaisir –, à ne jamais laisser vacants les bénéfices ecclésiastiques et à ne plus lever d'impôts féodaux irréguliers. Par la suite, il épousa une femme de sang royal anglais, Edith, fille du roi d'Ecosse et descendante d'Aethelred, roi saxon de Mercie (l'Angleterre ancienne était en effet divisée en trois royaumes : Mercie, Wessex, et Northumbrie). Ce mariage « indigène » suscita l'ironie des nobles normands qui, parodiant l'étrangeté des noms saxons, surnommèrent le roi et la reine Godric et Godgifu, mais provoqua l'enthousiasme du peuple anglo-saxon qui se plut à nommer le fils aîné du roi l'*Atheling*, d'après le nom que leurs ancêtres donnaient au fils premier né du couple royal.

Prologue

Londres, au mois d'avril, en l'an de grâce 1109

Depuis son arrivée à Westminster, Stephen aurait donné cher pour sortir Richard, son demi-frère, de l'humeur morose dans laquelle il le voyait plongé. Il s'y était efforcé, sans succès — sans doute parce qu'il était en partie responsable de la situation fâcheuse de Richard, pour s'être lui-même confronté à Henry Beauclerc. En s'emportant contre le roi, il n'avait, en effet, rien fait d'autre qu'envenimer les choses.

Une coupe de vin vide à la main, il se laissa tomber sur un siège de la chambre richement décorée du palais de Westminster réservée à la famille Wilmont, et laissa glisser la coupe jusqu'à l'extrémité de ses doigts, où elle resta en suspension.

Le front barré d'une ride, Richard fronçait ses sourcils blonds d'un air maussade, mécontent d'avoir été forcé par la couronne d'accepter de prendre en tutelle la veuve et l'orphelin du plus grand ennemi de la baronnie de

Wilmont, un seigneur félon qui avait été à deux doigts de lui ravir la vie.

Stephen n'arrivait toujours pas à comprendre pourquoi les événements avaient pris une telle tournure. Cependant, le roi demeurant inflexible, son frère et lui n'avaient pas d'autre choix que de s'accommoder de la nouvelle situation, même si elle n'était pas tout à fait à leur goût. Elle imposait notamment que Stephen, toutes affaires cessantes, s'embarquât le lendemain matin pour la Normandie. Là, il aurait pour mission d'estimer l'étendue de l'héritage du jeune Philip, le pupille de Richard, et de s'assurer que sa parenté ne menaçait aucunement ses intérêts.

Or Stephen, qui ne comptait pas être de retour avant cinq ou six semaines, ne disposait que d'une nuit pour confirmer ses officieuses fiançailles avec une jeune héritière, Carolyn de Grasse, qui l'attendait dans une chambre, à un étage inférieur du palais.

S'approchant de son frère, Stephen lui donna une tape affectueuse sur l'épaule :

— Va te reposer ; nous nous verrons demain.

— Toi, essaie de ne pas te mettre dans de mauvais draps.

Stephen ne releva pas le jeu de mots de son aîné. Il était habitué aux critiques de ses frères, qu'il s'agît de Richard ou, surtout, de Gerard, le puissant baron de Wilmont, et le chef de famille. Il ne se vexait pas des reproches qu'ils lui adressaient quelquefois, sachant qu'ils n'avaient en vue que son intérêt ; mais il aurait préféré qu'ils ne saisissent pas chaque occasion pour lui rappeler qu'il avait une fâcheuse tendance à agir selon sa fantaisie, sans tenir compte des conséquences de ses actes.

Ses frères, au contraire, étaient d'excellents pères de famille, conscients de leurs responsabilités, soucieux d'accomplir leurs devoirs et aussi éloignés que possible de toute forme de dilettantisme.

Décidant, au dernier moment, de réagir à la remarque de Richard, Stephen lui lança :

— Explique-moi en quoi je pourrais me faire du tort en passant la nuit en compagnie de celle que j'ai choisi d'épouser ?

Pour la première fois depuis le lever du jour, un sourire s'esquissa sur les lèvres de Richard.

— Tu pourrais, par exemple, la décevoir...

— Ne t'inquiète pas pour moi. Je n'ai jamais failli à ma mission, dans ce domaine. Je peux même t'affirmer, sans vantardise, que j'ai toujours satisfait les jeunes femmes qui sollicitaient mes caresses.

Richard eut un toussotement incrédule que Stephen feignit d'ignorer.

— Il est temps que j'aille rejoindre ma fiancée. Il ne faudrait pas la faire attendre pour ce deuxième rendez-vous d'amoureux...

— Tiens ? C'est nouveau, cela. Depuis quand es-tu fiancé à cette fille ?

— Accorde-moi juste cette soirée et, demain, elle me suppliera de devenir ma femme.

— Tu ne manques pas de présomption ! dit Richard en riant. Bonne chance tout de même.

Heureux d'avoir réussi à rendre sa bonne humeur à son frère, Stephen le quitta et, empruntant passages et escaliers, se dirigea vers la chambre où il comptait sceller la promesse de mariage qu'il avait échangée avec Carolyn de Grasse.

Il aurait été plus rassuré de laisser Richard en compagnie de Gerard ; mais, le baron n'étant pas, en ce moment, dans les meilleurs termes avec Henry Beauclerc, il avait jugé plus habile d'envoyer ses deux frères à la cour pour tenter de rentrer dans les bonnes grâces du souverain.

Contraint de séjourner à Westminster, Stephen, tout en observant de près les intrigues du palais et en s'efforçant de plaire au roi, n'avait pas oublié de recenser les jeunes héritières.

Un homme de sa condition se devait de prendre femme pour s'assurer une descendance à laquelle léguer ses biens. Il était fermement décidé à accomplir ce devoir, mais de la façon qui lui convenait. Or, Carolyn de Grasse était, pour lui, l'épouse rêvée.

Agée de vingt-sept ans, alors qu'il n'en avait lui-même que vingt-deux, elle venait d'être veuve pour la seconde fois et n'avait toujours pas enfanté. Elle espérait trouver un mari qui fût à la fois bon géniteur et amant habile, et qui, de surcroît, ne fût pas constamment sur son dos. Elle avait l'intention, en effet, d'administrer elle-même les biens que lui céderait bientôt un père malade, et souhaitait pouvoir parcourir ses terres sans être soumise à la surveillance d'un mari possessif et jaloux.

Stephen ne doutait pas de combler l'attente de la jeune femme. Il l'avait quittée, le matin même, émue et langoureuse, étendue dans le lit qu'ils venaient de partager, et avait l'assurance de réitérer, cette nuit, son exploit.

Lorsqu'elle serait pleinement satisfaite, il lui ferait part du voyage qu'il se voyait obligé d'accomplir en France, et exigerait d'elle la promesse de repousser toute demande en mariage jusqu'à son retour en Angleterre — où alors, sans délai, il demanderait sa main à son père.

Les matines sonnaient aux cloches de l'abbaye... Minuit... C'était l'heure où il était convenu qu'il retrouvât Carolyn...

Il arrivait, justement, devant la porte de sa chambre, à laquelle il frappa doucement, prononçant à mi-voix le nom de la jeune femme. Comme il n'obtenait aucune réponse, il souleva le loquet et ouvrit la porte...

La flamme d'une chandelle répandait autour d'elle une faible lumière, suffisante, toutefois, pour discerner chaque meuble et chaque objet. Il aurait cru que la pièce était vide s'il n'avait distingué une forme humaine, pelotonnée sous la courtepointe qui recouvrait le lit.

Il n'était pas de très bon augure que Carolyn se fût endormie. Stephen s'était attendu à ce qu'elle fût éveillée et impatiente de le voir arriver...

Enfin... Elle n'avait pas verrouillé sa porte, avait laissé une chandelle allumée et l'attendait dans son lit...

Stephen entra sans bruit, se retourna pour tirer le verrou puis se débarrassa de son bliaut et de sa chemise, qu'il jeta à même le sol. Il venait à peine de s'asseoir sur le seul tabouret de la chambre et retirait ses souliers en cuir de Cordoue, quand un petit cri étouffé s'éleva dans la chambre...

Nu jusqu'à la ceinture, ses souliers à la main, Stephen regardait, ébahi, la jeune femme dressée sur un coude. Elle avait les cheveux blond cendré, et non auburn comme Carolyn, et son teint était plus mat...

Il reconnaissait ce joli visage dont les yeux gris le considéraient avec une expression stupéfaite. Il ne l'avait pas vu depuis cinq... Non, déjà six ans !

Marian de Lacy.

Il avait perdu son innocence avec elle, dans les écuries

de son père. Elle était toute jeune et vierge, et s'était donnée à lui avec l'élan sauvage et sensuel de la jeunesse. Ils s'étaient étreints plusieurs fois, avec passion et une certaine rudesse, dans le secret des balles de foin...

— Marian..., dit-il dans un souffle.

Elle jeta un regard à la porte fermée et aux vêtements de Stephen éparpillés sur le sol.

— Stephen... Que faites-vous ici ?

— Je... Eh bien...

Malgré les nombreuses années qui s'étaient écoulées depuis leur rencontre, il craignait de s'attirer les foudres de la jeune femme s'il lui avouait être entré dans cette chambre dans l'espoir d'y retrouver une autre — qui était, d'ailleurs, la cousine de Marian.

Cette dernière, qui venait de lui intimer l'ordre de se taire, sortit du lit et rabattit la courtepointe. Ses longs cheveux, couleur sable, lui tombaient sur les reins, cachant à peine les formes harmonieuses de son corps, visibles sous la chemise de lin sans manches et descendant jusqu'aux genoux.

Ses hanches étaient plus rondes qu'autrefois, ainsi que sa poitrine... Elle fit quelques pas vers lui, ses pieds nus glissant sans bruit sur le sol de carreaux de terre cuite...

Stephen se crut de retour dans les écuries des Lacy. Il lui semblait voir les herbes sèches mêlées aux cheveux de la jeune fille après leurs ébats, tandis qu'elle levait sur lui un regard ensommeillé comme à présent...

Il éprouva le très vif désir de soulever sa chemise légère, qui ne cachait presque rien de ses charmes, et de prendre entre ses lèvres la pointe ferme et sombre de ses seins, de goûter au parfum chaud de sa peau, de la sentir contre lui, sous lui…

Il laissa tomber à terre les souliers qu'il avait toujours à la main et se leva en tendant les bras. Marian recula d'un pas et lui désigna la porte :

— Dehors ! ordonna-t-elle dans un souffle.

Il la considéra d'un air de reproche et ne bougea pas.

— Est-ce une façon de saluer un vieil ami ?

— Chut !

— Pourquoi faut-il se taire ?

— Pour ne pas réveiller ma fille, répondit Marian en montrant le lit du doigt.

Stephen observa la couche plus attentivement et constata qu'elle disait vrai. Il resta un moment interloqué, pensant à la brève passion qui l'avait uni à la jeune femme… Il avait craint, à l'époque, que le seigneur de Lacy ne se présentât un jour, à Wilmont, pour exiger de lui qu'il épousât sa fille. Mais la scène n'avait pas eu lieu. L'enfant étendu sous la courtepointe était né d'un autre lit.

Marian s'était mariée, il ne pouvait en être autrement… Il n'était donc pas étonnant qu'elle fût furieuse de le trouver dans sa chambre, à cette heure de la nuit, à moitié dévêtu.

Le sénéchal du palais avait dû proposer une autre chambre à Carolyn, qui n'avait manifestement pas eu la possibilité de le prévenir de ce changement. Si la porte n'avait pas été verrouillée, c'était assurément pour permettre au mari de Marian de la rejoindre à n'importe quelle heure de la nuit…

Stephen renfila ses souliers, repassa sa chemise et son bliaut. Il n'avait jamais été surpris dans une fâcheuse situation et n'avait pas l'intention d'en faire, maintenant, l'expérience.

Il lui fallait, surtout, retrouver Carolyn. Oserait-il demander à Marian si elle savait quelle chambre avait été attribuée à celle-ci ?

— Je suis désolé de vous avoir dérangée, commença-t-il, mais je me suis trompé de chambre. Savez-vous où se trouve la personne qui occupait celle-ci avant vous ?

Elle le dévisagea d'un air sévère.

— Vous cherchez Carolyn ?

Il acquiesça d'un signe de tête.

— Cette chambre lui est toujours assignée, repartit-elle sans animosité, mais, comme vous le constatez, elle n'est pas là. Elle ne devrait pas tarder à revenir. Attendez-la dehors, s'il vous plaît.

Quoi de plus normal que les deux cousines partagent la même chambre ? pensa-t-il. Il aurait tout de même aimé poser quelques questions à Marian ; las, elle ne semblait pas disposée à lui répondre.

— Peut-être aurai-je le plaisir de vous revoir ?

— Comment voulez-vous que je vous croie, vous qui êtes parti, autrefois, sans même me dire au revoir ?

N'avait-elle pas été informée des raisons de son brusque départ ? Il se souvenait pourtant d'avoir chargé l'échanson qu'il avait croisé, au moment de franchir la porte du château, de prévenir la damoiselle.

— Je n'ai pu, en effet, vous faire mes adieux comme je l'aurais souhaité, et j'en suis sincèrement navré.

Il avança d'un pas et, tout en se disant qu'il ne devrait pas la toucher, il releva une mèche qui lui barrait le front, cachant l'un de ses yeux.

Elle eut un brusque mouvement de recul et détourna

le regard. Ce souvenir lui était-il si douloureux ? Sa réaction pouvait le laisser entendre mais il n'en fut pas moins vexé.

— Ne croyez-vous pas qu'il soit un peu tard pour me présenter vos excuses ?

Il la considéra en silence. Elle avait raison, évidemment, mais comme il était pénible de devoir le reconnaître !

— Portez-vous bien, Marian, dit-il en s'inclinant.

Sur ces mots, il se retira.

1.

Au mois de juillet, en l'an de grâce 1109

Marian n'eut pas besoin de lever les yeux de sa broderie pour savoir laquelle des jumelles venait d'entrer dans la chaumière. Audra, dans ses souliers de cuir, frappait lourdement le sol de terre battue, et avec une assurance qu'on n'eût pas attribuée à une enfant de cinq printemps ; s'il s'était agi de Lyssa, la foulée eût été légère et rapide.

Avec humeur, Audra rejeta dans son dos ses nattes noir de jais et s'assit près de sa mère. Elle rassembla ses genoux et y posa son menton, en faisant sa moue des mauvais jours.

Marian réprima un sourire. Elle savait ce que cela signifiait : Lyssa devait se livrer, une fois de plus, à une activité qui déplaisait souverainement à sa sœur.

— Que fait encore Lyssa ? demanda Marian, anticipant la remarque que ne tarderait pas à faire Audra.

— Elle marche sur le mur, répondit la petite fille sur un ton qui laissait entendre qu'il conviendrait de punir de tels agissements.

Marian répugnait à blâmer les folies de Lyssa, même si elles présentaient quelque danger, car elle ne voulait pas la priver de toutes les joies de sa vie de fillette audacieuse.

Lyssa, en effet, aussi différente de sa sœur que le jour de la nuit, était toujours la première à monter à un arbre, escalader le mur de clôture ou sauter dans les flaques d'eau les jours de pluie.

Dans la plupart des cas, cependant, les deux jumelles s'influençaient et trouvaient ainsi un bon équilibre. Il arrivait que Lyssa suivît les conseils de prudence de sa sœur et échappât ainsi à un péril, ou qu'Audra se laissât entraîner par sa jumelle et fût ainsi conduite à adopter un comportement très éloigné de celui qui seyait à une fillette de haut lignage.

Lorsque l'une ou l'autre ne se sentait pas bien, elle pouvait compter sur la compassion et le soutien de sa jumelle, comme ç'avait été le cas, la veille : Audra s'était assise près du grabat de Lyssa et lui avait tenu la main, comme elle était sujette à ses maux de tête coutumiers.

Marian était bien obligée de reconnaître que le long voyage à Londres qu'elle avait effectué trois mois plus tôt était un échec. Elle avait enduré la fatigue de la route et supporté la compagnie de Carolyn, tout ça pour rien !

Sa déception était d'autant plus grande qu'elle avait fondé de grands espoirs sur les médecins de la capitale, dont les remèdes auraient dû guérir Lyssa de ses migraines. Marian lui avait administré sans aucun résultat des décoctions de son cru. Les crises de migraine continuaient de harceler l'enfant. Elle en avait déjà eu plusieurs, depuis son retour à Branwick.

Aussi sa maman n'avait-elle aucun désir, ce matin, de la priver de distraction. Si elle avait assez d'entrain pour escalader le mur, il fallait en déduire qu'elle ne souffrait pas et il y avait là de quoi se réjouir.

Marian piqua l'aiguille dans la toile de lin d'une blancheur éclatante. Elle aurait préféré poser son ouvrage et rejoindre ses filles pour partager leurs jeux ; las, la nappe destinée à l'archevêque d'York n'était pas terminée, et elle savait son oncle impatient de la lui faire porter. Elle voulait absolument achever les broderies aujourd'hui, pour déposer l'ouvrage au donjon avant la fin du jour.

William de Grasse lui demandait bien peu de services, en échange de sa protection. Elle ne pouvait pas faire moins pour un parent à qui elle et sa petite famille devaient le vivre et le couvert.

— Ne te tourmente pas, Audra, dit la jeune femme. Lyssa redescendra d'elle-même du mur lorsqu'elle sera lasse de se promener dessus. Avez-vous accompli vos corvées ?

Audra acquiesça d'un petit hochement de tête.

— J'ai nourri les poules et Lyssa a mis la chèvre au piquet. Dès que vous aurez fini votre broderie, maman, nous pourrons aller au donjon. Faut-il que je dise à Lyssa de se préparer à partir ?

— Pas encore, fit Marian en réprimant de nouveau un sourire à cause du soupir de l'enfant. Va dehors, au soleil. Je vous appellerai dès que j'en aurai fini.

Audra se leva et se dirigea vers la porte en traînant les pieds. Elle se retourna alors vers sa mère :

— Nous devrions peut-être rassembler des œufs pour messire de Grasse ? Il les aime beaucoup, n'est-ce pas ?

Cette fois, pensa Marian, Audra avait trouvé un bon prétexte pour faire descendre Lyssa du mur.

— Oui, il sera certainement très content si vous lui en apportez.

La petite fille prit un panier et courut à l'extérieur en appelant sa sœur tandis que leur mère, gagnée par la gaieté d'Audra, quittait son ouvrage et marchait jusqu'à la porte pour observer les jumelles sans être vue d'elles.

Lyssa mordit à l'appât et se dépêcha de descendre pour se joindre à sa sœur dans la recherche des œufs. Leurs nattes dansaient dans leur dos comme elles couraient vers la pâture, derrière la maison, où les poules picoraient et pondaient entre les hautes herbes.

Mon Dieu ! songea Marian. Qu'elle aimait ses petites chéries ! Elle ne regrettait pas un instant de les avoir mises au monde, même s'il n'était pas aisé d'élever seule deux enfants. Elle ne pouvait, à présent, imaginer la vie sans elles.

Il ne lui arrivait presque plus de penser au passé, à l'époque où elle était jeune fille et libre de rêver qu'elle rencontrerait, un beau jour, le prince charmant. Elle avait, certes, croisé son chemin, mais ce prince-là était sorti de sa vie aussi vite qu'il y était entré...

Toutefois, en prétendant ne plus évoquer les années passées, ne se mentait-elle pas à elle-même ?

Depuis que Stephen de Wilmont avait ressurgi dans sa vie, elle ne pouvait plus le chasser de son esprit !

Elle le voyait encore maintenant tel qu'il lui était apparu à Westminster, à demi dévêtu, dans la lueur vacillante d'une bougie...

Il avait eu jusqu'à l'impudence de lui ouvrir les bras, comme s'il imaginait qu'elle viendrait s'y blottir. Avait-il oublié la façon dont il l'avait quittée, six ans plus tôt ? Mais sans doute jugeait-il normal que toutes les femmes tombent en pâmoison devant lui ? N'avait-elle pas de bonnes raisons de le croire, après ce que lui avait dit Carolyn au sujet de ses derniers exploits amoureux ?

Elle avait été bouleversée en le revoyant et aurait peut-être succombé à son charme sans la présence de Lyssa... Heureusement qu'elle était là, car c'eût été pure folie de retomber dans les bras de ce séducteur !

Marian retourna à son siège et reprit son ouvrage. Il ne lui restait qu'une croix dorée à broder.

Le mouvement de ses doigts, régulier et précis, ne tarda pas à la calmer. Après quelques instants, elle était si concentrée dans son activité qu'elle n'entendit le bruit des sabots et le cliquetis des harnais que lorsque les chevaux furent tout près de la chaumière.

Les jumelles lancèrent un bonjour aux cavaliers qui devaient se rendre au château et, par curiosité, Marian se leva pour aller voir qui passait ainsi devant chez elle.

A peine posa-t-elle le regard sur le premier d'entre eux qu'elle fut comme pétrifiée. Prise de panique, elle chercha, en vain, sa respiration...

Assis sur un splendide étalon noir, Stephen de Wilmont souriait aux jumelles qui levaient sur lui des regards ébahis.

Marian réprima le cri qui sortait déjà de sa gorge. Elle aurait voulu rappeler les filles et leur intimer l'ordre de rester dans la chaumière, pour ensuite prier Stephen de passer son chemin, mais ni lui ni les jumelles n'auraient compris la raison de son affolement.

En tordant nerveusement ses mains, elle observait la

scène. La ressemblance entre les filles et leur père était troublante !

Ce dernier était accompagné de deux chevaliers en cotte de mailles et coiffés d'un heaume, qui montaient de splendides chevaux alezans. Six hommes d'armes portant un bouclier et une lance encadraient deux chariots tirés par des bœufs.

Comme il était d'usage, alors, quand on envisageait de séjourner longuement en un lieu, Stephen se déplaçait avec une partie de son mobilier, un chargement de tonneaux de bière et de vin ainsi que d'autres vivres, destinés à ses hôtes.

Au milieu de coffres en bois et de divers autres objets se dressait un grand lit à baldaquin. Le lit de Stephen !

Lyssa avait grimpé derechef sur le mur pour mieux voir le beau chevalier... et Audra l'avait imitée.

Marian ne s'expliquait pas pourquoi Stephen s'attardait ainsi à parler aux jumelles. Il ne pouvait pas savoir... Elle ne lui en avait rien dit lorsqu'elle l'avait vu à Westminster et Carolyn n'était pas au courant... A moins que...

Elle était incapable de bouger. La voix grave de Stephen, entrecoupée des éclats de rire des fillettes, parvenait jusqu'à elle, mais elle n'arrivait pas à distinguer le sens de ses paroles.

Ne l'ayant pas vu à Branwick, elle avait imaginé qu'il s'était entiché d'une autre femme que Carolyn, mais son arrivée en grande pompe avec écuyer, hommes d'armes et objets personnels prouvait le contraire.

Il venait assurément pour un long séjour puisqu'il apportait son lit !

Sa tenue princière attestait, sans équivoque, son intention d'obtenir la main de Carolyn. Au-dessus d'une chemise de drap rouge à manches longues, il portait un bliaut de soie noire ornée de broderies au fil d'or, que serrait à la taille une chaîne double en or. Ces vêtements et accessoires seyants mettaient en valeur sa beauté virile.

Il était riche, comme l'assurait Carolyn. Son frère, le puissant baron de Wilmont, lui avait fait don, ainsi qu'à leur demi-frère Richard, de nombreuses terres, desquelles il tirait d'importants revenus. Bien qu'il ne fût pas le chef de famille, Stephen, de toute évidence, n'en était pas moins un excellent parti.

Carolyn ne semblait pas exclusivement intéressée par cet aspect. Elle avait parlé de Stephen à sa cousine en termes très élogieux, le qualifiant d'adonis, et avait insisté sur l'avantage que représentait le fait qu'il ne désirât pas régner en maître sur le donjon de Branwick, quand elle en hériterait.

Plus elle l'observait, sur la selle ornée de pierreries de son grand cheval, plus Marian convenait que Stephen était plus beau encore que lorsqu'elle l'avait connu. Il était, à présent, dans toute la splendeur de sa virilité : plus grand et large d'épaules, la taille et les hanches étroites, les jambes et les bras musclés... Et, à la différence des autres seigneurs normands, il portait les cheveux longs, à la mode saxonne.

Les traits de son visage s'étaient affermis, les traces de l'enfance, encore visibles six ans plus tôt, s'en étaient complètement effacées. Le menton, volontaire, révélait un caractère bien trempé et les sourcils, proéminents, soulignaient un regard vert, éclatant et dominateur, qu'elle avait vu s'assombrir et prendre des reflets d'émeraude, dans la chambre de Westminster...

Et sa bouche... Avec ses lèvres bien ourlées, promptes à sourire, et qui invitaient au baiser...

Le cœur de Marian se mit à lui battre. Son désir pour Stephen n'était-il toujours pas éteint ? Elle sentait son corps réagir à sa présence alors même qu'il se trouvait à plusieurs coudées d'elle. Ne s'était-elle pas préparée à résister à ses charmes, s'il lui arrivait de croiser son chemin ? Elle avait cru son cœur suffisamment cuirassé pour être insensible aux flèches de ce Cupidon... Or elle constatait qu'il n'en était rien ! Quel affligeant échec !

Audra montrait la chaumière du doigt. Invitait-elle Stephen à y entrer ?

Mon Dieu ! Non ! Je Vous en prie !

Le chevalier dirigea son regard vers la porte et, instinctivement, Marian recula d'un pas. C'était absurde ! A cette distance, il ne pouvait pas la voir.

Couarde ! pensa-t-elle. De toute façon, s'il épousait Carolyn, elle ne pourrait pas l'éviter éternellement. Elle avait réussi, heureusement, à garder le secret de la naissance des jumelles. Personne ne devinerait que Stephen était leur père, même s'il avait en commun avec elles ses cheveux noir d'ébène.

Marian, malgré elle, avança d'un pas.

Au même moment, Stephen, un sourire attristé aux lèvres, fit non de la tête avant d'adresser un salut plein de déférence aux fillettes et de faire reculer son étalon. Un geste à la petite troupe qui le suivait et tous reprirent la direction du donjon de Branwick.

Marian se laissa tomber sur un tabouret et, plongeant le visage dans ses mains, poussa un long soupir.

Les jumelles vinrent vers elle en courant.

— Maman ! s'écria Lyssa. Il est là ! Stephen de Wilmont est venu épouser Carolyn !

— Il vient demander à oncle William la permission de l'épouser, corrigea Audra, donnant encore la preuve qu'elle ne perdait rien des commentaires des domestiques.

Elle posa sur une crédence le panier d'œufs et reprit :

— Est-ce que, comme Carolyn, notre oncle préférera Stephen de Wilmont à Edwin de Tinfield ?

— Je n'en sais rien, répondit Marian, qui s'étonnait que Carolyn ne montrât pas davantage d'intérêt pour Edwin alors que personne n'ignorait qu'elle était amoureuse de lui depuis l'enfance.

En fin de compte, pourquoi lui préférait-elle Stephen, qui semblait bien jeune et immature en comparaison du seigneur de Tinfield ?

Certes, sa jeunesse présentait des atouts que Carolyn n'avait pas craint d'évoquer devant sa cousine. Ils n'étaient pas sans peser dans la balance étant donné les circonstances de la mort de ses deux précédents maris — hommes d'un âge déjà avancé et qui, en plein devoir conjugal, avaient rendu l'âme entre ses bras.

Elle avait également une autre raison de donner la préférence à Stephen. Edwin ne cachait pas son intention d'assurer en maître l'exploitation des terres de Branwick...

Son père avait incontestablement de l'amitié pour Edwin, mais le choix malheureux de ses deux précédents maris faisait qu'il ne voulait plus interférer dans ce domaine.

— Est-ce que nous montons tout de suite au château,

maman ? demanda Lyssa. Nous avons la douzaine d'œufs…

— Pas tout de suite, repartit Marian en baissant les yeux sur son ouvrage. Il me reste encore un motif à broder.

A la vérité, elle espérait retarder le plus longtemps possible le moment du départ. Avec un peu de chance, elle réussirait à entrer dans le donjon et à en ressortir sans être vue de Stephen…

En apercevant le donjon, Stephen secoua la poussière de son bliaut et de ses chausses.

— Nerveux ? s'enquit Armand, l'écuyer qui chevauchait à sa gauche.

— Non, répondit Stephen avec un haussement d'épaules.

Il ne redoutait pas de rencontrer William de Grasse. Ne venait-il pas d'affronter le courroux du roi ?

— Je le serais à votre place, reprit Armand, si j'étais sur le point de paraître devant le père de la donzelle dont je brigue la main.

William, Stephen en avait la certitude, ne serait pas un obstacle à son ambition. Il était vieux et malade — à tel point qu'il n'avait pu accompagner sa fille à Westminster. Un père aussi affaibli pourrait-il s'opposer au choix d'une fille aussi déterminée et autoritaire que Carolyn ?

— Je ne pense pas qu'il y ait à craindre une confrontation avec messire de Grasse.

— Pour ma part, je n'en serais pas aussi sûr. Vous vous présentez à lui avec un retard considérable. Pour un tel motif, il pourrait vous refuser purement et simplement sa fille.

Il avait un retard, en effet, de près de deux mois ! Il avait été retenu en Normandie beaucoup plus longtemps qu'il ne l'avait prévu, puis il était venu en aide à Richard, auprès duquel il avait passé plusieurs semaines. Enfin, il s'était arrêté à Wilmont, où il avait rendu compte de son voyage à Gerard.

Carolyn en serait-elle furieuse ? Las, comment aurait-il pu réparer le tort qu'il avait fait à Richard autrement qu'en lui accordant cet effort et tout ce temps ?

Il avait au moins la conscience tranquille en ce qui concernait son demi-frère. Il était à présent confortablement installé dans son donjon de Collingwood, où il régnait en maître, et entretenait des liens de plus en plus amicaux avec son pupille et la mère de ce dernier — à tel point, d'ailleurs, qu'il partageait sa couche, ce que Stephen se gardait bien de condamner comme d'approuver.

Les raisons de son retard, cependant, n'atténueraient sans doute pas le courroux de Carolyn, s'il se trouvait qu'elle se fût impatientée...

— Si c'est le cas, repartit enfin Stephen, je tâcherai de l'amadouer. Un fût de vin de Bourgogne suffira peut-être à l'apaiser ?

Il se tut un instant avant de reprendre d'un air rêveur :

— Peut-être aurais-je dû accepter l'offre de cette fillette, qui m'invitait à me rafraîchir dans la chaumière de ses parents ? Ils eussent pu me dire comment complaire à leur seigneur.

Un sourire ironique se dessina sur les lèvres d'Armand.

— Imaginez-vous la réaction de ces braves gens en voyant entrer un seigneur normand dans leur masure ? Ils en seraient tombés raides morts d'émotion.

Harlan, le chevalier à la barbe blanche, à la droite de Stephen, remarqua :

— Un tel aplomb, de la part d'une morveuse, est fort surprenant. Elle court au-devant des problèmes, si ses parents ne lui apprennent pas à garder sa place.

Harlan avait raison, pensa Stephen. La petite fille et ses parents s'exposaient à de vives réprimandes si leur seigneur avait vent de la liberté avec laquelle l'enfant osait parler à un chevalier. Lui-même avait ri de son effronterie, mais tout autre noble l'aurait rabrouée, voire giflée. Ça ne le regardait pas et, pourtant, il ne pouvait souffrir l'idée que cette enfant pût être maltraitée.

Cherchant une explication au comportement inhabituel de la petite fille, il déclara :

— Il se pourrait que ces enfants apprennent à servir à Branwick ? D'où leur aisance…

Armand éclata de rire.

— Si c'est le cas, elles font le contraire de ce qu'on leur enseigne. Quelles effrontées !

Harlan fit non de la tête.

— Il est impensable qu'elles servent à Branwick. Pas des jumelles. Connais-tu une maison qui voudrait d'elles ?

— Gerard n'hésiterait pas à les prendre à Wilmont.

— Peux-tu me désigner un autre seigneur, à l'exception, bien sûr, de toi et de Richard, qui serait prêt à les accueillir ?

Stephen convint qu'il ne serait pas aisé de les faire accepter. La superstition attachée aux jumeaux serait un obstacle trop grand pour leur permettre l'accès à la plupart des nobles demeures du royaume. Dans bien des foyers, il était coutumier de tuer l'un des jumeaux à la naissance. Apparemment, les parents des deux fillettes n'avaient pas craint qu'elles deviennent des suppôts de Satan…

D'autres parents de sa connaissance, de noble naissance ceux-là, avaient mêmement fait fi de tels préjugés. Son meilleur ami, Corwin, n'était-il pas le jumeau d'Ardith, la femme de Gerard ?

Personne à Wilmont n'aurait osé les accuser d'un commerce avec le démon, en tout cas jamais devant eux. Mais ces petites filles jouiraient-elles du même privilège ?

Elles étaient jolies et le resteraient. Leur père aurait fort à faire quand elles seraient des femmes ! Il lui faudrait veiller avec rigueur sur elles pour les préserver des convoitises masculines…

— Nous avons été repérés, fit Armand, interrompant les réflexions de Stephen.

Près de la porte donnant accès à la basse-cour de Branwick, ceinte d'une haute palissade de troncs d'arbres, plusieurs gardes observaient l'approche de leur petite troupe.

— Tu resteras avec les hommes d'armes et les chariots à l'intérieur de la première enceinte, dit Stephen en s'adressant à Harlan. J'irai au donjon avec Armand. Attends que je t'envoie quelqu'un pour te donner des instructions.

— Entendu, messire.

Stephen secoua de nouveau la poussière de sa tunique. Il voulait paraître sous le meilleur jour et avait revêtu, à ce titre, certains de ses plus beaux vêtements. Les fils d'or brillaient sur son bliaut richement décoré, ainsi que les têtes d'argent des clous sertissant la selle et la bride de son destrier.

Avec son escorte, il avait tout à fait l'aspect d'un grand seigneur en déplacement. Il aurait cependant préféré voyager seul ou, du moins, en la seule compagnie de son fidèle écuyer, si Gerard ne s'en était pas mêlé et n'avait mis hommes d'armes et chariots bien garnis à sa disposition.

Même si c'était contraire à ses habitudes, il avait accepté, sachant que son frère avait l'expérience des situations difficiles et trouvait le plus souvent l'art et la manière de les résoudre.

S'il espérait apaiser la colère de messire de Grasse grâce à ses cadeaux, il ne pouvait avoir la certitude qu'il en serait de même avec sa fille. Rien n'était plus imprévisible que la conduite d'une femme si elle avait le sentiment qu'on lui avait manqué d'égards.

L'attitude de Marian à Westminster en était l'éloquent exemple. Il n'en revenait toujours pas qu'elle lui en voulût encore, au bout de six ans, d'être sorti de sa vie sans prendre congé d'elle. Lorsqu'il avait tenté de lui faire comprendre qu'il n'y était pour rien, elle n'avait rien voulu entendre.

Chassant de son esprit la vision de Marian, dont la colère n'altérait en rien la beauté, il embrassa d'un regard circulaire la basse-cour, où régnait une grande animation. Comme dans toutes les places fortes normandes, commerçants, forgeron, tonnelier avaient installé leurs échoppes à l'intérieur des palissades auxquelles elles s'adossaient, le chemin de ronde, où se tenaient en faction des gardes, leur servant en partie de toit.

A l'opposé des échoppes se dressaient écuries, granges, greniers et étables, dans l'odeur écœurante des cochons mêlée aux fientes des volailles qui couraient en liberté, fuyant devant les sabots des chevaux. Au pied de la deuxième enceinte entourée d'un fossé en eau, des cavaliers s'entraînaient à la quintaine, tandis que des hommes d'armes croisaient le fer, s'affrontaient au fléau et à la masse hérissée de pointes ; plus loin, des archers s'exerçaient sur des cibles.

Sur un signe des gardes postés au-dessus de la deuxième porte, Stephen et son écuyer s'engagèrent sur le pont-levis.

— C'est plutôt rassurant, n'est-ce pas ? fit Stephen en voyant qu'on les invitait à entrer. Après ce que vous m'avez dit, j'avais vaguement craint que Carolyn n'eût donné aux hommes d'armes l'instruction de nous refouler à la seconde porte.

— Ne crie pas victoire trop tôt. Tu n'es pas encore dans le donjon.

Lorsqu'ils débouchèrent dans la seconde cour, l'eau leur monta à la bouche : un fumet de rôts venait flatter leurs narines. Des serviteurs s'affairaient en tous sens, mais certains s'arrêtèrent un instant pour regarder entrer les nouveaux venus.

Sur une haute motte de terre s'élevait le donjon de pierre à trois étages, habitation et ultime refuge du seigneur de Branwick et de sa fille. Si, à chacun de ses mariages, Carolyn avait reçu en dot une terre et une maison forte, il était de son devoir de revenir vivre auprès de son père chaque fois qu'elle se retrouvait veuve et sans protecteur.

Elle hériterait, bientôt, de ce fier donjon, et le transmettrait ensuite à son fils aîné... Le fils de Stephen, si tout allait bien.

Les cavaliers s'avancèrent jusqu'au large escalier qui conduisait à la porte d'entrée de la grande salle, à l'étage, et dont le premier degré formait une table servant à monter ou à descendre de cheval.

Comme Stephen posait le pied sur la grande dalle, un petit homme aux cheveux gris ouvrit la porte et descendit vivement les marches.

S'agissait-il de William de Grasse ? C'était fort peu probable. La dernière fois que Stephen avait vu Carolyn, elle le disait malade et alité depuis l'hiver dernier.

L'homme s'inclina légèrement.

— Je suis le sénéchal de messire de Branwick. Mon nom est Ivo. Vous êtes messire de Wilmont, n'est-ce pas ?

Stephen donna les rênes de son cheval à Armand.

— En effet. Comment le savez-vous ?

— Oh ! C'est très simple, messire. Dame Carolyn nous a fait une description très fidèle de votre personne. Les gardes vous ont reconnu au premier coup d'œil et se sont empressés de nous prévenir de votre arrivée.

— Dame Carolyn sait donc que je suis là ?

— Oui, messire. Elle vous attend dans la grande salle.

Une certaine inflexion dans la voix du sénéchal éveilla la méfiance de Stephen, qui craignait de comprendre ce que l'homme cherchait à insinuer.

Il jeta un regard à Armand, qui venait de confier les

deux chevaux à un palefrenier et rabattait la coiffe de son haubert. L'écuyer eut un sourire entendu en passant les doigts dans ses cheveux blond cendré.

— Alors ne la laissons pas attendre, dit Stephen en gravissant les marches, suivi d'Armand et du sénéchal.

Il n'attendit pas que ce dernier l'eût rejoint et ouvrit la lourde porte cloutée. Dès qu'il entra dans la salle, il aperçut Carolyn, buvant dans un gobelet d'argent, assise sur un banc de pierre auprès d'un chevalier.

Elle se leva aussitôt et fit quelques pas en direction de Stephen avant de s'arrêter net, raide comme une statue.

Elle était d'une beauté majestueuse, dans une robe bleue qui révélait sa silhouette élégante. Ses longues nattes auburn, brillant comme de la soie, descendaient jusqu'à sa taille, couvrant pudiquement sa poitrine proéminente. Elle portait autour de la tête un bandeau tissé de fils d'or et orné de saphirs dont le bleu n'avait d'égal que celui de ses yeux.

Stephen attendit vainement de voir sa bouche en cœur lui sourire ; mais la jeune femme restait de marbre et, en s'approchant d'elle, il décela très nettement une lueur de courroux dans son regard.

— Vous voilà enfin, dit-elle laconiquement.

Stephen s'inclina devant elle puis, prenant la main délicate de la jeune femme, la porta à ses lèvres.

— J'ai couru vers vous dès que j'ai eu accompli mon devoir, Carolyn. Pardonnez-moi si j'ai été pour vous un motif d'inquiétude.

Elle haussa les sourcils.

— Vous rêvez, mon ami. Il y a longtemps que j'ai renoncé à me faire du souci pour un homme.

Elle retira sa main.

— Vous désirez sans doute voir votre chambre et savoir où dormira votre escorte ?

Irrité par le comportement formel de la jeune femme, Stephen plaqua sur ses lèvres le sourire charmeur qui, en d'autres circonstances, lui serait venu naturellement.

— Volontiers, mais ensuite, vous et moi renouerons connaissance.

— Après le souper, peut-être ? dit Carolyn en faisant signe de s'approcher à l'homme qui lui tenait compagnie avant l'arrivée de Stephen.

Le chevalier, aux cheveux bruns grisonnants, mit un certain temps avant de répondre à l'invitation de la jolie châtelaine.

Un Normand, pensa Stephen en appréciant la tenue et l'allure du chevalier. Plus très jeune mais, apparemment, encore solide sur ses jambes et, sans doute, valeureux.

Carolyn eut pour cet homme un tendre sourire.

— Edwin et moi-même avions l'intention de monter à cheval, n'est-ce pas, messire de Tinfield ?

A la réaction de ce dernier, Stephen eut l'impression qu'il n'avait nullement eu un tel projet, mais qu'il était tout à fait prêt à satisfaire ce caprice.

Ce fut sans plus sourire que la jeune femme se tourna de nouveau vers Stephen :

— J'espère que votre chambre vous conviendra. Ivo va vous y conduire.

Incrédule, Stephen regarda Carolyn s'éloigner, suivie d'Edwin de Tinfield.

— Redistribution des rôles, commenta Armand avec humour. La situation ne manque pas de piquant.

Stephen opina d'un sourire figé et, s'adressant au sénéchal :

— Qui est ce seigneur de Tinfield ?

— Votre rival, messire, répondit Ivo sans cacher son amusement.

2.

Stephen se remettait lentement du choc qu'il avait reçu en trouvant Carolyn en compagnie d'un concurrent. Il prenait d'autant plus mal la chose que ce dernier était de très loin son aîné… Carolyn ne mesurait-elle pas l'honneur qu'il lui faisait en lui sacrifiant sa jeunesse ?

Il comprenait d'autant moins cette situation que la jeune femme clamait haut et fort qu'elle ne voulait pas se remarier à un homme d'un certain âge. Elle souriait suavement au seigneur de Tinfield, certes, mais Stephen doutait qu'elle eût réellement l'intention de l'épouser. Lui faisait-elle du charme parce qu'elle avait de l'affection pour lui ou pour le punir, lui, Stephen, de son retard ?

L'important, cependant, c'était de savoir si Edwin de Tinfield avait ou non la faveur de William de Grasse.

— Je voudrais que vous me conduisiez sans délai à messire de Grasse, dit-il en se tournant vers le sénéchal.

— Messire de Grasse se repose, dit Ivo en désignant de la main un lit à baldaquin dont les rideaux étaient tirés, dans l'angle le plus éloigné de la vaste salle. Peut-être pourrez-vous lui parler avant le souper. En attendant, je vais vous montrer votre chambre. Me permettez-vous d'y faire porter vos meubles et bagages ?

Stephen rongea son frein. Il n'aimait pas recevoir d'ordre, surtout de la part d'un inférieur, mais, vu les circonstances, il n'aurait pas été diplomate de rabrouer le sénéchal.

— Oui, répondit-il enfin. Faites-les apporter.

Il regardait avec étonnement le lit de William de Grasse. Pourquoi préférait-il être ici, plutôt que dans sa chambre ? Peut-être avait-il besoin de compagnie ? En outre, dans la grande salle, il était témoin de tout ce qui se disait. Il pouvait encore diriger sa maison, même si sa fille y jouait un rôle de plus en plus prépondérant...

Sa maladie, qui l'avait empêché d'accompagner Carolyn à Londres, avait permis à Stephen de jouir des bonnes grâces de cette dernière, que personne ne chaperonnait, sinon sa cousine.

Cependant, si la présence de Marian à Westminster n'avait pas du tout été un obstacle aux exploits de Stephen la veille, elle avait altéré son intérêt pour Carolyn qu'il avait, finalement, retrouvée en compagnie du roi et de quelques courtisans. Elle avait manifestement abusé de l'excellent vin servi au palais et Stephen, en la raccompagnant à sa chambre, s'était contenté d'obtenir d'elle la promesse de rendre compte à messire de Grasse de l'engagement qu'elle avait pris avec lui, à la suite de leur étreinte.

Il avait prétexté son obligation de partir de bon matin le lendemain pour ne pas l'honorer une seconde fois ; en fait, il ne s'était pas senti d'humeur à la serrer dans ses bras alors qu'il venait de revoir Marian de Lacy, dont la beauté et la sensualité l'avaient bouleversé.

Depuis cette nuit à Westminster, elle n'avait pas cessé de le hanter. Il espérait se libérer de son souvenir à Branwick, où il ne courait guère le risque de la rencontrer.

Il se répétait souvent qu'elle était mariée et qu'elle devait vivre dans l'un ou l'autre des nombreux logis seigneuriaux qui jalonnaient les routes de l'Angleterre. Il avait fini par s'en convaincre et par croire de nouveau dans les sentiments qu'il avait initialement éprouvés pour Carolyn.

Mais pour qu'ils pussent s'exprimer, il fallait, bien sûr, que la belle héritière lui offrît l'occasion d'être seul avec elle, et qu'Edwin de Tinfield ne troublât point cette entrevue.

— Eh bien ? demanda Armand, arrachant Stephen à sa méditation. Que faisons-nous, maintenant ?

Conscient qu'il n'avait pas été reçu à Branwick de la manière qui convenait, Stephen fut tenté de revenir sur sa décision de faire transporter son mobilier à l'étage et de déclarer à son écuyer qu'ils reprenaient, sur-le-champ, le chemin de Wilmont.

Mais il résista à cette pulsion gouvernée par l'orgueil en se rappelant que l'indépendance et la liberté, auxquelles Carolyn semblait tant tenir et dont elle avait fait preuve à l'instant en partant se promener à cheval, lui convenaient parfaitement puisqu'il désirait avoir une femme qui le laissât poursuivre, plus ou moins, la même vie que celle qu'il avait toujours menée.

— Installons-nous ; nous redescendrons ensuite dans la salle pour attendre le réveil de messire de Grasse...

Après un bref silence, il ajouta comme à regret :

— Et le retour de Carolyn.

— Vous prenez plutôt bien ce revers.

— Ne sont-ce pas les épreuves traversées avec succès qui donnent du piment à la vie ? Si c'était trop facile, il n'y aurait plus aucun plaisir à conquérir le cœur de Carolyn.

Il s'approcha d'une ouverture dans le mur, lequel était d'une épaisseur impressionnante.

— Sortons ! J'aperçois nos chariots qui approchent.

Harlan, en effet, s'avançait avec les deux attelages. Ils allèrent à sa rencontre et s'avisèrent qu'Ivo les avait précédés et organisait déjà le déchargement.

Le vieux chevalier expliqua à son maître qu'ils s'étaient vu attribuer, à l'instar des hommes d'armes de Wilmont, une travée de la salle des gardes et des grabats. Les chevaux et les bœufs avaient été conduits aux écuries ; les palefreniers leur donnaient généreusement foin et eau. Quant aux cadeaux périssables, vivres et vin, ils avaient déjà été placés dans les celliers.

Pendant que Harlan parlait, des serviteurs s'engagèrent avec le lit, les coffres et d'autres objets dans l'escalier à vis du donjon, dont l'étroitesse contrastait avec les vastes salles qu'il desservait.

Ivo s'arrêta au troisième étage et ouvrit une porte donnant sur une chambre imposante. Le blason des de Grasse était sculpté dans le linteau de sa grande cheminée de pierre.

Au premier coup d'œil, Stephen comprit qu'il s'agissait de la chambre du père de Carolyn, puisque le lit en avait été retiré. Confirmant cette impression, de grandes tapisseries pendaient aux murs. Une superbe crédence ornée de riches chandeliers et autres objets de prix, des coffres ciselés et une très belle garde-robe constituaient le mobilier.

Rassuré de se voir traité ainsi, en hôte de marque, Stephen recouvra spontanément sa coutumière expression souriante. Carolyn ne lui en voulait peut-être pas autant qu'il le craignait ?

Il aurait sans doute l'occasion de se réconcilier avec elle dans cette belle chambre si Armand acceptait de quitter le grabat qu'on disposait en ce moment pour lui dans un angle et laissait son seigneur seul en compagnie de sa promise.

Comme Stephen rêvait à ces ébats, tous se retirèrent de la chambre, à l'exception d'Armand et d'une jeune servante.

Le jeune homme ouvrit un coffre, en sortit des draps de lin et des couvertures en laine et en fourrure et les confia à la domestique pour qu'elle pût faire le lit de Stephen et le sien.

— Les cadeaux sont-ils là-dedans ? s'enquit Armand en soulevant une pile de tuniques et de chemises. Avez-vous l'intention de les donner à dame Carolyn dès ce soir ?

— L'un d'eux seulement et pas le plus beau. Elle n'aura le reste que lorsque nos fiançailles seront officielles.

Stephen s'approcha d'un autre coffre pour en extraire une cassette en bois sculpté aux ferrures et fermoir de laiton délicatement ciselés, dont le couvercle en bois précieux représentait un décor floral.

— Je gage qu'elle sera curieuse de savoir de quoi cette boîte est l'écrin, reprit Stephen.

— Le procédé est habile.

— J'espère qu'il portera des fruits...

La servante, qui avait fini de préparer les lits, allait et venait d'un air désœuvré.

— Puis-je vous être autrement agréable, messires ?

A l'expression de son visage, Stephen comprit tout de suite quel genre de service elle était prête à leur rendre. Il avait vu la même flamme dans les yeux et la même moue mutine sur les lèvres de bien des femmes, et de toutes conditions... Cependant, cette fois, l'invitation ne lui était pas adressée. C'était Armand, dont les joues rosissaient, que la jeune fille regardait.

Cette inclination de la petite servante pour son écuyer serait bien utile le soir où il le prierait d'aller dormir dans une autre couche !

— Pas pour le moment, répondit Stephen, mais si nous avons besoin de vous, soyez certaine que j'enverrai mon écuyer vous le dire.

La servante fit la révérence.

— Il suffit de venir me chercher.

Sur ces mots, prononcés d'une voix chantante, elle gagna la porte avec un petit déhanchement coquin ; avant de la franchir, elle gratifia Armand d'un regard aussi tendre que provocateur.

Le jeune homme, manifestement troublé, osa à peine esquisser un sourire. Il serait dommage, pensa Stephen, d'ignorer une telle invitation. La servante était jolie et d'un âge où l'impatience et l'impétuosité des sens garantissaient des instants de bonheur — comme ceux que lui-même avait connus dans les bras de Marian.

Seulement, Marian n'était pas une simple domestique. Elle était la fille d'un seigneur normand, Hugo de Lacy...

Armand, qui semblait remis de ses émotions, s'éclaircit la gorge :

— Je me demande quel genre de cadeau messire de Tinfield a pu offrir à dame Carolyn ?

Ramené brutalement à la réalité, Stephen s'accorda un instant de réflexion avant de répondre :

— Sans doute les mêmes que moi : des nappes et objets décoratifs pour sa table et, surtout, des bijoux. J'espère seulement que les siens lui plairont moins que les miens.

— Je suis certain que dame Carolyn sera émerveillée devant la broche que dame Ardith vous a recommandé de choisir.

— Ma belle-sœur possède incontestablement un excellent goût, dit Stephen en se représentant la fibule d'argent incrustée de pierreries en question.

Il ne savait rien refuser à la sœur jumelle de Corwin, son plus proche ami, qui était devenue, trois ans plus tôt, la femme de son frère Gerard. Véritable trésor de femme, Ardith n'exigeait rien de son mari sinon son amour qui, à ses yeux, avait plus de prix que tous les joyaux de la terre.

Gerard et Ardith formaient un couple exceptionnel : l'amour était rare au sein de la noblesse, la plupart des unions étant le fruit d'arrangements profitables aux familles.

C'était, du reste, un tel mariage de raison que Stephen envisageait pour lui-même, à l'exemple de ses parents.

Présentés l'un à l'autre au seuil de leur vie d'adultes, on les avait mariés sans leur laisser le temps d'apprendre à se connaître et ils s'en étaient accommodés. Condamnés à vivre ensemble, ils ne s'étaient probablement jamais aimés mais n'en avaient pas été malheureux pour autant.

Pour sa part, il connaissait Carolyn et, même si leur mariage n'était pas fondé sur l'amour, du moins savaient-ils exactement tous deux à quoi s'attendre. Par conséquent, nulle déception n'était à craindre.

Il offrirait à Carolyn la sécurité du mariage, lui ferait des enfants, et passerait aussi peu de temps auprès d'elle qu'elle le souhaitait.

C'était la solution idéale pour lui car il ne pouvait s'imaginer mener, comme ses frères, une vie essentiellement sédentaire entre femme et enfants.

A la pensée de cette vie paisible, le volume de la chambre lui parut, soudain, insuffisant. Il lui semblait que les murs et les poutres qui supportaient le plafond se rapprochaient de lui... Il avait besoin de respirer...

— Allons voir si William de Grasse s'est réveillé, dit-il en reposant le coffret.

Marian, la nappe d'autel sur le bras, franchit la porte du donjon en compagnie de ses filles. Jetant un rapide coup d'œil à travers la grande salle, elle fut rassurée de constater que Stephen ne s'y trouvait pas. Si elle se dépêchait, peut-être réussirait-elle à ne pas le croiser ?

— Bonjour, Ivo, dit-elle en s'approchant du sénéchal. Est-ce que messire de Grasse est éveillé ?

— Oui, ma dame. Votre visite tombe à point nommé. Sa Seigneurie a besoin de distraction.

L'air consterné d'Ivo laissait entendre que l'humeur de William était plus maussade qu'à l'accoutumée.

— Que s'est-il passé ?

— Dame Carolyn n'a pas reçu comme il se devait notre nouvel hôte et messire de Grasse en est tout courroucé. A peine messire de Wilmont a-t-il paru dans la grande salle qu'elle lui a annoncé son intention de monter à cheval avec messire de Tinfield ; elle est partie sans même attendre qu'il soit installé dans sa chambre.

Marian tâcha de dissimuler sa satisfaction. Si Carolyn accueillait aussi mal Stephen, ça ne laissait rien présager de bon pour leur future relation. Et si Stephen se voyait éconduit par Carolyn et qu'elle choisissait Edwin pour mari, Marian pourrait continuer à vivre dans sa chaumière sans crainte du scandale.

— Messire de Wilmont est-il dans sa chambre ?

— Oui. Il a requis une audience avec messire de Grasse. Dès la fin de votre visite, j'irai le chercher.

Sachant gré au sénéchal de ces précieux renseignements, Marian se dirigea avec les jumelles vers le lit dans lequel son oncle, adossé à deux traversins et vêtu d'une simple chemise, passait la plus grande partie de la journée.

— Mon oncle ? fit-elle lorsqu'elle fut au pied du lit.

— Ah ! Marian ! s'exclama-t-il en ouvrant les yeux qu'il gardait fermés le plus clair du temps. Approche.

La jeune femme repoussa le rideau sur la droite de William, dont le regard bleu se mit à briller sous les sourcils blancs en broussaille.

— Quel bon vent t'amène ?

Cette habituelle entrée en matière donnait à chaque fois mauvaise conscience à Marian, qui ne lui rendait pas souvent visite. Il en connaissait la raison, cependant, et ne lui en voulait pas.

— Je vous apporte la nappe pour l'archevêque, mon oncle. Ne vouliez-vous pas l'avoir dès aujourd'hui ?

Sans attendre la réponse de William, la jeune femme

déplia la nappe et l'étendit sur la couverture de laine qui lui couvrait les jambes.

— Ça ira, dit-il laconiquement en passant le doigt sur les broderies.

— Croyez-vous que cela soit assez pour vous assurer une place au ciel ? fit Marian, irritée par la réaction du vieil homme.

— Elle est magnifique, maman ! déclara Audra.

— Chut ! fit Lyssa en donnant un coup de coude à sa sœur. Oncle William s'en rend compte sans que tu le lui dises. S'il n'est pas plus élogieux, c'est pour taquiner maman.

Messire de Grasse leva un sourcil en regardant la fillette :

— Crois-tu vraiment que je plaisante ? dit-il d'un ton bourru.

— Oui, repartit Lyssa sans se démonter.

Il se pencha vers elle et chuchota assez fort pour être entendu aussi bien par la mère que par la sœur :

— Tu as sans doute raison, mon enfant, mais ne le dis pas à ta mère. Si je la félicite avec trop de ferveur pour son travail, elle risque de faire moins bien la prochaine fois et je n'entrerai jamais au paradis.

Comme Lyssa riait, il fit signe à Audra d'approcher.

— Qu'est-ce que tu as dans ton panier ?

Audra posa celui-ci sur le lit en répondant avec fierté :

— Douze œufs, mon oncle.

William se laissa aller en arrière, l'air effaré.

— Douze ! Qui m'aidera à en manger autant ?

Audra eut un regard de connivence pour sa jumelle.

— Nous, mon oncle !

— Ah ? Voilà une bonne idée. Cours les porter en cuisine et demande qu'ils soient cuits à point !

Marian était très reconnaissante à son oncle de la simplicité avec laquelle il traitait les jumelles alors que tant de ses sujets les considéraient encore avec méfiance. Et pourtant, elles étaient nées à Branwick et venaient d'y fêter leur cinquième anniversaire ! Tous auraient dû être habitués à elles, maintenant ; ce n'était hélas pas le cas. Beaucoup s'écartaient sur leur passage comme s'ils craignaient de croiser le regard de ces deux petits êtres si ressemblants !

Aussi Marian avait-elle choisi de ne se rendre qu'occasionnellement au château, de façon à heurter le moins souvent possible la sensibilité de ceux qui ne pouvaient contrôler leur peur.

— Que pensez-vous de Stephen de Wilmont, messire ? s'enquit soudain Lyssa, surprenant autant sa mère que son oncle.

— Je ne le connais pas. Il est arrivé pendant mon sommeil et je ne l'ai pas encore vu. Mais toi, si tu me le demandes, c'est que tu as déjà ton opinion ?

Lyssa opina du chef.

— Il s'est arrêté pour nous saluer en passant devant notre chaumière. Il est beau... et son sourire est doux.

— Il est aussi très courtois, renchérit Audra qui était revenue de la cuisine depuis quelques instants, et très richement vêtu, comme un grand seigneur ! Sa tunique de soie est brodée d'or et toutes les pièces de métal du harnais de son grand cheval sont en argent, comme les têtes des clous de sa selle !

Marian serrait les dents pour ne pas intervenir. Si elle interrompait ses filles et les ramenait *manu militari* à la chaumière, son oncle, qui ne manquait pas de finesse, chercherait à en comprendre la raison. Ce qu'elle ne voulait en aucun cas.

— Je vous remercie de ces informations, dit William de Grasse en portant successivement son regard sur les deux sœurs. Je m'en souviendrai lorsque je verrai enfin messire de Wilmont. Et maintenant, courez voir en cuisine si nos œufs sont prêts !

Les jumelles firent de brèves révérences et s'en furent en courant.

— Nous partirons dès que les filles auront partagé votre collation, dit Marian en repliant la nappe.

— Tu connais les Wilmont ?

La jeune femme savait que si elle ne répondait pas sincèrement, elle serait, tôt ou tard, confondue.

— Mon père leur achetait des chevaux autrefois. Peut-être le fait-il encore ?

— Ils sont excellents, n'est-ce pas ?

— En effet. Il n'y en a pas de meilleurs dans tout le royaume.

— Tu restes debout. Assieds-toi.

William tapotait le bord du matelas. Elle obéit, en formant le vœu que Stephen ne descende pas.

— J'ai remarqué, reprit le vieil homme, que depuis ton retour de Westminster, tu n'avais évoqué à aucun moment le projet de mariage de ta cousine avec Stephen de Wilmont. Pourtant, je suis certain que toi aussi tu as un avis sur le sujet.

— Le… le choix de son mari n'appartient qu'à Carolyn. Je ne voudrais l'influencer d'aucune manière.

— Ne l'as-tu pas vu à Westminster ?

Marian espérait que le sang qu'elle sentait monter à

ses joues ne la trahirait pas. Elle n'avait certes que trop bien vu Stephen, dans la chambre où il croyait rejoindre Carolyn...

— Si, je l'ai vu.

— Et alors ? N'as-tu aucune opinion ?

— Si, bien sûr, mais je répugne à vous la faire savoir, de crainte qu'elle ne détermine votre propre jugement.

— Tu ne l'aimes pas, n'est-ce pas ?

Je l'aime à la folie ! s'écria en elle-même la jeune femme en se levant et en tournant la tête pour dissimuler son trouble.

Le souvenir de ses folles amours avec Stephen lui revenait en mémoire avec vigueur et précision, comme dans ces rêves où l'on se croit, soudain, transporté dans le passé.

Elle se revoyait, lascive, la peau brûlante des caresses de Stephen, abandonnée entre ses bras... Elle avait cru, alors, que ces débordements de tendresse étaient la manifestation de l'amour, mais il ne s'agissait en fait que de concupiscence et d'appétit charnel. Après tout ce qu'ils avaient partagé ou, du moins, ce qu'elle avait cru partager avec lui, ne l'avait-il pas brusquement abandonnée sans même lui dire adieu, la laissant seule face à la disgrâce et la honte ?

Lorsqu'elle s'était sue enceinte, elle avait refusé de révéler qui était le père de l'enfant. Si Hugo de Lacy l'avait appris, il aurait obligé Stephen à épouser sa fille. Or, connaissant Stephen comme elle le connaissait, elle savait qu'il n'aurait pas supporté ce mariage forcé.

Il aurait peut-être consenti à l'épouser, mais n'aurait jamais été heureux de vivre avec elle. Or, elle préférait être seule avec ses filles plutôt que d'avoir auprès d'elle un mari plein de ressentiment contre elle pour l'avoir obligé à mener une vie contraire à son désir. Il valait mieux, d'ailleurs, que ses enfants n'eussent pas de père, plutôt que d'en avoir un qui n'aurait jamais été là en cas de nécessité.

Elle n'avait jamais regretté sa décision, même lorsque son père l'avait chassée de leur donjon, lui reprochant sa conduite et son insolence. Heureusement, Carolyn, qui avait été témoin de la scène, avait emmené sa cousine à Branwick.

William et sa fille — les seuls, ici, à connaître son histoire — ignoraient l'identité du père des jumelles. Du reste, ils ne l'avaient jamais interrogée à ce propos.

S'étant enfin remise de son émotion, du moins le croyait-elle, Marian se tourna vers son oncle, qui l'avait secourue quand tous l'abandonnaient :

— J'ai rencontré, autrefois, le baron Everart de Wilmont et son fils, Stephen, lorsqu'ils venaient livrer des chevaux à Murwaithe. A l'époque, le chevalier de Wilmont m'est apparu comme un jeune homme fougueux, impatient de voir le monde, et d'une effronterie peu commune.

Un sourire se dessina sur les lèvres de William, mais seulement sur la moitié de son visage — l'autre demeurant figée depuis qu'il avait été victime d'un coup de sang.

— Une sorte d'aventurier, n'est-ce pas ? C'est le genre d'homme qui plaît à Carolyn.

Son expression se fit pensive lorsqu'il reprit :

— J'ai rencontré quelques fois Everart de Wilmont. C'est un homme très puissant mais qui ne manque pas de cœur. Le baron actuel, Gerard, a du caractère et sait se faire respecter, ce me semble. C'est une qualité primordiale chez un puissant seigneur. Je n'ai jamais rencontré le jeune frère. Puis-je espérer qu'il ait un peu de bon sens ?

Marian ne voulait rien ajouter au sujet de Stephen. Si elle doutait qu'il eût changé en six ans, ce n'était pas à elle de le déprécier. Et elle ne voulait pas non plus éveiller la curiosité de son oncle en lui laissant entendre combien elle connaissait Stephen.

— A vous d'en juger, mon oncle, répondit-elle.

— Assurément, fit messire de Grasse en se redressant. Dis à Ivo de m'envoyer mon valet, afin que je m'habille pour le souper. Tu restes avec nous, n'est-ce pas ?

Marian fut fort embarrassée. Si son oncle réitérait cette invitation en présence des filles, qui allaient revenir d'un instant à l'autre de la cuisine, elles seraient horriblement déçues d'entendre leur mère la refuser.

Elle voulait absolument éviter Stephen ; or, s'il séjournait plusieurs semaines à Branwick, ce qui était probable puisqu'il y avait apporté son mobilier, elle ne pourrait échapper indéfiniment à son regard. Un jour ou l'autre, il apprendrait qu'elle était la mère des jumelles.

Il y avait si longtemps qu'elle n'avait rendu visite à son oncle qu'elle ne pouvait, d'ailleurs, refuser son offre sans risquer de l'offenser. Il fallait espérer que Stephen serait si soucieux de plaire à Carolyn et à son père qu'il ne remarquerait pas sa présence. Il suffisait qu'elle occupât une place aussi éloignée que possible de la table d'honneur.

— Avec plaisir, mon oncle, repartit-elle enfin avec résignation.

Puis elle s'écarta pour s'enquérir du sénéchal, comme son oncle l'en avait priée. Elle tira le rideau du lit, se retourna... et son cœur s'arrêta aussitôt de battre.

Il était là, en compagnie d'Ivo, tout près du dais et de l'estrade où se dressaient les sièges du seigneur de Branwick et de sa défunte dame.

Elle le fixait malgré elle, espérant que son désarroi ne se lisait pas sur ses traits aussi clairement que la stupéfaction sur ceux de Stephen. Il la considérait de ses grands yeux verts et semblait ne plus entendre le sénéchal, qui continuait de lui parler.

Elle reprit sa respiration et tâcha d'imposer un rythme plus calme à son cœur, qui s'était mis à battre la chamade.

Elle s'était crue amoureuse de Stephen autrefois, mais elle était bien guérie de cet engouement déraisonnable. Elle connaissait, à présent, la différence entre amour et désir. Il importait peu qu'elle se sentît attirée par lui comme le fer par l'aimant. Elle ne lui donnerait plus jamais l'occasion de la rendre misérable.

3.

Que faisait Marian à Branwick ?

Il s'était représenté la jeune femme avec mari et enfant dans un manoir à l'autre extrémité du royaume !

Or, elle marchait vers lui, gracieuse dans une robe gris perle taillée dans un drap épais qui servait à la confection des vêtements de travail. Mais la simplicité de sa tenue n'altérait en rien son élégance et ses charmes. Elle était aussi séduisante sinon plus que le premier jour où il l'avait vue — lorsque, à côté de sa mère, Eléonor de Lacy, elle attendait sur la première marche du large escalier de pierre conduisant au donjon de Murwaithe d'être présentée au baron de Wilmont et au plus jeune de ses fils.

Elle comme le jouvenceau avaient tenté de résister à l'attirance très forte qu'ils avaient ressentie l'un pour l'autre dès le premier coup d'œil, mais, le troisième jour, ils avaient succombé au désir et, ayant goûté au fruit défendu, en étaient devenus insatiables...

— Stephen..., dit-elle d'une voix altérée par l'émotion malgré l'effort énorme qu'elle faisait pour ne pas la laisser paraître. Je crains que vous ne deviez attendre quelques instants avant de vous entretenir avec messire de Grasse car il souhaite s'habiller auparavant pour prendre place au banquet qui sera donné, ce soir, en votre honneur.

Puis, se tournant vers le sénéchal, elle ajouta :

— Sa Seigneurie m'a priée de vous dire qu'il souhaiterait que vous lui envoyiez son valet pour lui faire sa toilette et le vêtir.

Ivo s'inclina et s'en fut quérir le serviteur particulier de son maître.

Seuls, même si Armand n'était pas loin et que servantes et servants, qui commençaient à dresser les tables pour le souper, s'affairaient autour d'eux, Marian et Stephen se considérèrent un moment en silence avant que ce dernier ne remarquât :

— Je ne vous vois pas pendant des années puis vous apparaissez successivement en des lieux où je ne m'attends pas du tout à vous rencontrer.

A peine eut-il prononcé ces mots qu'il les regretta : la jeune femme s'était mise à rougir. Il eut peur, pour avoir évoqué leur dernière rencontre à Westminster, de n'avoir renouvelé son courroux contre lui.

— J'ai cru comprendre que Carolyn ne vous avait pas très bien reçu, dit-elle avec une pointe d'ironie, confirmant l'appréhension de Stephen.

L'affront qu'il avait reçu à son arrivée avait, apparemment, déjà fait le tour de Branwick ; mais il n'était pas disposé à le reconnaître, d'autant moins qu'il ne doutait pas de reconquérir le cœur de Carolyn avant la fin de la soirée.

— Il semblerait que je sois arrivé au mauvais moment, Carolyn ayant déjà prévu une promenade à cheval dans l'après-midi, répondit-il sans sourciller.

— Peut-être serez-vous moins déçu par messire de

Grasse, insista Marian. Lui, au moins, ne pourra vous tourner le dos et vous laisser en plan.

Elle s'apprêtait à en faire autant quand Stephen, qui ne voulait pas subir une nouvelle rebuffade dans la journée, lui demanda :

— Comment se porte votre oncle ?

— Il va mieux, mais les progrès sont lents. Vous savez qu'il a été frappé d'apoplexie. Il a tout un côté paralysé. Il est rare de se remettre d'une telle épreuve. Mais s'il a des difficultés à parler, il ne faut pas croire que son esprit soit diminué.

— Merci de m'en faire part.

— Ce n'est pas pour vous aider que je vous dis cela, mais pour que vous ne fassiez pas de peine à mon oncle.

La remarque de Marian était blessante. Le connaissait-elle si mal pour le croire capable de manquer à ce point de déférence envers un vieillard ? Il n'avait pas toujours très bon caractère, certes, et, en cas d'adversité, pouvait se montrer assez âpre, mais il avait appris à respecter ses aînés, qu'ils fussent ou non de condition supérieure.

Alors qu'il ressassait la même question, il vit s'approcher du lit de William de Grasse deux jeunes serviteurs, l'un portant une cruche et une cuvette, l'autre des vêtements.

— Vos recommandations sont inutiles, répondit-il enfin à la jeune femme.

— Vraiment ? Je ne garde pas de vous le souvenir d'un homme particulièrement prévenant ni respectueux.

Il était vivement contrarié qu'après six ans Marian ne réussît pas à lui pardonner une indélicatesse qu'il avait commise malgré lui et sans même s'en rendre compte.

Mais si elle s'était mis en tête de lui en vouloir à vie, il n'y pouvait rien. Il n'avait pas besoin d'être encensé par elle. C'était Carolyn et non Marian qu'il était venu ravir.

— Je traiterai messire de Grasse avec égard et courtoisie, comme il convient, Marian. Vous n'avez pas lieu de vous inquiéter.

— Bien sûr. Vous êtes parfait ! Vous n'avez jamais manqué d'attention à personne !

Sur ces mots, elle tourna les talons.

— Vous avez l'art et la manière avec les femmes, aujourd'hui, dit Armand d'un ton moqueur.

Stephen, qui ne s'était pas rendu compte que son écuyer était assez proche pour les entendre, eut un mouvement d'irritation. Il se reprit aussitôt. Il pouvait faire confiance à Armand pour ne pas ébruiter ce dont il venait d'être témoin.

Les femmes... Il croyait pourtant les comprendre. Jusqu'à aujourd'hui, il s'était cru d'une habileté irréprochable avec elles. Comment avait-il pu échouer aussi lamentablement avec deux d'entre elles en une simple journée ?

Ivo, qui venait vers lui, le libéra de ses tourments :

— Messire de Grasse vous attend, lui dit-il en s'inclinant.

Rassuré de n'avoir, cette fois, qu'à s'entretenir avec un homme, il suivit le sénéchal.

William de Grasse était bien conforme à ce que lui en avait dit Marian. Sa faiblesse et son grand âge n'altéraient en rien l'expression vive de son regard. Au premier coup d'œil, Stephen reconnut tout ce que Carolyn tenait de son père : l'intelligence, la volonté et — ce qui n'était guère rassurant, en ce qui le concernait — l'entêtement.

Stephen s'inclina devant son aîné qui, adossé à ses oreillers, se tenait droit comme un i, tel un seigneur sur son trône.

— C'est un grand honneur pour moi de vous rencontrer enfin, messire de Grasse.

— Cet honneur est partagé, messire. On vous a montré votre chambre, je crois ?

— Oui, monseigneur. J'ai voyagé à travers toute l'Angleterre et la France, et Branwick ne le cède en rien, par son confort, à plus d'un château.

William accueillit le compliment d'un petit mouvement de la tête.

— Vos voyages vous ont longuement retenu au loin, en effet, et ma fille, semble-t-il, en a pris ombrage. Au mépris des règles les plus élémentaires de la politesse, elle vous a, m'a-t-on dit, faussé compagnie à peine étiez-vous arrivé à Branwick ?

William de Grasse s'interrompit pour considérer son interlocuteur puis reprit :

— Je lui ferai, évidemment, des reproches pour ce comportement cavalier, mais vous avouerez que vous l'avez poussée à bout, avec votre retard...

Si Stephen eut envie de prier messire de Grasse de ne pas rabrouer trop sévèrement sa fille — il n'en fit rien par bienséance —, il n'avait nullement l'intention, en revanche, de présenter des excuses tant à l'un qu'à l'autre pour avoir rendu service à Richard.

— Certes, mais je n'avais pas le choix. Mon frère avait besoin de moi pour un service d'importance.

Devant l'expression interrogative de William, Stephen expliqua le sens de sa mission, et sa gravité — puisqu'il s'agissait de protéger les intérêts d'un jeune orphelin contre la rapacité de la famille de son défunt père.

— Vous avez résolu le problème ?

— Je le crois.

William de Grasse fronça les sourcils.

— Vous n'en êtes pas certain ?

— Si… La dernière fois que j'ai vu Philip, il se rendait avec Richard chez Gerard, et son oncle, déçu dans ses espoirs, retournait en Normandie.

— Je vois.

Stephen perçut une nuance désapprobatrice dans la voix du vieil homme. S'il pensait qu'il n'avait pas voulu aider pleinement son frère, il se trompait, et il le lui ferait comprendre, au risque de lui déplaire.

— Si Richard a encore besoin d'aide, il s'adressera à Gerard, dont l'influence est plus grande que la mienne. Mais si mon assistance est requise, il n'hésitera pas un instant à m'envoyer quérir et je partirai à bride abattue pour Wilmont. Je vous suis reconnaissant de vous préoccuper des intérêts de mes frères ; mais, rassurez-vous, ils n'ont pas du tout été lésés dans cette affaire.

William eut un geste d'apaisement de sa main valide.

— Je ne doute pas que le baron de Wilmont puisse surmonter tous les obstacles qu'il rencontre, mais c'est vous, Stephen, en qui je n'ai pas entièrement confiance.

Conscient de sa réputation de tête brûlée, Stephen réprima sa colère.

— Pardon ? fit-il d'une voix agacée malgré lui.

Messire de Grasse le considéra derechef en silence, comme s'il cherchait à mesurer sa capacité à supporter les critiques, puis déclara avec fermeté malgré la faiblesse de sa voix :

— Disons que je ne pense pas du tout que vous soyez le mari qui convienne à ma fille.

Ce pauvre William n'avait plus toute sa tête… Oubliait-il qu'il avait devant lui le chevalier de Wilmont, issu de l'une des plus puissantes familles du royaume ? Bien que le cadet du baron, sa fortune dépassait très largement celle des Grasse. S'il avait eu l'âme guerrière et avait été dénué de tout scrupule, Stephen se serait prétendu insulté par son hôte et se serait retiré pour revenir avec une troupe et faire le siège de Branwick !

Le pauvre homme délirait également s'il tenait Edwin de Tinfield pour un meilleur parti que lui. La crise d'apoplexie dont il avait été victime, contrairement à ce que lui avait dit Marian et ce qu'on semblait croire à Branwick, avait peut-être jeté le trouble dans son esprit…

— Votre fille ne partage pas votre opinion, sinon je ne serais pas là.

— Le jugement de Carolyn n'est pas toujours fiable. Elle se croit capable, par exemple, d'administrer seule Branwick, ce en quoi elle s'abuse. Il faut un homme pour s'occuper d'un domaine aussi vaste et exercer l'autorité qui convient.

William de Grasse inclina la tête de côté et, esquissant un vague sourire :

— Si elle vous préfère à messire de Tinfield, pourquoi est-elle partie à cheval avec lui au lieu de vous tenir compagnie ?

— Je ne serais pas surpris que Carolyn ait profité de cette occasion pour éprouver ma résolution et s'assurer que je suis à même de rendre coup pour coup. Je soupçonne feu ses maris de n'en avoir pas eu le courage.

— Et vous vous estimez capable de le faire ?

— Oui, sans présumer de mes forces.

— Nous verrons...

Un bruit de pas précipités fit tourner la tête au vieil homme.

Stephen l'imita et vit approcher en courant les deux petites paysannes dont il avait fait la connaissance en traversant le village. Il leva spontanément la main pour les protéger contre l'ire de leur seigneur, mais il s'avisa bientôt que ce dernier leur souriait.

— Vous êtes de retour, mes chéries.

— Oui, messire, répondit Lyssa qui portait le plat d'œufs brouillés. Les œufs sont prêts et assaisonnés comme vous le souhaitiez.

— Il faut les manger avant qu'ils ne refroidissent, fit Audra. C'est la cuisinière qui l'a dit.

— Où est votre maman ? s'enquit William de Grasse. Nous ne voudrions pas festoyer sans elle.

— Elle replie la nappe pour l'autel de l'archevêque, repartit Audra.

Sous le regard stupéfait de Stephen, qui s'étonnait que les jumelles n'eussent pas encore été sévèrement rabrouées pour les libertés qu'elles prenaient, le malade tapota son matelas, invitant ainsi les fillettes à s'y asseoir.

Avant d'y monter, Lyssa leva les yeux vers Stephen et lui sourit.

— Voulez-vous goûter à nos œufs, messire de Wilmont ?

Stephen, qui ne pensait pas que William de Grasse

apprécierait qu'il acceptât l'offre de l'enfant, caressa la joue de celle-ci en lui disant :

— Merci ma petite, mais je ne veux pas te priver de ta collation.

Puis, s'adressant au maître de Branwick dont la bonne humeur, rétablie par l'arrivée des petites filles, favorisait la retraite de Stephen sans que celui-ci perdît tout à fait la face :

— Nous reprendrons cette conversation plus tard, messire, si vous le voulez bien.

Sur un vague signe de tête de son hôte, Stephen, aussitôt suivi par Armand, se dirigea vers la porte d'entrée du donjon. Une promenade d'un bon pas dans la cour l'aiderait peut-être à éclaircir ses pensées.

Apparemment, William de Grasse avait glané des informations le concernant qui n'étaient guère flatteuses.

Qui les lui avait données ? Carolyn ? C'était possible, mais peu vraisemblable : elle le connaissait trop peu pour connaître ses défauts et lui avait semblé très amoureuse, la dernière fois qu'elle l'avait vu.

La critique venait-elle de Marian ? Avait-elle ressenti le besoin de le dénigrer auprès de son oncle ? De son point de vue, elle avait peut-être de bonnes raisons de le faire, mais il ne pouvait croire qu'elle fût si malveillante.

La vie de ce donjon s'avérait des plus étranges ; la liberté avec laquelle s'y comportaient ces deux petites paysannes en était un exemple probant. Il était incroyable qu'elles fussent autorisées à interrompre un entretien du maître avec l'un de ses hôtes.

Qui était la mère de ces enfants ? Sans doute travaillait-elle au château ?

Un sourire de tendresse quasiment paternelle s'était

dessiné sur les lèvres de William lorsqu'il avait entendu arriver les jumelles.

Avait-il un lien avec elles semblable à celui qui unissait Everart de Wilmont et Richard, ou Gerard et son fils bâtard, Daymon ?

— Armand, fit Stephen en se tournant vers son écuyer, tâche de savoir si Carolyn de Grasse n'a pas quelque demi-sœur dont elle ne m'aurait jamais parlé.

Marian avait préféré s'asseoir à une table proche de la porte, bien qu'elle se sût la bienvenue avec ses filles à la table d'honneur ; elle pourrait ainsi s'éclipser à la fin du repas.

Elle avait fait asseoir les jumelles auprès d'elle afin de veiller à ce qu'elles mangent à peu près de tout et qu'elles ne se chamaillent pas, et s'efforçait de ne pas regarder Stephen.

Attaché à son siège pour ne pas en tomber, William présidait le souper avec un aplomb étonnant, eu égard à son état de santé. A sa gauche avait pris place Edwin de Tinfield, avec lequel il s'entretenait abondamment. Les deux hommes se connaissaient depuis de longues années et partageaient tant de choses qu'ils n'étaient jamais à court de sujets de conversation.

Carolyn était assise à la droite de son père et elle avait Stephen à côté d'elle. Après lui avoir opposé un mutisme et une indifférence éloquents, elle commençait à se dérider et même, semblait-il à Marian qui les observait malgré elle, à tomber sous le charme de son voisin.

Marian n'en était nullement surprise. Elle savait combien Stephen, sans le moindre effort, s'attirait l'attention des femmes. Alors s'il s'évertuait à plaire, comme cela paraissait être le cas, ce soir, il n'y avait rien de singulier à ce qu'il retrouvât le chemin du cœur de la jeune femme.

En outre, comme si sa séduction personnelle ne suffisait pas, il avait offert à Carolyn une magnifique cassette. Elle lui plaisait certainement beaucoup car, à tout instant, elle en soulevait le couvercle ou la caressait du bout des doigts.

Elle n'avait pas encore souri une seule fois à Stephen, mais, à un moment ou à un autre, elle succomberait à ses grâces et lui offrirait le sourire qu'il attendait. Ce serait intolérable... Marian espérait être loin avant que cela ne se produisît.

C'était un peu mesquin, elle en avait conscience, mais il lui était plus douloureux qu'elle ne l'aurait imaginé de voir sa cousine souper au côté de son ancien amant. Elle n'aurait pas dû en être affectée, puisqu'elle avait renoncé depuis longtemps à exiger de Stephen qu'il l'épousât. Elle était même arrivée à la conclusion que ce n'était pas l'homme qu'il lui fallait. Alors pourquoi serait-elle jalouse, maintenant, si Carolyn le trouvait à sa convenance ?

Il n'en restait pas moins qu'elle reprochait presque à Stephen, à présent, de n'avoir regardé qu'une seule fois dans sa direction depuis le début du repas. Ils s'étaient assez longuement fixés puis Marian avait détourné les yeux pour signifier à Stephen qu'elle n'était plus intéressée par lui. Après, cependant, elle avait été tellement préoccupée par l'échange de regards et, même, l'amorce de sourires entre lui et Carolyn, qu'elle en avait oublié de manger.

Elle se comportait comme une idiote, mais elle n'y pouvait rien ; c'était plus fort qu'elle.

— Maman ? chuchota Audra.

Marian baissa les yeux sur sa fille, qui lui fit remarquer que Lyssa avait les yeux mi-clos.

Au diable Stephen ! songea-t-elle. D'évidence, Lyssa souffrait de la tête ; elle se morigéna pour n'en avoir rien vu.

Dans un élan de tendresse maternelle, elle prit l'enfant sur ses genoux et la serra dans ses bras.

— Audra, fit-elle, va trouver messire de Grasse et dis-lui que nous devons partir.

La petite fille descendit du banc et, contournant les convives, gagna la table d'honneur.

— Pourquoi ne m'as-tu pas dit que tu avais mal ? dit Marian à l'oreille de Lyssa.

— Je ne voulais pas que nous partions déjà, repartit la fillette alors qu'une larme roulait le long de sa joue. Il y a de la tarte aux cerises au dessert.

Marian, émue par cette réponse, déposa un baiser sur le front de sa fille. Elle supportait une douleur lancinante depuis peut-être une heure pour goûter à une tarte !

Percevant un bruit de pas derrière elle, Marian se retourna et vit Audra, qui arrivait en courant, suivie à quelque distance de Carolyn et d'Edwin.

Zut ! Elle qui souhaitait s'esquiver discrètement ! Tous les regards se tournaient vers elle.

Carolyn, un sourire figé sur les lèvres — elle ne savait pas sourire autrement —, se pencha sur Lyssa et posa la main sur son front.

— Tu nous quittes déjà, ma chérie ?

La petite fille soupira.

— Je voulais attendre la tarte.

— Ah bon ! Je crois pouvoir m'arranger pour qu'on t'en garde une ou deux parts en cuisine. Tu les mangeras demain, avec ta sœur, quand vous rendrez visite à Père.

— Demain matin ? fit la petite fille.

— Nous verrons, intervint Marian. Ça dépendra de ton état.

— Fais-nous savoir comment va ta fille, dit Carolyn en se redressant. Père sera inquiet tant qu'il n'aura pas de ses nouvelles.

Marian acquiesça et fit mine de se lever, mais Edwin avança d'un pas vers elle :

— Je vous en prie, ma dame, dit-il en tendant les bras vers Lyssa.

— Je peux…

— Messire de Grasse m'a prié de vous reconduire chez vous… Et c'est un honneur pour moi de…

— Peut-être devriez-vous faire atteler une charrette ? le coupa Carolyn.

Edwin croisa les bras sur la poitrine et, levant un sourcil :

— Je vous assure, Carolyn, que je ne suis pas faible au point de ne pouvoir porter une enfant de cinq ans jusqu'à son lit, même si elle habite le village.

— Je suis certaine que Père ne vous a pas prié de porter vous-même les enfants de Marian. Il a seulement suggéré que vous trouviez un serviteur pour le faire.

Edwin sourit à Lyssa.

— Je doute qu'elle pèse plus qu'un sac de plumes, dit-il en se penchant pour la prendre dans ses bras.

L'enfant le saisit par le cou et posa la tête sur son épaule.

— Vous voyez ? fit-il. Je sens à peine son poids.

Carolyn leva les yeux au ciel.

— Comme vous voudrez. Prenez garde à ne pas vous faire un tour de reins et à ne pas trop secouer la pauvre petite.

Edwin hocha la tête d'un air exaspéré.

— Montrez-moi le chemin, Marian. Je vous suis.

La jeune femme se leva et se pencha sur Audra pour la soulever dans ses bras.

— Non, laissez-moi faire…

La voix de Stephen arrêta son geste. Elle lança un regard vers son oncle, sous le dais, qui observait la scène. Il avait envoyé un peu trop de monde à son secours…

Stephen s'inclina devant Audra :

— Jeune damoiselle, aurai-je l'honneur de vous raccompagner chez vous ?

La petite fille, sans pouvoir retenir un rire, répondit au salut du chevalier par une révérence.

— Avec plaisir, messire, si maman le permet.

Eût-elle préféré refuser l'aide de Stephen, Marian ne pouvait l'éconduire sans commettre une impolitesse ; en outre, elle avait hâte de mettre Lyssa au lit.

— Tu peux accepter l'offre de messire de Wilmont, dit-elle.

Lorsqu'elle vit sa fille blottie contre lui, Marian détourna les yeux. Elle avait voulu éviter à tout prix ce genre de situation… Les visages rapprochés de l'enfant et de l'adulte trahissaient sans ambiguïté le lien qui existait entre eux. Il fallait quitter le donjon au plus vite, échapper aux regards !

Marian sortit dans la nuit, suivie des deux chevaliers portant ses filles. Au poste de garde, elle prit une torche et franchit la dernière porte avant le village. Dès qu'elle fut hors de l'enceinte, elle éprouva du soulagement ; mais, impatiente de renvoyer les deux hommes au donjon, elle accéléra le pas.

Stephen et Edwin la suivirent sans peine, malgré leur fardeau.

Arrivée devant le mur où Stephen, sans le savoir, avait vu pour la première fois ses filles, Marian poussa la barrière et courut presque jusqu'à la porte de la chaumière. A l'intérieur, elle alluma une chandelle sur la table.

Le premier à pénétrer dans la masure, Edwin jeta un regard autour de lui puis déposa Lyssa sur le grabat que Marian lui désignait.

A l'instant où Stephen entra à son tour dans la seule et unique pièce de la misérable demeure, elle parut à Marian plus petite encore. Il occupait un tel espace ; sa présence vibrante raréfiait l'air. Lui aussi jeta un regard circulaire, mais plus lentement, comme s'il s'attristait de voir combien l'habitation de la jeune maman et de ses enfants était pauvre et dépouillée.

Marian donna la torche à Edwin et s'agenouilla près de Lyssa pour remonter la couverture sur elle.

— Merci de votre aide, dit-elle en se redressant. Retournez vite au donjon avant que le repas ne soit fini.

— Et que la tarte ne soit toute mangée, dit Audra qui s'accrochait au cou de Stephen et n'était visiblement pas pressée de s'en arracher.

— Oui, répondit Stephen en déposant enfin l'enfant sur le sol de terre battue. Nous rappellerons à Carolyn qu'elle doit en garder trois parts, pour vous et votre maman.

Lorsque les deux chevaliers se furent retirés, Marian poussa un long soupir. C'était trop dur de voir Stephen dans ses murs, si proche du grabat où elle allait s'étendre elle-même dans un instant, et de le laisser repartir. Si elle avait été seule avec lui — son cœur se serrait rien qu'à cette idée —, elle n'aurait pas résisté au désir de le retenir pour passer la nuit dans ses bras.

4.

Edwin portait la torche, laissant Stephen libre de veiller à ne pas se tordre le pied dans une ornière et de méditer au sujet de Marian, dont le sort le rendait de plus en plus perplexe.

Oserait-il questionner Edwin à ce sujet ?

Dès le retour du chevalier et de Carolyn au donjon de Branwick, William de Grasse l'avait présenté à Stephen sans omettre de chapitrer sa fille pour son impolitesse. A partir de cet instant, Carolyn s'était révélée un modèle de bonne éducation à l'égard de Stephen, quoique d'humeur un peu maussade.

Edwin ne lui avait pas adressé une seule fois la parole et Stephen, de son côté, avait gardé les mêmes distances. Il n'éprouvait pas le besoin de connaître son rival plus que nécessaire pour estimer ses avantages et ses faiblesses dans la compétition qui les opposait.

Il était évident, en tout cas, qu'il partait avec un handicap, son adversaire ayant très nettement la faveur de William de Grasse. Leurs rapports l'attestaient, en particulier les conversations nourries qu'ils échangeaient pendant les repas.

Leur bonne entente était si flagrante que Stephen

avait d'ores et déjà compris que la bataille ne pouvait se remporter que sur le terrain de la séduction. Il envoûterait Carolyn, s'il le fallait !

Il avait déjà remporté quelque succès grâce au présent qu'il lui avait offert : elle l'avait manifestement aimé. A tel point, d'ailleurs, qu'elle avait tenu à le montrer à Edwin.

Hélas, ce dernier ne semblait pas se laisser facilement décourager.

Stephen aurait dû profiter de l'occasion pour inciter Edwin à parler de Carolyn et apprendre ainsi à mieux cerner son concurrent, mais il était plus curieux de glaner des informations sur Marian.

— Lyssa et Audra sont d'adorables petites filles, observa-t-il d'un air anodin.

— En effet, répondit laconiquement Edwin.

— C'est désolant que cette pauvre Lyssa ait de pareilles migraines.

— D'après ce que j'ai entendu dire, elle en souffre fréquemment.

Stephen eut un serrement de cœur. Il était injuste qu'une petite fille innocente souffrît, et pour une mère c'était une torture de voir son enfant malade.

Marian… mère de ces charmantes jumelles qui avaient attiré son attention dès son arrivée à Branwick.

Il avait cessé de soupçonner William d'être leur père dès qu'il les avait vues à côté de leur mère, à laquelle elles ressemblaient beaucoup.

Mais il n'arrivait pas à comprendre pourquoi la petite famille vivait au village et non dans le donjon, où Marian avait sa place en tant que nièce de messire de Grasse. A moins que ce dernier ne nourrît une aversion particulièrement forte pour le mari de la jeune femme ?

Où était-il, du reste ? Il aurait dû être au côté de sa femme, lors du souper.

Dans un mouvement d'humeur, Stephen donna un coup de pied dans un caillou qui roula loin devant eux, au-delà du faisceau de lumière de la torche.

— N'y a-t-il aucun remède pour lui faire passer ces maux de tête ?

— Non, mais ce n'est pas faute de les avoir recherchés. Marian est allée jusqu'à Londres pour cela. Ce qu'elle en a rapporté, malheureusement, n'agit pas.

C'était donc Lyssa la forme humaine que Stephen avait distinguée sous les couvertures, à Westminster.

— Vous connaissez Marian depuis longtemps ?

Edwin daigna enfin tourner les yeux vers lui.

— Quelques années… Pourquoi cette question ?

— J'ai connu Marian alors qu'elle n'était guère plus qu'une enfant, mais je ne l'avais pas revue depuis plusieurs années. Ce qui me préoccupe…

Il s'interrompit et, s'immobilisant, se retourna vers la chaumière :

— C'est de la savoir seule avec ses filles dans cette hutte, poursuivit-il comme Edwin, qui avait avancé de quelques pas, se retournait à son tour. Laisser une jeune et jolie jeune femme sans défense, quelle imprudence ! Il suffirait qu'un gredin profite de l'absence de son mari pour s'introduire chez elle…

— Marian est veuve. Elle vit seule avec ses filles dans cette chaumière depuis plusieurs années.

« Veuve ? s'étonna Stephen. Ni mari ni père pour les protéger, elle et ses filles ? »

— Elle a d'autant plus de raisons d'habiter le donjon.

— Elle préférerait vivre au village. Il est étrange que messire de Grasse le lui permette, mais tout ce qui concerne cette jeune femme est mystérieux, à commencer par les circonstances de son arrivée à Branwick.

— Les connaissez-vous ?

— Ce qu'on m'en a dit, rien de plus. Je sais que c'est Carolyn qui a conduit sa cousine à Branwick après la mort de son mari. Elle a d'abord résidé dans le donjon, où elle a donné naissance aux jumelles, puis son oncle l'a autorisée à aller vivre dans cette chaumière. Je me suis souvent demandé pourquoi elle n'était pas retournée chez ses parents, à Murwaithe... Je suppose qu'il y a eu une fâcherie ou quelque événement de la sorte.

Stephen gardait de Hugo de Lacy le souvenir d'un homme orgueilleux, rempli du sentiment de sa propre importance ; son épouse, plus agréable et plus souriante, restait dans son ombre ; cela dit, à l'époque où il les avait connus, il n'avait relevé aucune animosité entre eux et leur fille.

— Quelque chose a dû se produire, au moment du mariage de Marian, qui aura creusé un fossé entre elle et ses parents, dit Stephen, car je me rappelle une famille unie.

— Vous la connaissez bien, n'est-ce pas ?

Stephen hésita. D'évidence, Marian entendait oublier le passé et ne voulait pas que leurs amours de jeunesse fussent connues.

Il ne le désirait pas davantage, d'ailleurs. Il lui aurait surtout déplu que Carolyn l'apprît, de même que son rival...

— Mon père fournissait des chevaux à Hugo de Lacy. Je l'accompagnais dans ses déplacements et ce fut dans ces circonstances que j'eus l'occasion de séjourner plusieurs fois à Murwaithe.

Il en avait assez dit. Aussi reprit-il sa marche, impatient de recueillir, peut-être, les informations obtenues par Armand. Constatant, après avoir fait plusieurs pas, qu'Edwin le suivait en le regardant étrangement, il lança :

— Qu'y a-t-il ?

— Carolyn m'est destinée. Il ne sert à rien que vous insistiez. Comprenez-le : tous vos efforts pour la ravir seront vains.

Stephen avait assez souvent combattu pour reconnaître la stratégie de son rival. Il s'agissait de décourager l'ennemi en le faisant douter de lui-même. Il n'était pas tombé de la dernière pluie et ne se laisserait pas prendre au piège.

— J'ai le regret de vous dire, Edwin, que je n'ai aucune intention de renoncer. Je suis bien décidé à laisser mon lit à Branwick jusqu'au jour où Carolyn prendra sa décision.

— Il ne s'agit pas que d'elle. Entre ses deux prétendants, il est exclu qu'elle épouse celui que son père désapprouve.

Stephen haussa les épaules.

— Je vous accorde que vous connaissez messire de Grasse depuis plus longtemps que moi et qu'il vous a assurément en haute estime, mais, quoi que vous en disiez, l'influence de notre hôte ne sera pas aussi prépondérante. L'avis de Carolyn sur la question est très important, et je me fais fort de la conquérir.

— Bonne chance, chevalier, répondit Edwin.

Les deux hommes regagnèrent en silence le donjon. Après avoir franchi le pont-levis, Edwin confia à un garde la torche qu'il serrait dans son poing, puis ils traversèrent la cour illuminée par de nombreux flambeaux et gravirent les marches conduisant au logis seigneurial.

En entrant dans la grande salle, ils constatèrent que le repas était terminé et que les tables avaient été démontées. Stephen aperçut Harlan et les gens d'armes de Wilmont assis sur les dalles, un pot de bière à la main, en train de jouer aux dés avec des gardes de Branwick.

Toujours attaché à son siège, messire de Grasse avait été transporté près de l'âtre où sa fille, assise sur un banc, avait un livre ouvert sur les genoux.

La paix régnait incontestablement à Branwick, mais elle ne régnait pas seule : elle avait l'ennui pour ministre. Il manquait ici des ménestrels, troubadours, jongleurs et autres dresseurs de fauves…

Harlan et ses hommes, du moins, avaient trouvé des compagnons pour s'occuper. Ne voyant pas Armand, Stephen le chercha dans les coins d'ombre de la vaste pièce. En vain. Sans doute avait-il trouvé quelque distraction propre à son âge…

— Eh bien ? fit Edwin d'un ton brusque. Je pensais qu'on nous aurait gardé du dessert.

Carolyn leva les yeux de sa lecture.

— Ne soyez pas grognon, Edwin. Vous vous doutez bien que j'ai fait garder en cuisine vos parts et celles de Marian.

La jeune femme fit un signe de la main à une servante.

— Va chercher les tartes de nos hôtes et de la bière.

La domestique esquissa une révérence et s'en fut en cuisine tandis que Stephen venait s'asseoir sur le banc près de Carolyn.

— C'est très gentil de votre part de penser ainsi à nous, dit-il. Comme je le disais à votre père, l'accueil ici est excellent.

— Je vous remercie, chevalier, répondit Carolyn avec un petit sourire que Stephen jugea encourageant, après l'attitude dédaigneuse qu'elle lui avait opposée depuis son arrivée.

Profitant de l'occasion pour s'entretenir enfin avec elle, il baissa les yeux sur l'ouvrage qu'elle avait entre les mains.

— Ce psautier est magnifiquement illustré, fit-il en observant les enluminures qui ornaient chaque page, l'en-tête de chaque chapitre étant enrichi d'une calligraphie somptueuse et vivement colorée. Cette Vierge sur un trône entourée d'angelots est un petit chef-d'œuvre. Le dessin en est extrêmement délicat. On imagine qu'il a été tracé par une main dévote. Tenez-vous cet ouvrage de votre famille ?

— C'est un présent de messire de Tinfield.

Un cadeau de valeur, assurément, songea Stephen ; mais ce n'était pas le genre de présent à faire à la femme que l'on courtisait. Edwin connaissait-il si peu les femmes ? A moins qu'il ne se fît de Carolyn une tout autre idée que lui ?

Il n'aurait jamais imaginé, en effet, que Carolyn pût préférer lire un ouvrage religieux près de son père plutôt que vaquer dans sa chambre, en compagnie d'une ou deux suivantes uniquement soucieuses de lui complaire, à des occupations purement féminines — par exemple, choisir quels bijoux elle rangerait dans son nouveau coffret...

— Les moines de Saint-Gall sont réputés pour la qualité de leurs copies et de leurs enluminures, intervint Edwin.

— Je n'y suis jamais allé, dit Stephen. Peut-être devrais-je m'y rendre, lors d'un futur voyage sur le continent ?

— Auriez-vous des péchés à vous faire pardonner ? demanda Carolyn avec une pointe d'ironie.

— Qui n'en a pas ? Non, si j'y allais, ce serait pour la même raison que messire de Tinfield : en rapporter de pieux ouvrages, que j'offrirais aux personnes qui me sont chères.

Cet échange fut interrompu par l'arrivée, sur un plateau, des parts de tarte et des pots de bière. William de Grasse en profita pour interroger Edwin au sujet de Marian et ses filles, et Stephen envisagea, un instant, de saisir cette opportunité pour entraîner Carolyn à l'écart.

Néanmoins, il se ravisa, considérant qu'il était encore trop tôt. La jeune femme, en effet, et ce malgré les efforts qu'elle avait faits pour se rapprocher de lui, continuait de le bouder, et le geste n'aurait sans doute pas été apprécié d'Edwin de Tinfield. Il fallait agir plus subtilement.

— Vous me semblez fatigué, messire, remarqua Edwin.

William de Grasse écarta la question d'un geste de la main.

— Si je vous donne cette impression, c'est que j'ai passé trop de temps dans mon lit. Mais ne parlons point de ma santé. Vous seriez peut-être curieux de savoir de quoi je parlais avec Carolyn, pendant votre absence ?

Carolyn referma son psautier et, sans laisser le temps à Edwin de répondre, déclara :

— Vous devriez approuver chacune de mes suggestions, Père. Je vous assure qu'elles sont parfaitement fondées.

— Nous avons discuté des travaux que réclament Branwick et plusieurs autres bâtiments, précisa William. Las, comme je le faisais remarquer à Carolyn, c'est très bien de prévoir des réfections et des améliorations, mais elles ne se font pas sans argent. Et le contenu de mes coffres ne saurait y pourvoir.

— Si vous n'aviez pas une telle méfiance des usuriers…

William leva les yeux au ciel d'un air offusqué.

— Tous des voleurs !

— Peut-être, mais ces réparations doivent être faites avant l'hiver. Pour certaines, nous pouvons les repousser jusqu'au jour où nous aurons touché le prix de la vente de la laine de nos moutons. Le cours de la laine devrait monter sous peu et…

— Imaginons qu'ils baissent, au contraire, coupa William. Comment rembourserions-nous ton usurier ?

La jeune femme fit la moue et Stephen eut l'impression qu'elle allait renoncer à argumenter, mais elle redressa bientôt le menton et repartit :

— Je constate encore une fois, Père, qu'il vous est difficile de prendre des décisions sur la foi des observations d'autrui. Si vous pouviez monter à cheval et parcourir vos terres, vous conviendriez avec moi que tous les travaux que je suggère méritent d'être entrepris sans délai.

— Sûrement pas tous...

— Ivo est parfaitement d'accord avec moi.

— Mon pauvre sénéchal s'incline devant tous tes caprices pour avoir la paix ! Cela dit, tu n'as pas entièrement tort. Je ne peux, en effet, inspecter moi-même mon domaine, et suis contraint de me reposer sur ce qu'on m'en dit. Mais j'ai justement parlé avec Edwin...

— Sans même me tenir au courant ? L'opinion d'Edwin prévaudrait-elle sur la mienne ?

Messire de Grasse garda le silence, dardant sur sa fille un regard inflexible. Stephen, qui avait envie de venir à l'aide de la jeune femme, devina qu'elle prenait sur elle pour contenir sa colère.

— Je vois, dit-elle enfin d'une voix tendue. Dois-je en conclure que vous avez pris quelque arrêt ?

— Pas encore. J'envisageais de demander un autre avis...

William posa son regard perçant sur Stephen.

— Pourquoi pas le vôtre, messire de Wilmont ? Avez-vous quelque expérience de la façon d'administrer un domaine, pour nous faire profiter de vos lumières ?

L'ironie sous-jacente n'échappa pas à Stephen. William de Grasse cherchait-il à savoir comment il en userait avec Carolyn si, par le plus grand des hasards, il se mariait avec elle ? Il donnait surtout l'impression de le considérer comme un incapable.

— Sur quel sujet précis aimeriez-vous avoir mon opinion, messire ? fit Stephen sans se laisser le moins du monde impressionner.

— J'aimerais savoir, en tout premier, ce que vous pensez de l'usure ?

La question avait tout d'un piège : comment complaire à la fois au père et à la fille ?

— Je n'ai jamais eu l'occasion de recourir aux services d'un usurier, mais je crois qu'il en existe d'honnêtes. En cas de nécessité, je ne répugnerais pas à m'adresser à l'un d'eux, après m'être assuré de sa probité.

William plissa les yeux d'un air rusé.

— Vous prendriez donc le risque de perdre Branwick ?

— Jamais ! Il n'est pas question d'hypothéquer votre demeure.

— Comment voulez-vous obtenir un prêt, sans que Branwick en soit la garantie ?

— Je présume que vos coffres, même s'ils ne sont pas aussi pleins que vous le souhaiteriez, recèlent, nonobstant, quelques belles pierres que vous pourriez vendre pour financer les travaux les plus urgents. Cela vous éviterait d'emprunter, puisque vous avez tant d'aversion pour cette pratique.

William demeura pensif un instant, pour la plus grande satisfaction de Stephen, qui avait l'impression de ne pas s'en être trop mal sorti.

— Comme j'étais sur le point de le dire avant que Carolyn ne s'emportât, reprit William, Edwin et moi-même avons envisagé le remplacement de la meule du moulin. La pierre en est si profondément fendue qu'on ne peut gager qu'elle remplira sa fonction à la prochaine récolte. C'est une dépense importante mais capitale si nous ne voulons pas manquer de farine pendant l'hiver. Au sujet des autres travaux, je reste indécis…

Il se tourna vers sa fille :

— Demain matin, donne à Edwin et à messire de Wilmont la liste de tes projets. Peut-être l'un ou l'autre trouvera-t-il le moyen de te satisfaire à un prix que je serai prêt à payer ?

Autrement dit, messire de Grasse venait d'élargir le cadre de la compétition déjà lancée entre Edwin de Tinfield et lui-même ! Assurément, pensa Stephen en son for intérieur, celui qui présenterait les meilleures solutions au prix le plus bas serait en bonne position pour obtenir la main de l'héritière.

Armand pénétra dans la chambre, un petit sourire suffisant aux lèvres, que la faible clarté d'une chandelle révéla à Stephen, étendu sur son lit, vêtu d'une seule chemise et de ses chausses.

Il n'avait pas besoin de demander au jeune écuyer où il avait passé la soirée.

— Alors ? fit-il. Comment est-elle, cette petite servante ?

— Elle s'appelle Dena et elle est merveilleuse, répondit un peu sèchement Armand.

Au ton brusque de l'écuyer, Stephen renonça à le taquiner davantage, bien qu'il se fût bien vengé sur lui du désagrément que William lui avait causé.

La compétition que messire de Grasse avait instaurée entre les deux prétendants de sa fille mettait Stephen hors de lui ; mais il allait y participer, puisque son rival n'avait pas bronché. Il passerait pour un mauvais joueur s'il se dérobait à l'épreuve...

— As-tu appris autre chose de la jolie Dena que l'art d'aimer ?

— Oui, répondit Armand en tirant le verrou de la porte. Les jumelles ne sont pas les demi-sœurs de Carolyn de Grasse, mais les filles de sa cousine.

— J'ai appris la même chose pendant le souper, et aussi que leur mère est veuve. T'a-t-elle dit pourquoi Marian de Lacy était venue vivre à Branwick ?

— Non, mais je ne lui ai pas posé la question. Devrais-je le faire ?

Sur le point de répondre positivement, Stephen se retint de le faire au dernier moment. Le mystère demeurerait. Il y avait des questions plus urgentes à régler.

— Ce n'est pas nécessaire.

— Comme vous voudrez, dit Armand en retirant sa tunique. En tout cas, j'ai interrogé Dena au sujet d'Edwin de Tinfield et elle s'est montrée plutôt diserte.

Il jeta le vêtement au sol, au pied de son grabat, et s'assit sur un tabouret pour retirer ses bottes.

— Le fief des Tinfield est voisin de Branwick. Les deux familles se connaissent depuis fort longtemps. Edwin aurait perdu sa femme en même temps que Carolyn son premier mari. Il s'est adressé sans tarder à William de Grasse pour lui demander la main de sa fille ; il s'est alors entendu répondre qu'elle était déjà destinée à un autre.

— Il tente donc de nouveau sa chance.

— Oui, mais, cette fois, Carolyn a obtenu de son père le droit, sinon de choisir elle-même son mari, du moins d'exprimer son opinion en la matière. Messire de Grasse n'en tient pas toujours compte, certes, car en dépit des récriminations de sa fille au sujet de l'âge de messire de Tinfield, qu'elle considère trop avancé, il l'a convié pour un long séjour à Branwick.

Armand sourit en poursuivant :

— Selon Dena, dame Carolyn et messire de Tinfield se querellent avec véhémence ; le plus souvent leur discussion porte sur les libertés qu'il est raisonnable ou non d'accorder à une épouse. Messire de Tinfield raille les positions de Carolyn de Grasse, très peu conformes, d'après lui, à ce qu'on attend d'une noble dame. J'ai l'impression qu'ils forment une paire très mal assortie.

Un point de moins en faveur d'Edwin, pensa Stephen. Mais si William de Grasse ne pouvait forcer sa fille à épouser le chevalier de Tinfield, rien ne l'empêchait, en revanche, de lui interdire d'épouser Stephen de Wilmont, s'il jugeait médiocres ses compétences de régisseur.

Stephen se frotta les yeux en songeant à la liste des problèmes à régler à Branwick, qui lui avait été soumise le matin même. Il avait abandonné, malheureusement, la direction de son propre domaine à son sénéchal et à son frère Gerard depuis trop longtemps pour être au courant du prix des matériaux et de leur acheminement, en particulier dans cette province. Mais il pourrait interroger Ivo à ce sujet.

Le plus difficile dans cette épreuve restait la conquête du cœur de Carolyn. Il se rendait compte qu'il la connaissait à peine, si ce n'était dans le déduit…

Il apparaissait qu'elle aimait monter à cheval. Se passionnait-elle, comme certaines nobles dames, pour la chasse au faucon ? Avait-elle une préférence pour les promenades à l'ombre des arbres, le long d'une rivière sinueuse, ou pour la broderie et la conversation féminine, dans le jardin du château ? Ses goûts la portaient-ils vers le salé ou le sucré ? La bière ou le vin ?

Personne ne serait en mesure de le renseigner à ce sujet, sinon l'intéressée elle-même. Il fallait d'urgence retrouver le chemin de son cœur. A moins que ?... Oui, Marian devait connaître assez bien sa cousine pour le renseigner. Mais il lui faudrait jouer très fin, car elle n'était manifestement pas bien disposée à son égard.

Marian dont le visage, encadré par deux lourdes tresses de cheveux d'un blond cendré, était si charmant avec ses grands yeux gris, son nez fin et droit, sa bouche vermeille au délicat dessin...

Marian, maman de deux adorables petites filles, veuve d'un inconnu, qui vivait dans une chaumière, à l'orée du village de Branwick...

L'hostilité qu'elle lui montrait le chagrinait, au fond, plus qu'il n'était prêt à l'admettre. Mais comment obtenir d'elle qu'elle lui parlât plus doucement, qu'elle le gratifiât d'un sourire ? Comment se faire pardonner la peine qu'il lui avait faite par son manque d'attention — à cause, surtout, de son extrême jeunesse, qui le rendait si indifférent à la souffrance des autres et si préoccupé par lui-même ?

Il était étrange qu'elle lui en voulût autant après toutes ces années. Il aurait compris la persistance de son courroux si elle n'avait cessé de penser à lui et l'avait regretté. Or, d'évidence, ce n'était pas le cas, puisqu'elle s'était mariée peu après l'avoir connu — à en juger d'après l'âge des jumelles, environ quatre ans ?

L'homme qui l'avait épousée avait-il su qu'elle n'était plus vierge ?

Stephen fut, soudain, la proie de remords qui ne l'avaient jusqu'alors jamais effleuré.

Si Marian avait avoué à son père qu'elle n'était plus une pucelle, peut-être avait-elle dû consentir à épouser un homme d'une condition inférieure à la sienne ?

N'était-ce pas une raison suffisante pour en vouloir à jamais à celui qui était responsable de sa chute ? D'autant plus qu'elle avait dû être confrontée à l'hostilité des siens, selon Edwin. A telle enseigne qu'il lui avait été impossible, après la mort de son mari, de retourner vivre à Murwaithe.

— Quels sont vos projets aujourd'hui, messire ? demanda Armand.

Arraché à sa méditation, Stephen exposa à son écuyer la mission qui lui avait été confiée par William de Grasse.

— Ça ne devrait pas être trop difficile pour vous, répondit le jeune homme. N'avez-vous pas déjà fait une étude du même ordre pour le compte de votre frère ?

Gerard, en effet, avait confié à Stephen l'inspection du domaine qu'il s'était vu attribuer par Henry Beauclerc, après qu'il lui eut livré l'un de ses sujets, un félon ayant comploté contre la couronne.

Constamment en quête d'aventures, Stephen avait accepté incontinent et sillonné les vastes étendues de terre — son frère, d'ailleurs, lui avait fait don d'une grande partie d'icelles — pour en apprécier l'état général, bâti compris.

— Il y a certes une similitude entre les deux missions, mais les conditions en sont très différentes. Les coffres des Wilmont sont pleins et Gerard, en cas de nécessité, était prêt à emprunter pour les travaux urgents. William de Grasse, lui, n'est ni riche ni audacieux.

— Il ne me semble pas si timoré. En tout cas, la liberté qu'il accorde à sa fille ne correspond pas à ce que vous m'en dites. Il se pourrait qu'il soit plus aisé de le satisfaire que vous ne le pensiez.

Peut-être... Las, depuis son arrivée à Branwick, Stephen n'avait réussi à plaire à personne — sinon à une petite fille qui lui avait souri chaleureusement, avant de succomber à un affreux mal de tête.

Ni son esprit ni son âme n'étaient en repos en ce qui concernait Marian de Lacy. Maintenant qu'il l'avait revue et qu'il mesurait la force du ressentiment qu'elle nourrissait à son égard, il éprouvait le besoin de s'amender auprès d'elle. Non parce que la jeune femme avait le pouvoir d'influencer William de Grasse en sa faveur, mais pour apaiser sa propre conscience.

Il risquait, cependant, d'être plus difficile de reconquérir l'estime de Marian que de remporter la compétition pour obtenir la main de Carolyn.

Marian ne pouvait en croire ses yeux. Elle venait d'ouvrir les volets et observait l'aube naissante quand son regard s'était arrêté sur une silhouette masculine...

Assis sur le mur d'enceinte, vêtu d'un bliaut vert sombre, de chausses brunes et de bottes qui lui conféraient l'aspect d'un forestier, Stephen contemplait sa modeste chaumière.

Se pouvait-il qu'il eût passé toute la nuit ici ? Non, c'était impensable. Seulement, il avait dû quitter le donjon avant que ne résonnât la cloche qui, chaque matin, appelait ses habitants à se rendre à la chapelle pour entendre la messe.

Elle hésita un instant avant de passer des bottes et de jeter sur ses épaules une pèlerine dont elle rabattit le capuchon sur ses cheveux libres. Les filles dormaient encore et elle voulait prier Stephen de se retirer avant qu'elles ne s'éveillent.

En la voyant franchir le seuil de la masure, Stephen sauta du mur. Sans doute fut-il déçu : elle ne vint pas jusqu'à lui, mais s'arrêta à une certaine distance.

— Comment va Lyssa ? demanda-t-il, ne sachant par où commencer.

Marian eut un serrement de cœur. Il ne savait pas qu'il demandait des nouvelles de la santé de sa propre fille ! Mais peut-être le faisait-il sur la demande de William de Grasse ? Elle n'aurait pas été étonnée que l'oncle, dès l'aube, chargeât quelqu'un de sa maison de s'enquérir de l'état de sa nièce.

— Elle s'est levée deux fois pendant la nuit car elle souffrait trop allongée, mais elle a réussi à s'endormir enfin et il me semble que le pire est derrière nous.

— Pauvre enfant ! C'est injuste de tant souffrir à son âge. Comme nous retournions au donjon, hier soir, messire de Tinfield m'a dit que vous l'aviez emmenée à Londres pour la faire soigner. C'était elle, n'est-ce pas, qui était dans le lit, la nuit où nous nous sommes revus ?

La jeune femme avait tâché d'oublier ces instants troublants et qui lui en avaient cruellement rappelé d'autres, bien plus envoûtants — ceux-là mêmes qui la hantaient encore aujourd'hui, malgré tous ses efforts pour les chasser à jamais de sa mémoire.

— Oui, c'était Lyssa, reconnut-elle.

Marian lança un regard vers la chaumière, son refuge.

— Il faut que je rentre, maintenant. Vous, vous feriez bien de vous dépêcher si vous ne voulez pas manquer la messe.

Une lueur espiègle passa dans le regard vert de Stephen.

— Vous avez sans doute raison, à moins que je ne veuille m'exposer une fois de plus aux reproches de votre oncle.

La question qui traversa l'esprit de Marian dut se lire dans son regard car Stephen reprit :

— Il ne m'aime pas. Il me considère trop jeune et indigne de sa fille.

— Il vous l'a dit aussi crûment ? fit la jeune femme qui savait que William ne mâchait pas toujours ses mots, mais qui ne l'avait jamais entendu être délibérément grossier.

— Oui et, en outre, il a imaginé un moyen de jauger les deux prétendants de sa fille en les mettant en compétition.

Stephen s'accouda au mur et laissa son regard errer sur les collines verdoyantes et les champs de blé, de seigle, d'avoine, d'orge et de houblon qui s'étendaient autour de Branwick.

— Il nous a été remis une liste de réparations et d'améliorations diverses qu'il conviendrait de faire sur le domaine de Branwick. Il nous revient de dire si elles sont envisageables et à quel coût, le plus bas possible, bien sûr. Votre oncle ne l'a pas dit ouvertement, mais il s'attend à ce que j'échoue lamentablement.

— Sera-ce le cas ? demanda la jeune femme qui espérait, au fond d'elle-même, un tel échec.

Ainsi, Stephen partirait, et elle retrouverait peut-être la paix intérieure qui l'avait fuie depuis qu'elle l'avait revu.

— Oh ! non. En fait, cette compétition ne m'inquiète pas ; elle m'ennuie, tout simplement.

Il la regarda dans les yeux et, avançant vers elle :

— C'est pour vous que je suis préoccupé, dit-il.

Il posa les mains sur ses épaules.

— J'étais inquiet, hier soir, lorsque nous vous avons laissée dans cette masure. Je me suis réveillé plusieurs fois dans la nuit et je pensais à vous... Dès que l'aube a point, je me suis habillé et je suis venu ici pour m'assurer que rien de fâcheux ne s'était passé dans la nuit. Edwin m'a dit que vous habitiez cette chaumière depuis plusieurs années et j'avoue ne pas comprendre. Vous devriez vivre au château.

Marian aurait voulu ne plus sentir la pression des doigts de Stephen à travers l'étoffe de son manteau — ces doigts longs, racés qu'elle connaissait si bien et qui l'avaient élevée, autrefois, au comble du bonheur...

Elle croisa les bras sur sa poitrine, où son cœur battait follement, pour ne pas céder à la tentation d'enlacer la taille de Stephen.

— Je préfère vivre dans la chaumière. Vraiment, nous ne courons aucun risque ici.

Devant l'expression sceptique du chevalier, Marian indiqua du doigt une autre masure, à quelque distance, le long de la voie.

— C'est là qu'habitent le forgeron et ses deux fils, qui

sont forts comme des taureaux. Si je crie, méfiez-vous. Vous serez en danger.

Un petit sourire se dessina lentement sur les lèvres de Stephen.

— Un chevalier normand rompu au combat ne redoute pas des vilains, fussent-ils d'une force colossale.

Il recouvra son air grave lorsqu'il ajouta :

— Je dois vous avouer que je suis très peiné par le ressentiment que vous avez gardé contre moi. J'aurais voulu vous exprimer mes regrets à Westminster, mais cela n'a pas été possible. Accepterez-vous, de m'écouter à présent ?

Il était donc venu pour ça…

La jeune femme recula d'un pas.

— C'est une vieille histoire… Mieux vaut l'oublier complètement…

— C'est impossible.

— Elle ne vous avait pourtant pas tellement marqué à l'époque. Vous n'avez aucune raison de vous soucier de mon sort après toutes ces années.

— Quelle qu'ait été mon attitude alors, je me rends compte que je n'ai pas oublié ce que nous avons partagé et, en vertu de cela même, je me sens concerné par votre situation. Votre place est dans le donjon de votre oncle, pas dans cette masure. N'essayez pas de me faire croire que vous y êtes heureuse. Je me souviens d'une jeune fille enjouée, qui riait à tout instant, et je retrouve une femme grave, au regard triste. Je crains que ce que nous avons vécu ensemble n'ait radicalement changé le cours de votre vie. Dites-moi ce qui s'est passé après mon départ.

Marian réprima la peur qui la gagnait avant qu'elle ne

prît une telle ampleur qu'elle n'eût plus été en mesure de la contrôler. Stephen demandait à savoir ce qu'elle s'était juré de ne jamais lui dire.

— La vie que je mène est celle que j'ai choisie, Stephen. Acceptez les choses telles qu'elles sont. Et maintenant, rentrez bien vite au donjon avant qu'on ne s'aperçoive de votre absence.

Sur ces mots, elle fit volte-face et courut jusqu'à la porte. Au moment où elle l'ouvrit, elle entendit Stephen crier son nom. Elle fut sur le point de se retourner mais trouva la force de résister à cette envie et, refermant la porte derrière elle, elle en tira le verrou.

Appuyée à l'huis, toute tremblante, elle espéra malgré elle entendre son pas se rapprocher ; comme rien ne venait troubler le silence, elle osa jeter un coup d'œil par la fenêtre. Stephen avait disparu.

Le mur se dressait devant elle comme s'il ne s'y était jamais assis. Elle l'avait pourtant bel et bien vu, tantôt.

Il reviendrait, elle en avait la certitude…

Audra et Lyssa dormaient encore. Comme elles étaient angéliques, dans le sommeil ! Audra avait le pouce dans la bouche et les traits du visage de Lyssa étaient enfin détendus.

Marian avait passé la plus grande partie de la nuit à son chevet, appliquant un linge humide et froid sur son front dans l'espoir de la soulager un peu. Elle aurait tant aimé faire plus pour elle !

Avant que ne paraissent les premières lueurs du jour, alors qu'elle avait les paupières lourdes de sommeil, elle n'avait pu se garder de penser qu'elle avait privé Stephen du privilège de voir ses filles faire leurs premiers pas, de les entendre prononcer leurs premiers mots…

Mon Dieu ! N'avait-elle pas commis une grave erreur en ne leur permettant pas de se connaître ?

5.

Après l'entrevue affligeante qu'il venait d'avoir avec Marian, Stephen éprouvait le besoin d'une longue chevauchée. Il commencerait donc l'inspection des terres de Branwick dans leurs parties les plus reculées. Toutefois, s'il ne voulait pas se perdre, il fallait absolument qu'on lui indiquât la bonne direction.

Pendant toute la messe, il s'était remémoré sa discussion avec la jeune femme et avait dû convenir qu'il s'y était mal pris. Il aurait fallu présenter *d'abord* des excuses à Marian et, chemin faisant, essayer de comprendre sur quoi exactement se fondait sa rancœur. Qu'elle lui tienne rigueur encore, après six ans, d'un simple manquement aux règles de la courtoisie pouvait paraître un peu excessif. Néanmoins il avait agi en goujat, il s'en rendait compte, à présent, même s'il n'avait fait que suivre son père dans son départ précipité.

Il tira avec force sur la sous-ventrière de son étalon, qui protesta en s'ébrouant.

— Besoin d'aide ? demanda Edwin qui sellait son propre cheval deux stalles plus loin.

— Non, ça ira. Il est seulement un peu grincheux. C'est son tempérament.

— Alors vous formez une paire harmonieuse, ce matin.

Stephen ne se formalisa pas de cette raillerie. L'humour mettait du piment dans la vie, et il se réservait le droit, à l'occasion, d'en user de même avec le chevalier...

Il porta les yeux sur la liste des problèmes à régler, qui étaient au nombre de vingt — certains à l'intérieur des murs de Branwick, la plupart au-delà. Quelques-uns exigeaient de partir deux jours et de passer la nuit dans deux fiefs de moindre importance, soumis à la juridiction de messire de Grasse. Nulle part, il ne semblait que des travaux excédant l'entretien régulier des bâtiments ne fussent requis.

Entre tous ceux qu'il lui revenait d'inspecter, le seul susceptible de susciter son intérêt était la chaumière de Marian. Il convenait de vérifier l'étanchéité de sa toiture.

William de Grasse ne refuserait sans doute pas d'en refaire le chaume, à moins qu'il n'y vît une opportunité d'obliger Marian à venir vivre dans le donjon ?

Dans le cadre qui seyait à une femme de noble naissance. Comme elle était irritante !...

Edwin conduisit son cheval hors de la stalle.

— Par quoi commençons-nous ?

Stephen, qui venait également de sortir de sa stalle avec son destrier, regarda le chevalier d'un air interloqué :

— Vous suggérez que nous partions ensemble ?

Edwin de Tinfield haussa les épaules.

— Nous sommes censés inspecter les mêmes endroits, or vous ignorez où ils se trouvent. Si nous y allons ensemble, ça vous évitera au moins de vous égarer.

— Ça ne devrait pourtant pas vous déplaire, si je me perdais ?

— Je ne tirerais aucune gloire de remporter l'épreuve contre un adversaire qui se serait brisé les reins en tombant dans un fossé.

Si le chevalier paraissait sincère, Stephen n'en restait pas moins circonspect.

— Ne me regardez pas ainsi, reprit Tinfield. Je ne ferai rien pour vous induire en erreur ou vous faire perdre votre temps, mais je ne ferai rien non plus pour vous aider. Seulement, plus tôt vous aurez fini votre rapport, plus tôt vous quitterez ces lieux.

— C'est une façon de voir, répondit sèchement Stephen. Vous pourriez être surpris du résultat de cette enquête...

Il s'interrompit avant de poursuivre d'un ton plus enjoué :

— J'avais l'intention de commencer par le point le plus éloigné de Branwick, si tant est qu'on puisse s'y rendre et en revenir en une seule journée. Qu'en pensez-vous ?

— Excellente idée. Une bonne chevauchée vous rendra le sourire. Etes-vous prêt ?

— Je vous suis.

Edwin monta sur son cheval et, après avoir traversé prudemment la basse-cour et le village de Branwick, le lança au grand galop. Grisé par le vent qui fouettait son visage, Stephen le suivait sans peine.

Quand Edwin, soucieux de ne point trop éprouver les bêtes, ralentit son allure et se tourna vers Stephen, il reconnut tout de suite à l'expression de son visage que son humeur n'était plus la même.

— Où allons-nous ? s'enquit Stephen.

— Au pont.

— Carolyn a dit qu'une de ses poutres était pourrie. Est-il très emprunté ?

Edwin hésita avant de répondre :

— Oui, à certaines périodes de l'année. Au moment des récoltes et, surtout, à l'occasion de la foire d'York.

Stephen se réprimanda d'avoir posé cette question. Edwin n'avait visiblement pas envie de lui donner d'informations sur l'état des ouvrages. Il constaterait lui-même la situation et interrogerait, le cas échéant, le sénéchal.

Ils chevauchèrent un long moment sur une route bien entretenue. Elle traçait son chemin sinueux à travers une belle campagne vallonnée, où champs cultivés et prairies alternaient, cernés par des bois touffus et giboyeux.

Un lièvre, sorti d'un bosquet, traversa le chemin devant eux et disparut entre les blés du champ qu'ils longeaient.

— Ah, si nous avions un faucon ! s'exclama Stephen.

Tinfield eut un sourire rêveur.

— Ce serait une belle journée pour chasser, en effet. J'ai ouï dire que la fauconnerie de Wilmont s'enorgueillissait d'incomparables spécimens.

— C'est vrai, mon frère a de très beaux oiseaux et il aime en faire profiter ses convives. Il est rare, lorsqu'il reçoit des visiteurs, qu'il ne les emmène pas à la chasse au faucon au moins une ou deux fois.

— Avez-vous une préférence entre les différentes espèces de ces rapaces ?

— Oui, les pèlerins. Ma belle-sœur les a si bien

entraînés qu'ils pourraient chasser d'eux-mêmes et nous rapporter les proies.

Edwin leva un sourcil dubitatif.

— C'est la baronne qui est en charge de la volerie ?

— Non, mon frère a un excellent fauconnier qui assure le dressage des jeunes animaux et veille sur l'ensemble des oiseaux, mais la baronne a, tout comme moi, d'ailleurs, une préférence pour les pèlerins, avec lesquels elle passe beaucoup de temps. Or ils réagissent si bien à sa voix et à ses méthodes que Gerard la laisse libre de faire comme elle veut.

Il eut un petit rire.

— Il faut savoir, toutefois, que mon frère laisse sa femme décider seule dans la plupart des domaines.

Il arrivait à Gerard, certes, de s'opposer à Ardith en certaines occasions, en particulier s'il estimait que ce qu'elle entreprenait risquait de trop éprouver ses forces. C'était le cas, en ce moment, puisqu'elle portait un enfant. Jusqu'au jour, éloigné de quelques semaines, où elle donnerait vie à son bébé, Ardith aurait quelque difficulté à ignorer les recommandations de son mari.

— Il n'est pas très judicieux de la part d'un mari de laisser sa femme passer outre à ses exigences.

Stephen renversa la tête en arrière en éclatant de rire.

— Personne ne s'oppose à la volonté de Gerard de Wilmont. Je n'ai jamais connu d'homme plus obstiné, autoritaire, et doué d'une aussi grande force de caractère. Il suffit qu'il donne un ordre pour que tous l'exécutent sur-le-champ et dès l'instant où il a pris une décision, il est vain de s'opposer à lui, autant se jeter la tête contre un mur.

L'expression de Stephen changea comme il se représentait les sacrifices dont Gerard serait capable pour défendre les siens.

— Non, je vous l'assure, reprit-il. On ne se met pas en travers de Gerard sans payer sévèrement de sa personne. Le dernier à l'avoir fait y a perdu la vie et tous ses biens, ruinant ainsi sa descendance.

— Basil de Northbryre, je présume... La nouvelle de sa félonie envers le baron de Wilmont et la couronne s'est répandue dans tout le royaume.

Stephen eut un haut-le-cœur en entendant prononcer le nom de celui qui avait failli provoquer la mort de Richard, tenté de s'emparer d'un des fiefs de Gerard et qui, pour fuir la vindicte royale, avait emmené avec lui Ardith et son fils aîné. Stephen se retint de passer la main sur son oreille, blessée à cette occasion. Le remords ne le quittait plus depuis ce drame. Ardith et Daymon avaient manqué de mourir à cause de lui...

— Quand Gerard a remporté les terres de Northbryre, dit-il pour échapper à ses pensées, j'en ai fait le tour autant pour en apprécier l'état que pour m'assurer qu'il n'y aurait pas de résistance de la part des serfs à l'égard de leur nouveau seigneur.

Stephen porta son regard vers une crête au loin, noyée dans les brumes matinales.

— Richard détient un petit fief au-delà de ces montagnes, dit-il en désignant du doigt la ligne bleutée des hautes collines qui fermaient l'horizon au sud. J'y suis allé il y a trois ans. C'était la dernière fois que je me trouvais dans cette province.

— Ce n'est pas Boarsfield ?

— Non, Snelston.

— Snelston ? Je n'en ai jamais entendu parler.

— Rien d'étonnant. Les revenus de la terre sont insignifiants. Si je me souviens bien, ils ne s'élevaient qu'à trois lièvres et trois sacs de blé par an.

Edwin montra la route qui tournait à gauche et descendait dans un vallon.

— Le pont n'est plus très loin. Il est juste derrière ce boqueteau.

Stephen perçut le bruit lointain d'un torrent. Sa fraîcheur ne tarda pas à les envelopper, à mesure qu'ils dévalaient la pente de la colline. Il vit bientôt ses eaux tumultueuses écumer autour de gros rochers.

De prime abord, le pont parut fort miteux à Stephen. Il observa la berge et, bien qu'elle fût pentue, elle ne lui sembla pas impossible à descendre à cheval pour franchir le torrent à gué, et éviter ainsi de s'engager sur l'ouvrage d'art, qui donnait l'impression d'être sur le point de s'effondrer.

Il gagna sans peine l'autre rive et constata que les poteaux supportant le pont étaient si pourris, de ce côté-ci, qu'ils menaçaient de céder d'un moment à l'autre. Ceci n'empêcha pas, cependant, Edwin de passer tranquillement le pont, avant de rejoindre Stephen.

— Carolyn ne s'est pas trompée, dit ce dernier. Il faut changer ces poutres.

Edwin inspecta à son tour le dessous du pont.

— En effet… Plus d'un madrier aurait besoin aussi d'être remplacé…

— Oui, d'ici on voit très bien que plusieurs sont plus que rongés par les vers.

— Le sabot de mon cheval a manqué en traverser un.

Edwin poussa son destrier à travers le torrent et remonta l'autre pente, suivi de Stephen.

— Où allons-nous maintenant ?

— A la chaumière du garde forestier.

Carolyn, dans son état des lieux, en faisait une telle description, que Stephen en avait conclu qu'il fallait l'abattre et la reconstruire.

Ils quittèrent la route et s'engagèrent dans un sentier qui serpentait à travers des bois denses où régnait une fraîcheur vivifiante. En chemin, Stephen levait les yeux sur les imposants troncs de chêne et de hêtre, dont un grand nombre pourraient être débités en planches, poutres et solives. Y avait-il un charpentier de talent à Branwick, ou faudrait-il en trouver un dans le bourg le plus proche ? Il conviendrait d'interroger Ivo à ce sujet. La dépense, évidemment, ne serait pas la même...

Ils arrivèrent, bientôt, dans une clairière au milieu de laquelle se dressait une chaumière. Un pan de toit, qui descendait presque jusqu'au sol, s'affaissait en son milieu.

— Cette masure est-elle encore habitée ? fit Stephen en arrêtant sa monture à côté de celle de son guide.

— Non. Carolyn a prié le garde forestier et sa famille de venir dormir à Branwick. Degan vient néanmoins chaque jour ici pour surveiller les bois.

Stephen dévisagea Edwin.

— Combien de temps passez-vous par an à Branwick pour connaître jusqu'au nom du garde forestier ?

— Suffisamment.

— N'avez-vous pas vos propres biens à administrer ?

— Les terres de Tinfield sont à la limite nord de

celles de Branwick. Si ma présence était nécessaire, un messager viendrait me prévenir. Il ne me faudrait pas plus d'une journée pour être de retour chez moi.

Il n'était pas étonnant que William de Grasse fût favorable au mariage de sa fille avec Edwin. Rien n'était plus souhaitable que la réunion de domaines voisins. Stephen était curieux de savoir si son rival convoitait Branwick autant ou plus que Carolyn... De même qu'il aurait aimé savoir ce qui déplaisait le plus à la jeune femme : la personne même d'Edwin, ou le fait de s'incliner devant l'autorité de son voisin pour la gestion d'une propriété dont elle aurait voulu être la seule responsable ?

Les deux cavaliers descendirent de cheval et inspectèrent de plus près le misérable bâtiment. Ses murs étaient profondément lézardés en plusieurs endroits.

— Il ne fait aucun doute qu'il est fichu, remarqua Stephen.

Edwin se contenta d'opiner du chef et remonta en selle.

— Où allons-nous ? fit Stephen en sautant sur son destrier.

— A Branwick. Le vent se lève et les nuages commencent à s'accumuler. Nous allons avoir de l'orage.

Stephen leva la tête. Certes, le ciel s'obscurcissait, mais il n'avait pas l'intention de rentrer directement au donjon. Il voulait examiner une autre maison avant que la pluie ne tombât et, de préférence, sans Edwin.

— Lyssa ! Ne marche pas sur les carottes ! Non, Audra ! Les oignons ne sont pas mûrs. Remets-les en terre, s'il te plaît.

La voix de Marian, portée par le vent, volait jusqu'à Stephen, qui venait d'arrêter son étalon devant le mur ceignant la chaumière ; le tonnerre grondait. S'il percevait la voix de la mère et de ses deux filles, il ne pouvait les voir.

— Dépêchez-vous de finir avant que la pluie ne tombe, les filles, reprit Marian, sinon vous terminerez avec les genoux dans la boue.

— Nous n'aurons qu'à nous redresser et laisser la pluie nous laver ! répondit une petite voix que Stephen reconnut pour être celle de Lyssa.

— Je préfère ne pas tenter l'expérience, fit Marian d'un ton amusé. Retirons vite encore quelques mauvaises herbes avant de rentrer à la maison.

Stephen mit pied à terre et lia les rênes de son cheval à l'anneau fixé dans le mur près de la barrière donnant accès à la cour de la masure. Il était heureux d'avoir ouï la voix de Lyssa. Si elle aidait sa maman dans le jardin, c'était qu'elle allait mieux.

— Qu'allons-nous faire jusqu'au souper ? s'enquit Audra.

— Nous devrions peut-être profiter de la pluie pour faire des lignes de lettres et de chiffres.

— Des lettres, maman, implora Lyssa. Je n'aime pas les chiffres.

Stephen sourit. Everart, son neveu, l'aîné de Gerard et d'Ardith, n'aimait pas les chiffres non plus. Il n'avait que trois ans, alors sa maman ne l'obligeait pas à apprendre ce qui lui déplaisait. Les circonstances seraient bien différentes lorsqu'il aurait atteint l'âge de Daymon, le fils bâtard de Gerard, qui avait six ans, et que son éducation serait confiée au chapelain de Wilmont.

Les filles de Marian étaient plus grandes qu'Everart, mais nettement plus petites que Daymon. Sans doute avaient-elles quatre ans, comme il l'avait présumé…

Stephen s'accouda au mur et vit Marian dans un angle du jardin, accroupie avec les jumelles devant un carré de navets.

Une profonde émotion le saisit, qu'il ne put s'expliquer. Ce n'était pas la première fois qu'il voyait une mère et ses enfants…

— Vous pourriez nous lire une histoire, suggéra Audra.

Au moment même où elle prononçait ces mots, son regard se porta sur Stephen.

— Oh ! Bonjour, messire ! fit-elle.

Lyssa se redressa d'un bond tandis que Marian, qui avait deviné au ton de sa petite fille de qui il s'agissait, tournait lentement la tête vers celui qu'elle avait, jadis, tant aimé. Leurs regards se croisèrent ; en dépit de l'hostilité que Stephen lisait sur le visage de la jeune femme, un frémissement de désir parcourut son corps.

— Bonjour, ma damoiselle, répondit-il. Vous avez un jardin très bien tenu, Marian.

— Nous avons aidé maman, dit Lyssa en grimpant sur le mur.

— C'est ce que je vois. Votre maman peut être fière de vous.

Si les jumelles étaient tout sourires, leur mère restait glaciale.

— Il va pleuvoir, messire, fit-elle. Vous devriez rentrer au donjon avant qu'il ne soit trop tard.

— Je suis venu vérifier l'étanchéité de votre toit. Or,

c'est à l'occasion d'une forte pluie que je pourrai au mieux apprécier son état.

— Il suffit d'un coup d'œil pour s'aviser qu'il a besoin d'être refait.

— Vous avez raison, mais mon témoignage sera d'autant plus probant que j'aurai vu de mes propres yeux l'eau ruisseler dans votre salle. Je pourrai ainsi dénombrer tous les trous et convaincre messire de Grasse qu'il doit vous envoyer au plus vite un couvreur.

— Il y en a partout, commenta Lyssa. Maman est obligée de disposer des casseroles pour recueillir l'eau de pluie et empêcher que le sol ne se transforme en boue.

— C'est à ce point ?

— Oui, venez voir, répondit la petite fille. Je vais vous montrer.

Les deux fillettes coururent vers la chaumière sous le regard fâché de leur mère qui, néanmoins, n'eut pas le cœur de les rabrouer.

— Il n'est pas nécessaire que vous contempliez notre misère, Stephen, dit-elle en le voyant franchir la barrière. Mon oncle est parfaitement au courant…

— Mais rien n'a encore été fait. Et le chevalier de Tinfield ? Sait-il à quel point votre chaume est dégradé ?

— Oui, sans doute…

— Eh bien, je veux connaître l'état de votre maison aussi bien que lui.

Marian, que l'émotion rendait vulnérable, inspira profondément. Stephen détourna les yeux pour ne pas voir la pointe tendue de ses seins, visible sous l'étoffe grise de sa robe. Il ne se souvenait que trop bien de leur douceur sous sa langue…

— Soit, dit-elle en se frottant les mains pour en faire tomber la terre. L'orage ne durera peut-être pas longtemps.

Elle se dirigea vers la masure, suivie de Stephen. Il nota à regret la raideur de son maintien — ce qui n'empêchait pas, cependant, sa longue tresse blonde de danser dans son dos au rythme de sa marche, caressant à chaque mouvement les rondeurs tentatrices de son corps.

En pénétrant dans la chaumière, il vit que les jumelles s'étaient placées dans un angle et qu'elles levaient les yeux. Une marmite se trouvait à leurs pieds.

Stephen marcha jusqu'à elle et examina le toit. Si, en cet endroit, il n'était pas détérioré au point de laisser passer le jour, il n'arrêtait plus la pluie.

Le jeune homme ramassa un bâton et, levant le bras, tâta la paille. Dérangé, un scarabée s'y enfonça.

— Le chaume n'est pas très épais, ici.

— C'est le moins qu'on puisse dire, ironisa Marian.

— Pourquoi n'avez-vous pas demandé qu'on renforce la couverture à cet endroit ?

— L'eau ne la traverse vraiment que depuis peu.

Stephen se tourna vers Audra :

— Ne crois-tu pas que ta maman minimise la réalité de votre situation ?

La petite fille hocha la tête.

— Avant le dernier orage, nous utilisions une plus petite casserole.

— En quels autres endroits la pluie ruisselle-t-elle dans la maison ?

— Là et là, repartit Lyssa en montrant du doigt des parties usées du chaume, mais seulement lorsqu'il y a un très fort orage.

Stephen observa la couverture aux emplacements qu'elle indiquait sans déceler rien de particulier. Le ciel, en tout cas, n'était pas visible à travers la paille. La seule solution pour se faire une idée précise de la dégradation du chaume aurait été de monter sur le toit. En se juchant sur le dos de son étalon, il devrait être en mesure de s'y hisser.

Il gagna la porte.

— L'inspection est finie ? dit Marian avec soulagement.

— Non, je vais monter sur le toit...

A peine eut-il prononcé ces mots qu'un éclair illumina la campagne Le tonnerre gronda, assourdissant.

Stephen sortit de la chaumière pour y rentrer aussitôt, refoulé par une pluie diluvienne.

— Le moment n'est peut-être pas très bien choisi...

Marian eut un air abattu qui excéda Stephen. Etait-il nécessaire de lui montrer aussi clairement qu'elle n'attendait que son départ ? Le temps était-il complètement révolu où elle l'attendait avec la même impatience fiévreuse qu'il ressentait lui-même à la pensée de la revoir ?

Audra présenta à sa mère un livre relié de cuir noir.

— Lisez-nous une histoire, maman, s'il vous plaît.

— Laquelle ? demanda la jeune femme en s'efforçant de sourire pour ne pas inquiéter ses enfants.

— L'histoire de Jonas !

— Le récit de son naufrage ?

Les jumelles hochèrent la tête avec un bel ensemble.

Marian s'assit sur une natte en jonc tressé et s'adossa au mur. Les deux petites filles se blottirent contre elle, l'une à droite, l'autre à gauche ; elle ouvrit le livre doré sur tranche et commença de lire.

Assis sur un tabouret, Stephen écoutait la voix mélodieuse de Marian, scandée, bientôt, par les gouttes d'eau qui tombaient de façon de plus en plus rythmée dans la marmite.

Passionnées par le récit des tribulations de Jonas sauvé par la baleine, les jumelles semblaient n'entendre ni les grondements terrifiants du tonnerre ni le bruit régulier de l'eau.

Le prophète était bien au chaud dans le ventre du cétacé quand Audra enfonça son pouce dans sa bouche et battit des paupières pour rester éveillée ; sa sœur faisait le même effort.

Stephen bâilla. La voix de Marian avait incontestablement un effet calmant, même si le sujet était captivant et le ton parfait.

Pour ne pas s'endormir, il se leva et marcha jusqu'à la fenêtre. Son étalon ne semblait guère apprécier les torrents d'eau qui battaient son dos. De retour à l'écurie, il faudrait l'éponger, l'étriller et le bouchonner soigneusement, puis lui donner une ration d'avoine.

— Stephen ? chuchota Marian.

Il se retourna. Les jumelles s'étaient endormies, la tête contre la poitrine de leur mère.

— Pourriez-vous porter Lyssa sur sa couche, s'il vous plaît ?

Trop heureux de pouvoir se rendre utile, Stephen s'agenouilla près de l'enfant. Pour la porter sans l'éveiller, il devait glisser la main sous sa tête, qui était appuyée contre le sein de Marian.

Cette dernière n'avait-elle pas demandé son aide ? Il faudrait bien qu'elle supportât le contact de sa main…

Il sentit la poitrine de la jeune femme, bien que ferme, s'enfoncer doucement sous sa pression.

Il détourna les yeux de crainte de voir Marian prendre une expression révulsée et souleva dans ses bras la fillette, qu'il porta jusqu'à son grabat.

Marian fit de même avec Audra puis se redressa et, tournant le dos à Stephen, s'approcha de la table pour y déposer son livre. Stephen vit qu'elle portait ses mains à son visage. Ses coudes bougèrent. S'essuyait-elle les yeux ?

Qu'elle fût émue ou furieuse, lorsqu'elle se retourna vers lui, elle avait retrouvé sa fière et noble allure.

A son regard, il comprenait qu'elle voulait le voir sortir au plus vite de la chaumière, quand lui brûlait de la prendre dans ses bras et de l'embrasser avec ardeur.

Il fallait trouver tout de suite un sujet de conversation anodin qui lui permettrait de gagner du temps. Il vint jusqu'à elle et se pencha sur le livre à la tranche dorée. Il l'ouvrit à l'endroit du marque-page et admira la très belle illustration représentant Jonas debout sur le pont d'un navire recouvert par les flots — une énorme baleine, la gueule ouverte et garnie de longues dents, attendant le moment de l'engloutir.

Le livre, très bien relié et flambant neuf, venait, de toute évidence, du même monastère que le psautier offert à Carolyn par Edwin. Ce dernier, non content de chercher à séduire Carolyn avec des cadeaux de prix, tentait-il aussi de s'attirer les bonnes grâces de sa cousine par le même moyen ?

— Est-ce un présent de messire de Tinfield ? fit-il,

curieux de savoir si elle aimait autant le cadeau que celui qui le lui avait fait.

Elle fit non de la tête.

— J'étais si admirative devant le psautier qu'Edwin a offert à Carolyn que mon oncle l'a prié de m'en rapporter un lorsqu'il retournerait à Saint-Gall. J'ai demandé alors à avoir plutôt le livre des prophètes et Edwin a eu la gentillesse de me remettre ce magnifique ouvrage.

Cédant malgré lui à un élan de jalousie, Stephen s'enquit sur un ton presque fébrile :

— Vous avez des sentiments pour lui ?

Elle prit une longue inspiration pour se donner le temps de réfléchir avant de répondre :

— Je l'ignore… De toute façon, Edwin aime Carolyn depuis toujours. Il ne porterait jamais ses regards sur une autre femme et encore moins sur la cousine de celle qui retient son cœur captif.

— Carolyn en a-t-elle conscience ? dit Stephen, qu'une telle réponse avait satisfait.

Il avait, à présent, l'assurance que le sire de Tinfield aimait sincèrement Carolyn et que son choix n'avait pas été exclusivement guidé par le voisinage de ses terres.

— Oui, parfaitement, répondit la jeune femme.

— Et, pourtant, elle le repousse ?

Marian parut sur le point de répondre, mais elle n'en fit rien.

— Vous aimeriez que Carolyn épouse Edwin, n'est-ce pas ? reprit Stephen avec amertume. Vous seriez rassurée si je quittais Branwick et laissais le champ libre à mon rival.

— Ce serait mieux pour tout le monde.

— Sauf pour moi et, apparemment, Carolyn. Elle

me préfère. Il suffit que je remporte la compétition et messire de Grasse devra s'incliner devant le choix de sa fille. Vous feriez bien de vous habituer à l'idée de m'appeler cousin.

Sur ces mots, en dépit de la pluie qui persistait, Stephen se retira, craignant de s'emporter contre Marian et de réveiller les jumelles.

Marian, bouleversée, se laissa tomber sur un siège.

Comment avait-elle cru qu'elle pouvait laisser Stephen entrer chez elle sans en souffrir ? Quelle part ambiguë de sa personne l'avait-elle poussée à demander au chevalier de coucher Lyssa ? En d'innombrables cas, elle avait porté seule les deux fillettes jusqu'à leurs grabats sans les éveiller. En sollicitant l'aide de Stephen, elle s'était exposée au contact de sa main…

Sa seule présence suffisait déjà à la troubler au point de lui faire perdre le contrôle d'elle-même. Alors s'il la touchait !

Elle savait pourtant quel danger il représentait pour elle. Dès la première fois qu'il avait posé les yeux sur elle, elle avait été comme aimantée par lui. Pourquoi, depuis six ans, aucun homme ne lui avait-il fait cet effet ?

Le cœur étreint par une indéfinissable tristesse, elle se leva et courut à la fenêtre. Le cheval de Stephen n'était plus attaché à l'anneau. Bête et cavalier s'en étaient allés ! Il pleuvait encore. Moins fort, certes, qu'au début de l'orage, mais assez pour que Stephen soit trempé jusqu'aux os lorsqu'il atteindrait le donjon.

Carolyn profiterait-elle de l'occasion pour lui faire préparer un bain bien chaud ? Et lorsqu'il serait plongé dans l'eau, complètement dévêtu, viendrait-elle prendre soin de lui ?

Marian ferma les yeux devant la scène qui se présentait à elle... Elle aurait voulu chasser de son esprit cette vision insupportable de Stephen dans les bras de sa cousine, mais c'était en vain. Plus elle luttait pour l'oublier, plus fort résonnaient dans sa tête les propos de Carolyn lui vantant les talents de Stephen.

S'ils se mariaient, ils auraient des enfants qui ne seraient pas seulement les cousins des jumelles mais aussi leurs demi-frères et sœurs !

Comment pourrait-elle garder un tel secret ?

Il ne lui restait qu'à espérer que Stephen échoue dans l'épreuve à laquelle il était confronté. Edwin connaissait Branwick presque aussi bien que Carolyn ; il avait donc toutes les chances de la remporter.

Elle voulait s'accrocher à cet espoir qui ne serait, d'ailleurs, que le juste salaire d'un homme vertueux et persévérant. Edwin méritait de conquérir celle qu'il aimait et qui, de son côté, avait assez d'affection pour lui pour refuser de lui donner ce qu'il attendait, de peur que ce ne lui fût fatal.

Ne pourrait-elle oublier ses craintes absurdes au sujet de la résistance physique d'Edwin ?

Elle restait, hélas, inflexible sur ce sujet.

Heureusement, Marian, à ce propos, avait su être discrète. Il aurait été d'une bêtise inconcevable d'offrir à Stephen une arme de ce calibre contre son adversaire !

La plus grande chance donnée à Marian d'empêcher le mariage de Stephen et Carolyn était de convaincre sa cousine de récompenser Edwin pour la fidélité de son amour. Ce qui lui permettrait, par la même occasion, de vérifier si son inquiétude était ou non fondée...

Marian lui avait déjà suggéré, sans succès, de partager quelques moments de fantaisie avec Edwin. Elle s'y emploierait de nouveau la prochaine fois qu'elle irait au château.

6.

Les fils du forgeron, ces grands et forts gaillards, donnaient l'impression de remplir tout l'espace de la petite chaumière, et Marian se croyait devenue une naine.

— Messire de Grasse vous attend au donjon, ma dame, annonça Dirk en hissant Lyssa sur ses épaules. Sa Seigneurie ne nous a pas dit pour quelle raison elle vous faisait mander d'aussi bon matin.

Kirk, le cadet de Dirk d'un an, jucha pareillement Audra sur ses robustes épaules.

Marian savait pourquoi son oncle avait prié les apprentis de la prendre ainsi au passage en se rendant à la forge du château. Elle n'était pas retournée le voir depuis presque quinze jours. Délai beaucoup trop long pour la tranquillité d'esprit de messire de Grasse... Elle s'étonnait, d'ailleurs, qu'il n'eût pas prié plus tôt les deux jeunes gens de venir la chercher.

— Je vous suis, répondit-elle.

Et elle ajouta aussitôt :

— Prenez garde à vos têtes, les filles, en sortant !

Il s'agissait d'une recommandation inutile. Les garçons n'oubliaient jamais de se pencher ni les fillettes de les imiter avant de passer sous le linteau de la porte.

Marian lança un regard aux écuelles de bois sur la table, dans lesquelles les restes de porridge du petit déjeuner séchaient déjà. Dès son retour, il lui faudrait les laver et les gratter énergiquement, d'autant plus qu'il était vraisemblable qu'elle ne rentrerait pas avant la nuit.

Le petit feu qu'elle avait allumé pour préparer la bouillie de flocons d'avoine s'éteignait dans la cheminée. Les filles avaient donné du grain aux poules et attaché la chèvre au piquet. Aucune tâche importante ne la retenant ici, elle n'avait aucune raison de reporter le moment de partir au château. Elle ferma la porte derrière elle et rejoignit les deux garçons et les jumelles sur la route.

Elle pressa le pas pour suivre la marche des deux géants, dont les enjambées étaient immenses, tandis que ses filles discutaient entre elles du haut de leurs perchoirs.

A un moment, c'était inévitable, Lyssa invita les deux garçons à faire la course et, toujours complaisants, ils s'élancèrent avec leurs cavalières, qui se mirent à rire aux éclats.

Marian, qui ne se sentait pas de force à soutenir ce rythme, ralentit le pas. Elle récupérerait ses filles à la forge, en extase devant le feu qu'auraient tout juste rallumé Kirk et Dirk et qu'ils attiseraient à l'aide d'un énorme soufflet.

Il était rare que la jeune femme se trouvât séparée de sa progéniture et elle savourait ces quelques instants de solitude. Si elle aimait ses filles plus que tout, Marian regrettait parfois d'être seule pour les élever.

Combien de fois, lorsque Lyssa et Audra n'étaient encore que des bébés, avait-elle souhaité qu'une autre paire de bras fût là pour prendre l'une des jumelles, pendant qu'elle donnait le sein ou changeait les couches de l'autre !

Aujourd'hui encore, alors qu'il devenait de plus en plus agréable de partager la vie de ces enfants, il pouvait arriver qu'elles fussent turbulentes ou trop exigeantes, et qu'elles finissent par excéder leur mère. Marian avait conscience de manquer, de temps en temps, de fermeté, mais il était plus facile de céder que d'imposer toujours son autorité.

Enfin, bon an mal an, elle ne les avait pas si mal éduquées. Les fillettes étaient heureuses de vivre et, en dépit des maux de tête de Lyssa, elles jouissaient d'une bonne santé. Marian doutait qu'elles eussent été plus heureuses si leur père avait été présent et qu'il eût contribué à leur éducation.

Elle n'avait pas cessé de réfléchir à cette question depuis la dernière fois qu'elle avait vu Stephen et alors même qu'elle faisait tout pour l'éviter.

Il lui était de plus en plus difficile, en sa présence, de se retenir de le toucher et de ne pas aspirer fébrilement à sentir ses mains sur son corps. Et, ce qui était pire encore, chaque fois que ses filles étaient en compagnie de Stephen, elle se demandait si elle ne se trompait pas gravement en lui cachant sa paternité…

Avait-elle commis une erreur, six ans plus tôt ?

Si elle lui disait la vérité, renoncerait-il à épouser Carolyn ? Ce n'était pas sûr… Et en apprenant que les jumelles étaient des bâtardes, les sujets de son oncle ne seraient-ils pas plus méfiants à leur égard, méprisants, même, pour certains ? Elle ne pouvait faire courir ce risque aux filles. Elle-même, d'ailleurs, serait peut-être sujette à la vindicte populaire pour avoir menti, et sa vie, douce et joyeuse bien que très simple, deviendrait un enfer...

Elle passa sous le porche d'entrée donnant accès à la basse-cour où s'affairaient artisans, commerçants et domestiques du château. Comme chaque matin, une atmosphère gaie et laborieuse régnait à Branwick, et l'odeur exquise du pain chaud que le boulanger venait de sortir du four flottait dans l'air.

Sa vie au village serait toujours aussi plaisante si elle réussissait à garder son secret et si Carolyn n'épousait pas Stephen.

Marian réprima un frisson d'angoisse. Personne ne lui avait rien dit au sujet de la compétition, mais, assurément, elle en aurait été informée si l'un des deux prétendants l'avait remportée et que William de Grasse lui eût d'ores et déjà accordé la main de sa fille !

Elle franchit le pont-levis et, à peine eut-elle pénétré dans la cour, qu'elle faillit entrer en collision avec Carolyn — laquelle semblait furieuse.

— Pourquoi, ma cousine, ce regard noir et ces sourcils froncés ?

Carolyn croisa les bras sur la poitrine en indiquant du menton, sur sa droite, deux hommes en discussion.

— Ce sont ces deux-là ! On dirait des amis et non des rivaux.

Stephen et Edwin, au pied du mur d'enceinte, examinaient celui-ci avec attention. Edwin arracha un morceau de mortier entre deux pierres et le présenta à Stephen.

— Où en est la compétition ? demanda Marian.

— C'est une farce ! lança Carolyn avant de tourner les talons et de se diriger vers l'escalier conduisant à l'entrée du donjon. Ils se lèvent l'un et l'autre à l'aube, assistent à la messe, déjeunent puis partent ensemble en inspection. L'après-midi, Stephen s'entretient avec Ivo, et Edwin a pris l'habitude de se joindre à eux.

— Lequel des deux prend le pas sur l'autre ? Un gagnant doit sans doute se profiler, au bout de quinze jours ?

— Je l'ignore. Pour ma part, je n'en vois aucun. Père refuse que je participe aux réunions journalières qu'il tient avec eux, de crainte que je ne cherche à l'influencer. Est-ce que ton toit a été réparé ?

— Oui. Le couvreur est venu dès que le soleil s'est remis à briller. A présent, il est parfaitement étanche. Lorsqu'il a plu, hier soir, pas une goutte d'eau n'est tombée à l'intérieur.

— Enfin une bonne nouvelle. Père était profondément peiné d'apprendre de Stephen que tu étais obligée de recueillir l'eau dans une marmite chaque fois qu'il pleuvait. Tu aurais dû me dire que la fuite s'était aggravée.

— Je me doutais que l'état de la chaumière serait mentionné sur ta liste, mais j'ai quand même été surprise lorsque messire de Wilmont s'est présenté chez moi pour examiner ma toiture.

Carolyn poussa la porte du donjon et traversa la grande salle sans ralentir le pas.

— C'est étonnant qu'il ne soit pas venu en compagnie d'Edwin, dit-elle en s'arrêtant devant un tonneau de bière. Ils passent plus de temps ensemble qu'avec moi ! Pour des soupirants, ils négligent l'objet de leur convoitise de la façon la plus vexante. Je devrais leur dire à tous les deux d'aller au diable et me trouver un autre fiancé.

Marian accepta la pinte de bière que venait de remplir Carolyn.

— Tu en as un en réserve, peut-être ?

— Non, Dieu soit loué ! Pour te dire la vérité, Marian, je ne crois pas que je pourrai subir une seconde fois l'humiliation de cette compétition. Figure-toi qu'après avoir entendu le rapport d'Edwin et de Stephen, Père me prend à l'écart et confronte mon jugement au leur !

Marian ne pouvait laisser passer cette occasion.

— Pourquoi ne pas mettre fin à cette épreuve en disant oui à Edwin sans délai ?

Carolyn ferma les yeux un instant et quand elle les rouvrit, ils reflétaient une telle tristesse que Marian se demanda si elle avait eu raison de lui parler aussi franchement.

— Tu sais que je ne le peux pas.

Marian jeta un regard autour d'elle et, constatant que personne ne pouvait les entendre si elles contenaient leurs voix, elle répliqua :

— Je ne suis pas d'accord, Carolyn. Edwin n'est pas aussi âgé que tu le penses, et il n'est ni malade ni fragile. Il est même...

— N'en rajoute pas. Je ne veux prendre aucun risque pour sa santé.

— N'est-ce pas à lui de mesurer ce risque, s'il existe ?

Soudain, Carolyn eut une expression profondément inquiète.

— Ne lui en parle surtout pas, Marian. Tu m'en as fait le serment, ne l'oublie point.

— Un serment que je garde, Carolyn, répondit Marian en posant affectueusement la main sur l'épaule de sa cousine. N'aie aucune crainte.

Elle se pencha vers elle et lui souffla à l'oreille :

— Tu devrais dire à Edwin tout ce que tu m'as confié. S'il craint de ne pouvoir te satisfaire, il reprendra sa parole et quittera Branwick. Mais, franchement, je crois qu'il fera l'inverse et n'aura de cesse, dès lors, qu'il ne t'ait prouvé que tu te trompes sur son cas.

— Je ne le supporterais pas s'il devait rendre l'âme pour me prouver ses capacités, repartit Carolyn en haussant l'épaule pour en chasser la main de Marian. Et puis, Edwin veut tout diriger à Branwick. Il est beaucoup trop ferme dans ses convictions. Je serai beaucoup mieux avec Stephen, sous tous les rapports.

Marian posa sa pinte de bière sur un coffre près d'elle.

— Je crois vraiment que tu attaches trop d'importance à l'âge d'Edwin.

Carolyn regarda sa cousine dans les yeux et lui répliqua dans un souffle :

— Je ne veux pas d'un troisième mari qui meure dans mon lit, en particulier quelqu'un pour qui j'ai des sentiments. N'insiste pas. Je n'épouserai pas Edwin.

Carolyn s'en voulait particulièrement car, à chaque fois, ses maris avaient exercé leur devoir conjugal quelques heures avant d'expirer. Pour sa part, Marian estimait que c'étaient eux qui étaient à blâmer, puisqu'ils avaient abusé de leurs forces en voulant satisfaire une jeune femme qui aurait pu être leur fille.

— Je ne veux que ton bonheur, Carolyn, et je crains, malheureusement, que tu ne le trouves pas auprès de Stephen.

Carolyn sentit certainement dans le ton de la voix de sa cousine qu'elle était sincère car lorsqu'elle lui répondit, elle n'avait plus la même dureté dans le regard :

— Je le sais, Marian. Moi aussi, j'ai toujours désiré que tu sois heureuse. Nous avons fait l'une et l'autre des choix difficiles, mais nous savons nous y tenir. Je trouverai ma part de bonheur auprès de Stephen, tu verras.

Elle eut un sourire coquin en reprenant :

— Il n'y a pas que des désavantages à mettre un jeune homme dans son lit.

Marian eut un sourire crispé. Carolyn plaisantait, sans savoir combien ses propos pouvaient lui être douloureux.

— Tu me l'as déjà dit.

Carolyn inclina la tête de côté.

— Et toi ? Tu me critiques dans mes choix mais toi tu n'es capable d'en faire aucun. Tu fuis tous les hommes qui t'approchent. Pourtant, il y en a plus d'un à Branwick qui donnerait cher pour t'épouser.

— Ils veulent une ânesse pour tirer leur charrue et une mère pour leurs enfants. Je te remercie, mais je suis contente de mon sort.

Une idée un peu cruelle traversa l'esprit de Marian pour aider sa cousine à recouvrer un peu de bon sens :

— Bien sûr, si tu ne te maries pas avec Edwin, le pauvre aura besoin de réconfort, et je crois que mes exigences ne devraient pas mettre sa vie en péril.

Comme un air consterné paraissait sur les traits de sa cousine, elle s'en fut chercher ses filles à la forge.

Stephen gravissait les marches d'un étroit escalier à vis, dans la tour de guet dressée à l'angle nord de l'enceinte extérieure. Plus il montait, plus l'odeur était insupportable. Il n'était pas étonnant que les quatre gardes assignés à résidence dans la tour préférassent dormir sur le chemin de ronde.

Il ouvrit la porte des lieux d'aisance et la referma aussitôt.

— Il faudra demander un curage immédiat du conduit, et commencer par y jeter une vingtaine de seaux d'eau pour dégager ce qui l'obstrue.

— Ç'a déjà été fait, sans résultat, répondit Edwin.

— Un garde a-t-il avoué avoir laissé tomber ses chausses dans le trou ?

Edwin sourit.

— Non. On pense plutôt qu'une bête a fait son nid dans le puits et qu'elle y est morte.

— Je ne plongerai pas dans le conduit pour confirmer ou infirmer cette conjecture.

— Vous avez l'intention de procéder à une inspection plus approfondie ? fit Edwin d'un air horrifié.

— Je vous abandonne bien volontiers cet honneur, dit Stephen en rouvrant la porte. Je vous en prie, Edwin. Voyez de plus près.

Agitant la main devant son visage, Edwin tourna les talons et s'engagea dans l'escalier. Stephen referma la porte avant de le suivre.

— Il faudra le curer par en dessous, remarqua Edwin en riant. Je plains celui qui s'en chargera.

— Là-dessus, je suis d'accord avec vous.

Bien qu'ils l'eussent été sur bien d'autres sujets depuis une semaine, c'était la première fois que Stephen exprimait aussi clairement son assentiment. Ils avaient fort avancé dans leur inspection et, dans le même temps, tissé entre eux des liens d'amitié, ce que Stephen n'aurait jamais cru possible au début. Il était désormais en mesure, en considérant simplement son expression, de savoir si Edwin tombait d'accord avec lui ou s'il allait émettre des réserves.

Dans la plupart des cas, il était hostile, par principe, aux réparations suggérées par Carolyn. Il ne pouvait se convaincre qu'une femme eût assez de talent pour prévoir et décider de travaux concernant un aussi vaste domaine que Branwick.

Stephen sortit dans la basse-cour où il fut salué par de tout autres odeurs, certaines agréables, d'autres fétides, mais sans comparaison avec la puanteur de la tour de guet.

Le long du mur d'enceinte s'alignaient les ateliers des artisans — tanneur, teinturier, charbonnier, forgeron —, autour desquels flottait un air âcre ; plus loin le four banal répandait l'arôme du pain, plus loin encore le parfum des herbes médicinales se mêlait à l'odeur du bois fendu et scié par le charpentier...

Marian venait de sortir de la forge et traversait la basse-cour avec les jumelles en les tenant chacune par une main.

Stephen, qui observait avec ravissement la démarche souple et gracieuse de la jeune femme, nota que l'on s'écartait pour la laisser passer, comme il était d'usage à l'égard d'une personne de la noblesse ; mais, bientôt, son sang ne fit qu'un tour, lorsqu'il vit une femme se signer en jetant un regard méprisant aux fillettes.

La scélérate !

La colère s'empara de lui avec la fulgurance de l'éclair. La foule laissait le passage à Marian et à ses filles non par respect mais par crainte de croiser la marche des enfants, convaincue qu'elle était de leur caractère diabolique.

— La superstition est bien ancrée dans le peuple, dit Edwin qui avait remarqué la réaction de Stephen.

Ce dernier ne répondit rien de crainte de s'emporter et d'admonester la foule. Il n'était pas chez lui à Branwick. C'était à William de Grasse, à sa fille ou à leur chapelain de réprimander leurs sujets pour leur manque de charité ; las, sans doute, leurs reproches ne seraient pas suivis d'effet.

Corwin et Ardith avaient-ils rencontré dans leur enfance la même aversion de la part des gens soumis à leurs parents ? Il l'ignorait totalement et en éprouvait une honte soudaine. Si son meilleur ami avait eu à souffrir de ce genre de vexation, il était de son devoir de le savoir et d'éprouver pour lui et sa sœur une compassion plus grande encore que la simple amitié ne l'exigeait.

Peut-être avait-il une vision trop pessimiste de la situation des jumelles ? Leur oncle les aimait et se souciait d'elles. Carolyn donnait l'impression de les accepter, et Edwin se montrait affectueux à leur égard.

Son emportement jugulé, le regard de Stephen changea et il remarqua que tout le monde à Branwick ne considérait pas les jumelles avec mépris. Ici et là, une main se levait pour les saluer, une voix amicale lançait un bonjour, et Marian atteignit ainsi la seconde enceinte sans subir d'autre humiliation.

Lorsqu'elle disparut sous la porte d'entrée, il se demanda s'il n'avait pas eu une réaction exagérée.

Toujours ému, néanmoins, il se tourna vers Edwin :

— Depuis combien de temps n'avez-vous pas croisé le fer ?

— Plusieurs jours. Voudriez-vous conclure notre confrontation à la pointe de l'épée ?

Si Edwin avait posé la question par plaisanterie, la nuance de défi qu'elle contenait ne fut pas pour déplaire à Stephen. Les discussions qu'il avait avec son rival revêtaient, parfois, l'aspect de joutes verbales ; c'était à celui qui aurait le dernier mot.

— Je ne voudrais pas tirer avantage de la situation si vous veniez à rendre l'âme à cause de la violence de l'exercice.

— Vous rêvez, freluquet !

— Freluquet ? Je vais vous apprendre, cher ami, qu'un Wilmont ne tremble devant personne.

— Epées de bois ou lames acérées ? s'enquit Edwin en plissant les paupières.

— Le bois. Je ne voudrais pas blesser par malchance un homme qui pourrait être mon père.

— Allez chercher votre haubert et votre épée.

Edwin, visiblement touché au vif, ronchonnait tout en marchant vers le donjon ; Stephen, qui marchait à sa suite, riait sous cape.

Pauvre Edwin ! Il avait une réelle amitié pour lui. A tel point qu'il se demandait, par moments, s'ils étaient encore en concurrence. Il était temps de mettre fin à cette confusion.

Stephen n'avait suggéré à Edwin de s'entraîner au maniement des armes que pour évacuer sa colère : il ne nourrissait aucune animosité contre lui. C'était cependant l'occasion de rompre la trêve qu'ils avaient instaurée entre eux plus ou moins volontairement. Oui, il était temps de rappeler au souvenir d'Edwin qu'il n'y aurait qu'un gagnant et qu'il n'avait aucune intention de perdre.

A l'intérieur de la grande salle, Edwin pressa le pas vers l'escalier, dont il gravit quatre à quatre les marches tandis que Stephen restait en arrière, cherchant des yeux Marian.

Des rires d'enfant, provenant du lit de William de Grasse l'avertirent du lieu où se trouvaient les deux jumelles. Or, leur maman n'était jamais très loin...

Incapable de résister à la tentation, il se déplaça discrètement de façon à voir, sans être vu, qui était derrière le rideau du lit à baldaquin.

Comme il l'avait pressenti, Marian était assise au pied du lit, souriant d'un air angélique comme les jumelles racontaient avec force gestes à leur oncle la course dans laquelle s'étaient lancés, sur leur instigation, les fils du forgerons.

La jeune femme était d'une beauté ensorcelante ; ses grands yeux gris brillant d'une joie profonde illuminaient tout son visage.

Il apparaissait clairement que les jumelles étaient toute sa vie, la source de son plus grand bonheur comme de ses peines. Rien ne comptait à ses yeux en dehors de ses filles et pourvu qu'elle les eût auprès d'elle, elle pouvait se passer de tout le reste — confort, luxe, considération...

— Un jour, bientôt..., fit la voix de Carolyn qui s'était approchée tout près de lui sans qu'il le remarquât. Père a un si grand désir d'avoir des petits-enfants !

Ses enfants... Et ceux de Carolyn...

Il voyait trop loin... Il fallait d'abord épouser l'héritière, ce qui n'était pas chose faite. En tout cas, l'idée d'avoir des enfants commençait à le séduire. C'était la première fois, sans doute, qu'il éprouvait un tel désir de paternité.

— Des jumeaux, peut-être ? dit-il en plaisantant.

— Un garçon, ce serait bien. Il faut une telle patience pour en avoir deux d'un coup ! Un par un me conviendrait mieux.

Carolyn le prit par le coude et le tira à l'écart. Il se laissa conduire, bien qu'il lui déplût vivement d'être ainsi éloigné de Marian.

Carolyn le guida jusqu'à un banc, où elle s'assit. Lui-même resta debout, les bras croisés sur la poitrine, un œil tourné vers l'escalier où ne tarderait pas à paraître Edwin en haubert, l'épée à la main.

— Je sais qu'il nous est interdit de parler des progrès de ta confrontation avec Edwin, mais je ne crois pas contrevenir aux recommandations de Père en te demandant si vous en avez bientôt fini avec votre inspection ?

— Je pense qu'il nous faudra encore une quinzaine de jours pour en venir à bout, répondit-il non sans avoir noté avec satisfaction que la jeune femme avait profité de leur aparté pour le tutoyer.

— Deux semaines ! Mais c'est interminable. Pourquoi vous faut-il autant de temps ?

— Ta liste est longue et il nous reste encore à visiter deux fiefs trop éloignés pour qu'on puisse s'y rendre en une seule journée. Si nous les parcourons l'un après l'autre, nous serons partis plusieurs jours.

Carolyn fit la moue.

— J'aurais pensé qu'il vous faudrait moins de temps pour venir à bout de ma liste qu'il ne m'en a fallu pour l'établir. Ne pouvez-vous accélérer un peu le mouvement ?

Bien que le ton plaintif de la jeune femme irritât Stephen, il s'efforça de ne pas le montrer.

— Et si des aspects essentiels m'échappaient et me faisaient perdre la compétition ?

Elle soupira.

— Certes, certes... Je pourrais peut-être demander à Père de réduire quelque peu la liste, ce qui vous permettrait de terminer plus tôt.

Elle se leva et caressa la joue de Stephen.

— Ainsi, tu auras un peu plus de temps à me consacrer...

Il s'agissait donc de cela... Carolyn se sentait négligée. A vrai dire, il n'avait pas été un seul instant seul avec elle !

A l'heure où son entretien quotidien avec Ivo se terminait, il n'était que temps de se rendre dans la grande salle pour prendre part au souper. Et ensuite, trop de gens restaient dans la salle pour trouver un moment d'intimité avec Carolyn. Dans la mesure où elle et ses suivantes étaient les premières à se retirer dans leur chambre, Stephen n'avait eu jusqu'alors aucune occasion d'avoir une conversation privée avec elle, encore moins d'échanger un baiser ou de fixer un rendez-vous galant.

Il était grand temps de remédier à cette lacune ! Peut-être aurait-il été opportun de faire don, dès le soir même, du bijou qu'il avait apporté pour officialiser ses fiançailles avec elle ?

Puisqu'elle venait de se montrer gentille avec lui, il avait envie de lui témoigner l'affection qu'il lui avait en quelque sorte retirée, à la suite de la réception glaciale qu'elle lui avait réservée.

Il lança un regard autour de lui. Edwin n'était toujours pas en vue, Marian et les jumelles étaient cachées par le rideau du lit...

— Tu as raison, répondit-il. Nous devrions passer plus de temps ensemble.

Il prit entre ses mains le visage de Carolyn et, plongeant le regard dans les beaux yeux bleus de la jeune femme, vint cueillir un baiser sur ses lèvres.

Carolyn baissa les paupières et entrouvrit sa jolie bouche…

Stephen l'embrassa avec ardeur ; las, malgré la réponse fougueuse de la jeune femme, il ne sentit pas son corps réagir comme d'habitude. Le désir était absent. Il n'éprouvait pas le besoin de la serrer dans ses bras, de glisser la main sous ses vêtements, de chercher à la posséder comme il l'avait déjà fait avec moult femmes plus que consentantes…

Consterné, il interrompit le baiser — qui aurait pu se prolonger indéfiniment : Carolyn gardait les yeux fermés et semblait tirer un immense plaisir de cette étreinte.

— Nous devrions essayer de mieux nous connaître, dit la jeune femme dans un souffle. Cette nuit, quand tout le monde dormira…

— Non, c'est impossible ! répondit-il, pétrifié à l'idée de ne pouvoir honorer Carolyn. Pas sous le toit de ton père. D'autant moins qu'Edwin, qui occupe la chambre voisine, pourrait nous entendre. Nous ne pouvons prendre ce risque.

Elle paraissait déçue mais, pour le plus grand soulagement de Stephen, elle acquiesça de la tête.

— Ce sera difficile d'attendre, mais sans doute est-ce plus raisonnable.

— Sans aucun doute, repartit Stephen, qui ne songeait qu'à fuir.

Il recula d'un pas et s'inclina avec déférence devant la jeune châtelaine.

— A plus tard, ma dame.

Sur ces mots, il se dirigea vers l'escalier.

Lorsqu'il atteignit la porte de sa chambre, ses mains tremblaient.

Que lui arrivait-il ? Il n'avait jamais embrassé une jolie femme sans éprouver aussitôt un brûlant désir de mieux la connaître...

Il suffisait pourtant qu'il posât les yeux sur Marian et alors...

Marian...

C'était sa présence dans la grande salle, même si elle restait cachée par le rideau du lit de son oncle, qui avait eu cet effet sur lui. Depuis qu'il l'avait revue à Westminster, le souvenir de son corps, de sa sensualité, lui revenait en mémoire avec peut-être trop de force pour qu'il se sente en harmonie avec une autre.

Il n'avait qu'à tâcher d'oublier Marian et tout rentrerait dans l'ordre. A la pensée qu'il pût être incapable de satisfaire Carolyn, il était purement et simplement horrifié.

Il enfila son haubert avec bonheur. Après avoir croisé le fer avec son rival, il aurait certainement de nouveau le goût de conquérir Carolyn, et trouverait le moyen de bannir Marian de son cœur.

7.

Deux épées de bois frappées l'une contre l'autre, même avec vigueur, ne transmettaient pas dans le bras la même sensation que le heurt éclatant du fer contre le fer. Stephen regrettait de n'avoir pas en main sa lourde épée, dont la poignée s'échauffait au cours de l'exercice et dont la lame devenait comme le prolongement de son bras.

Il était très heureux, néanmoins, de s'entraîner. Si, en choisissant de se confronter à Edwin avec des armes factices, il avait l'assurance de ne pas lui infliger de blessure sérieuse, cela ne l'empêcherait nullement de lui faire la démonstration de sa supériorité.

Il avait reçu, en effet, comme tous les chevaliers de Wilmont, une formation exceptionnelle, par l'un des meilleurs maîtres d'armes du royaume. Rares étaient les chevaliers qui pouvaient rivaliser avec ceux de sa maison, ses frères et lui-même en étant les plus dignes représentants.

Le maître d'armes avait été encore plus exigeant avec eux qu'avec aucun autre chevalier. Ils n'avaient eu droit à aucune faveur, le but recherché, en ce qui les concernait, n'étant autre que la perfection.

Il voulait montrer à Edwin lequel d'entre eux était le plus preux chevalier, sans le blesser. Il n'aurait pas servi ses intérêts, d'ailleurs, en faisant couler le sang de son rival.

Il suait sous le poids du haubert, dans la chaleur estivale, mais il se sentait bien. Ses gestes étaient rapides et précis, ses coups puissants. Pour l'heure, il se contentait surtout de répondre aux assauts de son adversaire, qu'il fatiguait petit à petit.

Edwin porta une succession de coups qui obligèrent Stephen à reculer. Les spectateurs, formant cercle autour d'eux, étaient ravis de voir le chevalier qui leur était le plus familier l'emporter sur le jeune Wilmont.

Ce dernier n'était pas mécontent de leur laisser accroire que son adversaire serait le vainqueur. Les paris se multipliaient en faveur d'Edwin et il ne doutait pas que quelque part dans la foule, Armand les faisait monter — et qu'il aurait fort à gagner, à la fin de l'affrontement.

Tout en résistant à son rival, il se demandait si Carolyn était venue assister au combat, ainsi que Marian et les jumelles. Il ne prit cependant pas le risque de satisfaire sa curiosité en détournant le regard du visage rougi par l'effort d'Edwin.

Sentant que la foule se rapprochait de plus en plus et qu'il ne serait bientôt plus possible de combattre efficacement, il rendit coup pour coup à son adversaire qui perdit, soudain, l'équilibre.

Voyant que le moment était venu d'agir, Stephen laissa naître sur son visage un sourire sauvage, puis engagea une série d'assauts en vu de déconcerter son adversaire et de le conduire à la faute.

Un sifflement strident faillit l'arrêter : il avait reconnu

le signal d'arrêt des combats à Wilmont. Seul Armand avait pu le pousser ; or, s'il baissait la garde maintenant, Edwin, qui ignorait le signal, en profiterait pour lui porter un coup fatal et décisif.

Pour en finir au plus vite et répondre ainsi à l'appel de son écuyer, il exécuta une violente attaque, obligeant Edwin à prendre une position défensive. Il profita alors de la situation pour passer son arme sous celle de son rival et la lui arracher de la main d'un mouvement sec.

Edwin, stupéfait, vit son épée s'envoler. Le désarroi qui se lut sur son visage fut tel que Stephen regretta presque son geste, et fut même tenté de lui demander pardon.

Il ne le fit pas, toutefois, et se tourna vers Armand, qui se frayait un passage entre les spectateurs.

— Messire, dit l'écuyer, un messager vient d'arriver de Wilmont. Votre frère, le baron, attend une réponse immédiate.

Stephen chercha des yeux un homme vêtu d'une tunique écarlate ornée de parements d'or comme en portaient ceux de son fief et, bientôt, il distingua le cavalier et sa monture, aussi épuisés l'un que l'autre, près du porche d'entrée.

Il confia son épée à un garde et, suivi d'Armand, se dirigea vers le messager.

— Bonjour, Bertram ! Quelles sont les nouvelles ?

Le chevalier sourit en lui donnant un parchemin roulé et serré dans un ruban rouge.

— Lisez le message de Sa Seigneurie, messire, et si besoin est, je vous donnerai quelques compléments d'information.

— Tu es à bout de forces, Bertram. Viens à l'intérieur te désaltérer et manger pendant que je lirai ce parchemin.

Puis, se tournant vers Armand, Stephen ajouta :

— Occupe-toi du cheval de Bertram. Qu'il soit épongé, étrillé et bien nourri.

Tandis que l'écuyer conduisait l'animal aux écuries, Stephen fit sauter le cachet de cire du parchemin et le déroula.

Ce qu'il lut le glaça jusqu'aux os et arrêta net sa marche.

Une semaine plus tôt, alors qu'il escortait des chariots de ravitaillement destinés à un fief de Gerard dans le sud de l'Angleterre, Corwin, qui n'était qu'à mi-chemin, avait appris qu'une princesse de sang royal, Judith Canmore, avait été enlevée par des brigands. Corwin s'était lancé à leur poursuite, vers le nord, pour la libérer et, depuis ce jour, plus personne n'avait entendu parler ni de lui ni de la princesse.

Stephen rageait contre l'ordre exprès que lui donnait son frère de rester à Branwick au cas où Corwin, qui le savait auprès de Carolyn de Grasse, vînt l'y retrouver.

— Le baron craignait que vous n'ayez déjà eu vent de la nouvelle, lui dit Bertram, et que vous soyez parti à la recherche de Corwin et de la princesse. Tous les baillis de la province ainsi que les barons ont été prévenus de l'enlèvement de la jeune fille. Messire de Wilmont tenait à ce que je vous dise que dame Ardith n'était pas inquiète pour son jumeau.

Ces propos rassurèrent quelque peu Stephen. Ardith et son frère avaient entre eux un lien incompréhensible pour les autres : il s'était avéré à plusieurs reprises qu'ils réussissaient à communiquer entre eux par la pensée, même à distance.

Si Corwin avait été victime d'une blessure ou pire, Ardith aurait certainement éprouvé sa souffrance dans sa propre chair. Nonobstant, sans être encore la victime de quoi que ce fût, de très graves menaces pesaient peut-être sur lui ? Sachant cela, Stephen était désespéré de ne pouvoir se lancer incontinent au secours de son meilleur ami.

Il lui arrivait, parfois, de désobéir à son frère, mais jamais sans une excellente raison.

— Les recherches déjà entreprises ont-elles permis d'en savoir plus, Bertram ?

— Pas encore, messire, mais les barons considèrent la situation plutôt favorable. Si Corwin a réussi à rejoindre la princesse et à la reprendre à ses ravisseurs, il est vraisemblablement poursuivi par eux et dans l'obligation de se cacher.

Ayant sillonné l'Angleterre en compagnie de Corwin, Stephen connaissait beaucoup d'endroits où son ami aurait pu se réfugier. En donnant certaines indications à Gerard au sujet de ces lieux, peut-être contribuerait-il à ce qu'il retrouvât plus vite le jumeau de sa femme ?

Un peu soulagé de savoir qu'il pourrait se rendre utile, il précéda Bertram dans l'escalier conduisant à la grande salle. Ne voyant pas Carolyn à sa place habituelle près de la cheminée, il pria les deux servantes qui balayaient l'âtre, l'une de quérir la maîtresse de maison et de lui demander de quoi écrire, l'autre d'aller en cuisine pour ordonner qu'on servît un repas au chevalier.

Il alla lui-même tirer deux pintes de bière au tonneau

et s'assit avec Bertram devant une table qui était restée dressée.

— Tu dois retourner à Wilmont sans attendre, n'est-ce pas ?

— Oui. Je partirai dès que vous aurez écrit votre réponse à messire Gerard.

Stephen termina la lecture du long message de son frère. Il y était question de sa femme et de ses fils, ainsi que de son espoir qu'Ardith mît rapidement au monde son bébé.

Il sourit en lisant la nouvelle inattendue que Richard avait épousé Lucinda de Northbryre lors d'une cérémonie intime à Wilmont. Son frère et la jeune femme étaient passionnément amoureux l'un de l'autre, tout le laissait entendre, mais il doutait que Gerard fût très satisfait de cette union. Il était très curieux d'apprendre, d'ailleurs, dans quelles circonstances Richard avait informé son frère de l'engagement qu'il venait de prendre.

Bien sûr, le baron voulait avoir des nouvelles de Stephen et de son séjour à Branwick ; mais le chevalier ne savait comment informer son frère de l'évolution de la situation sans le faire sauter au plafond de rage ou rire à s'étouffer.

Mieux valait ne pas parler de l'épreuve à laquelle il était soumis…

Des voix féminines, provenant de l'escalier, lui firent tourner la tête. Carolyn, suivie de Marian et des jumelles, parut dans la salle et se dirigea droit vers lui. Alors qu'elle s'arrêtait pour lui donner un parchemin, de l'encre et une plume, sa cousine poursuivit son chemin avec ses filles et, sans même un regard vers lui, sortit de la grande salle.

Il s'en moquait… Grand Dieu ! Comme il s'en moquait !

Il aurait été moins affecté, peut-être, par son indifférence, s'il en avait connu la raison. Las, chaque fois qu'il tentait d'en percer le mystère, elle détournait la conversation et l'éloignait un peu plus d'elle.

Il ne parlerait pas non plus de Marian à Gerard. Qu'aurait-il pu en dire, du reste ?

La première jeune fille que j'ai aimée est ici, à Branwick, et elle me déteste. Elle est plus belle encore que jadis et mère de deux adorables petites filles dont le père n'est plus de ce monde. Pauvre et rejetée par ses parents, elle vit dans une chaumière du village et enflamme mon désir comme ma promise ne l'a jamais fait et ne le fera jamais.

Stephen poussa un soupir.

— De mauvaises nouvelles ? s'enquit Carolyn.

— Oui, répondit-il, soulagé qu'elle ne pût lire dans ses pensées.

— Tu es rappelé à Wilmont ?

— Pas encore… Où se trouve le plus proche bailliage ?

— A York. Mais qu'as-tu à faire avec le bailli ?

— Mon plus proche ami a disparu, répondit laconiquement Stephen en se penchant pour écrire.

Il indiqua les différents endroits où Corwin aurait pu se cacher, dont une grotte près d'Oxford puis, s'adressant au messager :

— Tu diras à Gerard que je vais me rendre dans deux lieux voisins d'ici, connus de Corwin, et où il aurait pu trouver refuge. J'irai trouver également le bailli d'York pour m'entretenir avec lui.

— Il a déjà été prévenu, messire. Le baron a envoyé des messagers dans tout le nord du royaume...

Une servante apporta un tranchoir, sur lequel étaient disposés de la viande, du fromage et du pain, et le posa sur la table. Bertram s'attabla aussitôt et, sortant son couteau, se découpa des morceaux de viande, qu'il avala comme un homme affamé.

Carolyn s'assit sur le banc près de Stephen. Elle ne cessait de tapoter le bord de la table avec ses doigts. Excédé par ce bruit et comprenant qu'elle voulait lui parler, il trouva un prétexte pour éloigner le messager quelques instants.

— Bertram, fit-il, obligeant le chevalier à lever le nez du tranchoir où il prélevait un morceau de fromage après avoir dévoré force pièces de viande. Je vois que ton gobelet est presque vide. Va te servir au tonneau au fond de la salle et remplis le mien par la même occasion.

Il donna son gobelet à Bertram qui, bien qu'un peu surpris par l'ordre que venait de lui donner Stephen, l'exécuta sans broncher.

— Tu as quelque chose à me dire ? fit Stephen en se tournant vers la jeune femme.

— Tu as l'intention de te rendre à York ? dit-elle avec brusquerie.

— En effet.

— Es-tu vraiment obligé d'y aller ?

Le ton exaspéré de sa voix trahissait sa préoccupation : elle ne voulait pas qu'il quittât Branwick tant que la compétition entre Edwin et lui n'était pas achevée.

— York n'est qu'à une journée à cheval d'ici. Je ne serai pas parti plus de trois ou quatre jours. Je ne peux pas me désintéresser du sort d'un ami qui m'a sauvé de la mort plus d'une fois dans la bataille.

— Ton frère semble avoir fait le nécessaire pour que les recherches soient conduites au mieux. Tu vas perdre un temps précieux pour tenter de venir en aide à ton ami alors que tu n'en as pas les moyens.

— Je dois faire quelque chose même si mon aide est dérisoire, répondit Stephen qui savait qu'il ne pourrait dormir sur ses deux oreilles que lorsqu'il aurait entendu dire de la bouche du bailli d'York que tout avait été entrepris pour retrouver Corwin. Mais rassure-toi : je n'abandonne pas la compétition. Je la remets seulement de quelques jours.

— La dernière fois que tu t'es absenté, tu m'as dit que tu ne partais que quelques semaines. Or, trois mois se sont écoulés sans que je te voie ! rétorqua Carolyn en se levant. Je n'attendrai pas aussi longtemps une seconde fois, Stephen de Wilmont ! Si tu ne reviens pas dans quatre jours, un autre prendra ta place !

Stephen, en la regardant s'éloigner, se demanda si cela ne serait pas aussi bien ainsi... Quoique, il n'aimerait pas perdre — surtout aussi près du but.

Il finit de rédiger sa réponse à son frère puis confia le parchemin à Bertram, qui avait englouti son repas et terminait de boire sa bière. Il le reconduisit jusqu'au pont-levis puis alla demander une audience avec messire de Grasse. Il ne devait pas relâcher ses efforts de courtoisie s'il voulait rester dans ses bonnes grâces.

Le père de Carolyn étant éveillé et inoccupé, il le reçut sur-le-champ.

— Ma fille vient de m'apprendre que vous aviez l'intention de partir à York dès demain matin ? fit-il avec un froncement de sourcils qui ne laissait rien présager de bon.

— Mon plus proche ami, Corwin, avec lequel j'ai grandi et qui a été adoubé chevalier le même jour que moi, est en danger. Je l'aime comme un frère. Il m'est impossible de ne pas tenter quelque chose pour le sauver.

— Il est le beau-frère du baron de Wilmont, si je ne m'abuse ?

— En effet, messire.

— C'est le devoir familial, en quelque sorte, qui vous appelle ?

— Cela même, Votre Grâce.

— Eh bien, faites votre devoir, chevalier, et revenez-nous vite.

— Je vous remercie, messire, dit Stephen en s'inclinant.

— Ne partez pas tout de suite, chevalier. Pouvons-nous vous être utile d'une manière ou d'une autre ?

Stephen ne s'attendait pas à autant de sollicitude de la part du vieux seigneur.

— Serait-il possible d'avoir des vivres pour mon écuyer et moi-même, pour quatre ou cinq jours ?

— Bien sûr. Envoyez-moi le sénéchal. Il donnera des ordres en cuisine pour que tout soit prêt demain matin, à l'aube.

Stephen allait prendre congé du malade quand il lui revint en mémoire qu'il avait une question à lui poser avant de se rendre à York.

— Pourriez-vous me recommander un artisan ? Je dois trouver un cadeau pour mon frère Richard, qui vient d'épouser Lucinda Northbryre.

William réfléchit un instant avant de répondre sur un ton familier qu'il n'avait jusqu'alors jamais employé :

— Franchement, Stephen, je crois qu'il vaut mieux que vous demandiez ça à Carolyn. Elle connaît tout le monde ici, bien plus que moi.

— Ce départ impromptu a fâché votre fille. Peut-être trouverai-je quelque chose à York ?

— Si vous croyez que Carolyn ne vous renseignera pas, vous pourriez demander conseil à sa cousine. Marian saura vous dire ce qu'il conviendrait d'offrir à de jeunes mariés...

Soudain, le regard du vieil homme s'éclaira.

— Mais justement ! C'est Marian qu'il vous faut ! Avez-vous vu ses magnifiques broderies ? Elle pourrait vous faire un décor de nappe et de serviettes...

Stephen n'était pas sûr que la jeune femme lui fasse bon accueil, mais l'idée était bonne et ce serait un excellent prétexte pour la voir seule.

— Je vais y réfléchir.

— Ne vous contentez pas de ça. Marian a des doigts de fée et beaucoup de goût. Ses dessins et ses couleurs, superbes, sont servis par un point d'une rare finesse. Je vous assure, vous ne serez pas déçu.

— Elle a tant de talent ?

— Sur ma parole, je ne connais personne qui brode mieux qu'elle. Elle me prépare une place au ciel, grâce à ses mains si habiles ! Si vous lui demandez aujourd'hui de vous broder un ouvrage, vous aurez sans doute le plaisir d'en trouver le dessin tracé à votre retour d'York. Lorsque vous la verrez, dites-lui que je désire qu'elle me fasse une autre nappe d'autel dont les motifs, cette fois, seront faits uniquement de fils d'or et d'argent.

— Merci de cet avis, messire, dit Stephen en s'inclinant. Je vais aller trouver votre nièce sans tarder.

Inquiet et impatient à la fois d'aller frapper à la porte de Marian, il traversa la grande salle et sortit du donjon.

Tandis que les filles faisaient la sieste, Marian profitait de la tranquillité qui régnait dans la chaumière pour travailler avec des tablettes de cire et un stylet. La bible dont elle s'inspirait était ouverte, à la première page, sur une magnifique enluminure : Adam et Eve chassés du jardin d'Eden.

Marian aurait voulu broder la scène sur un grand tissu, s'il n'avait fallu qu'elle eût à sa disposition quantité de fils de diverses couleurs vives telle que le teinturier de Branwick n'aurait pu lui en fournir.

Carolyn, certes, accepterait de la laisser œuvrer sur le rouet du château, mais elle ne pouvait se résoudre à lui en demander la permission. Cela exigerait d'elle de passer trop de temps dans la forteresse, condamnant ainsi les jumelles à être confrontées de longues heures à ceux qui les regardaient d'un mauvais œil.

Elle n'en éprouvait pas moins le vif désir de réaliser une tapisserie qui pourrait être suspendue dans la grande salle de Branwick, qu'elle représentât une scène du paradis terrestre ou un autre sujet conforme au choix de William.

Quelques coups légers frappés à sa porte interrompirent sa méditation ; celle-ci la préoccupait tant, cependant, qu'elle ne pensa pas à regarder par la fenêtre pour voir qui venait ainsi troubler la quiétude de l'après-midi.

Lorsqu'elle ouvrit la porte, elle eut la consternation de

découvrir que la tentation, à l'image de celle à laquelle Eve avait succombé, se dressait devant elle. Il ne s'agissait pas, certes, d'un serpent, mais d'un homme trop beau pour qu'on lui résistât et qui posait sur elle un regard vert ensorcelant.

Si elle parvint à ne pas répondre à son sourire, elle ne put empêcher son cœur de s'emballer…

Eût-elle été plus raisonnable, elle lui aurait claqué la porte au nez.

— Je viens de la part de votre oncle, dit-il de sa voix grave et chaude.

Son regard se porta sur les jumelles, allongées sur leurs grabats.

— Je n'ai peut-être pas choisi le meilleur moment ? Dois-je revenir plus tard ?

— Non. Que veut mon oncle ?

Il se pencha en avant, prenant appui des deux mains sur le chambranle de la porte.

— Puis-je entrer ? Vous avez ma parole que je ne vous poserai aucune question sur le passé et que je prendrai garde à ne pas éveiller les filles.

Troublée par son odeur mâle qu'elle avait cherché vainement à oublier au cours des six dernières années, la jeune femme recula instinctivement d'un pas, ce qu'il prit pour une invitation à entrer.

Marian convint en elle-même qu'il n'y avait aucune différence entre lui parler sur le pas de la porte ou dans la chaumière, pourvu qu'il tînt sa promesse. Elle ne pouvait pas, de toute façon, le chasser, alors qu'il était venu de la part de messire de Grasse.

S'approchant de la table, Stephen regarda la bible, restée ouverte à la même page, et la tablette de cire.

— Vous avez effectivement un don d'artiste, dit-il en se redressant pour dévisager la jeune femme. Votre oncle m'avait dit que vous étiez très habile de vos mains et cette esquisse m'en donne la preuve. Vous avez réussi à donner une vie étonnante aux personnages et au serpent.

— Que veut mon oncle ? répéta-t-elle.

Elle n'était pas contente qu'il eût vu l'amorce de son œuvre. Seules les jumelles étaient d'ordinaire les témoins de cette étape.

— Il désire que vous lui fassiez une autre nappe d'autel dont les broderies seraient de fils d'or et d'argent. Si j'ai bien compris, messire de Grasse espère obtenir une bonne place au ciel, grâce à votre talent ?

— Les nappes sont destinées à l'archevêché. Le jour où il rendra l'âme, ce qui arrivera, je l'espère, le plus tard possible, mon oncle est assuré du soutien de la prière du chapitre de la cathédrale d'York, ce qui devrait hâter son ascension vers le Seigneur.

Un sourire se dessina sur les lèvres de Stephen.

— Lorsqu'on prend de l'âge, on est un peu plus préoccupé par ces questions...

— C'est normal.

Il a transmis son message, pensa-t-elle. *Il n'a plus qu'à partir. Il ne me reste qu'à le remercier...*

— Dites à mon oncle que je vais faire une esquisse pour le décor de la nappe et que je la lui soumettrai. Rentrez bien, messire de Wilmont.

Il sourit en hochant la tête mais ne bougea pas. Il tournait les pages de la bible, s'extasiant sur la beauté des enluminures.

— Tiens, c'est amusant, remarqua-t-il. C'est peut-être le même moine qui a peint les deux scènes. Il a représenté Adam et Noé avec le même visage. Le serpent, par contre, qui monte dans l'arche, est très différent de celui du jardin d'Eden.

Surprise qu'il se montrât aussi observateur, Marian, qui n'avait jusqu'alors rien remarqué de cette ressemblance entre les deux personnages, vint s'en assurer par elle-même.

— C'est vrai, reconnut-elle, mais l'ambiance est très différente dans la seconde représentation. Malgré les circonstances tragiques du déluge, il y règne une légèreté et une joie de vivre qui sont absentes de l'épisode dramatique où Adam et Eve sont chassés du Paradis par leur faute. Regardez : le lion sourit.

— Rien d'étonnant : un buffle bien gras lui montre son derrière, répondit Stephen en tournant la page. Quel genre de sujet choisissez-vous pour une nappe d'autel ? Je ne pense pas qu'un lion hilare convienne ?

— Non, évidemment. L'archevêque exige toujours le même motif, une croix dans un décor de feuilles de vigne et de grappes de raisin ou d'épis de blé, mais je suis libre de les représenter à ma manière. Et les tons changent d'une nappe à l'autre.

— Vous aimeriez, sans doute, varier les motifs ?

— Oui, mais ça ne conviendrait pas pour une nappe d'autel.

— Vous pourriez le faire pour une nappe destinée à une table profane... Mon frère Richard vient de se marier et je voudrais lui offrir, ainsi qu'à son épouse, une très belle et très grande nappe brodée, avec quarante serviettes assorties.

Avait-elle bien entendu ? Elle restait interloquée et ne réagissait pas.

— J'aimerais que vous me brodiez cette nappe et ces serviettes, Marian, si vous le voulez bien. Vous pourriez donner libre cours à votre imagination. Il importe seulement que les motifs et les couleurs soient gais. Lucinda de Northbryre a été très malheureuse avant de rencontrer mon frère. Il faut mettre de la joie et de la douceur dans sa vie.

Le regard de Stephen brillait et, chaque fois qu'il remuait la tête, les belles boucles noires de ses cheveux se balançaient autour de son visage. Quoi qu'il fît, il était toujours extrêmement charmeur et séduisant.

Malgré elle, Marian souriait suavement.

— Avez-vous une préférence pour certaines couleurs ?

— Non, je vous fais entièrement confiance. Il s'agit seulement que le résultat plaise à l'œil et réchauffe le cœur.

Marian se mordit la lèvre inférieure pour contenir sa joie. C'était la première fois qu'elle avait toute liberté de créer un décor et l'esprit requis par Stephen ne pouvait pas mieux lui convenir.

Elle se représentait déjà la somptueuse nappe d'un blanc éclatant et couverte de broderies colorées, sur une grande table dressée pour un banquet.

— Je songe déjà à un bleu indigo et à un jaune safran…

— Je suis sûr que votre choix sera le bon. J'aurai également besoin d'une couverture brodée pour l'offrir à ma belle-sœur à l'occasion du baptême de l'enfant dont elle devrait bientôt accoucher. Bien sûr, c'est vous-même qui déterminerez le prix de ces cadeaux. Je veux que vous soyez largement récompensée de votre peine.

Une nappe et des serviettes pour Richard. Une couverture pour le bébé du baron. Un joli salaire pour le tout. Marian était ivre de bonheur en traversant la pièce pour aller ouvrir un coffre dans lequel elle prit deux petites couvertures écrues.

— Je les ai faites pour les jumelles, dit-elle en les étalant sur la table. Est-ce que leurs dessins vous plaisent ?

Une expression de tendresse envahit le visage du chevalier alors qu'il suivait du doigt les charmants motifs brodés sur les petites couvertures en laine douce comme de la soie.

— Les petits chats étaient pour Audra et les agneaux pour Lyssa, expliqua Marian, la voix étranglée par l'émotion.

En brodant les couvertures, vers la fin de sa grossesse, elle avait éprouvé très vivement le désir qu'elles plaisent à Stephen, alors qu'elle ignorait si elle le reverrait un jour ou non.

— C'est adorable et si joli… Le motif est parfait. Que diriez-vous de lionceaux pour le futur petit Wilmont ? Ardith porte son bébé de telle manière que la sage-femme est convaincue que ce sera un mâle.

Marian, dont les mains tremblaient, replia les couvertures.

— Oui… Ce serait bien…, répondit-elle sans oser lever les yeux vers Stephen pour ne pas lui faire voir son trouble. Pour quand les voudriez-vous ?

— Oh ! je ne sais pas… Je crois qu'Ardith n'accouchera pas avant deux ou trois semaines. Il vaut mieux commencer par la nappe et les serviettes. Cela vous va ?

— Il me faudra un ou deux jours pour en dessiner les motifs.

— Prenez votre temps. Je pars demain matin pour York et ne serai pas de retour avant quatre ou cinq jours.

Les mains de Marian se crispèrent sur les couvertures. Stephen quittait Branwick...

— Pourquoi York ?

Il lui expliqua la raison de son déplacement et, devant le désarroi qu'elle lut dans son regard et perçut dans sa voix, elle fut soulevée par un mouvement de compassion et posa les mains sur ses épaules.

— J'espère que vous retrouverez votre ami, pour lui autant que pour vous.

— Vraiment ? fit-il en lui prenant la taille entre ses mains.

Elle ne pouvait répondre. Elle avait la gorge si nouée qu'aucun son n'aurait pu en sortir. Ses mains palpaient les épaules de Stephen, caressaient sa nuque. Elle voulait le réconforter, lui rendre l'espoir de retrouver sain et sauf son ami, qu'il semblait aimer comme un frère.

Elle vit une flamme s'allumer dans le regard de Stephen et comprit que le même désir l'habitait, que le souvenir de leurs folles étreintes restait intact, qu'il suffirait qu'ils fussent dans les bras l'un de l'autre pour revivre leur amour tel qu'ils l'avaient abandonné, sans une ride ni une flétrissure...

Il s'inclina sur elle et, l'enlaçant tendrement, chercha ses lèvres. Elle ne se déroba pas et vint à sa rencontre, lui, le seul homme qu'elle eût jamais embrassé.

Au premier contact de ses lèvres, instant merveilleux, magique, elle comprit qu'elle aurait un besoin bien plus grand de lui. Elle ne se rappelait que trop bien les sommets vertigineux jusqu'où Stephen, à force de baisers et de caresses, l'avait hissée...

Elle le désirait, tout simplement, et voulait connaître de nouveau le plaisir dans ses bras...

Il interrompit leur baiser et attira doucement le visage de la jeune femme contre son épaule. Elle sentit qu'il frissonnait...

Non, rien n'avait changé, depuis six ans...

— Je dois partir, dit-il d'une voix que l'émotion rendait rauque.

Il fallut un certain temps à Marian pour se remettre en mémoire qu'il quittait Branwick pour York.

— Tu vas revenir, n'est-ce pas ?

— Oui, sur mon honneur.

Il l'embrassa de nouveau et, cette fois, elle crut qu'elle allait perdre tout contrôle. Elle était folle à lier, mais elle savait que si les jumelles n'avaient pas été endormies sur leurs grabats dans cette même pièce, elle se serait couchée à même la terre battue et se serait donnée à lui.

Elle ne trouva la force de résister à ce désir impérieux que pour préserver l'innocence de ses filles chéries.

Elle comprit mieux, soudain, pourquoi Eve était tombée, à l'aube des temps. Si le serpent s'était présenté à elle sous les traits d'un superbe jeune homme et qu'il lui avait parlé avec cette même voix chaude et vibrante, elle aussi aurait failli.

Elle allait, d'ailleurs, succomber, si elle ne mettait pas un terme tout de suite à cet extraordinaire baiser !

Elle repoussa donc Stephen, lequel recula aussitôt.

Le charme était rompu... Elle eut l'impression d'un immense vide, d'un gouffre qui s'ouvrait sous ses pieds...

On lui aurait arraché le cœur que son malaise n'eût pas été plus grand.

Il la regardait de ses grands yeux verts où un trouble profond venait de se répandre comme une ombre. Il semblait aussi tourmenté qu'elle.

— Je reviendrai, murmura-t-il avant de sortir rapidement et sans bruit de la chaumière.

Marian s'assit sur un tabouret et plongea le visage dans ses mains.

Mon Dieu ! Qu'ai-je fait ?

Elle tremblait devant la folie qu'elle avait commise. Elle avait trahi la confiance de Carolyn et commis l'imprudence de laisser Stephen reconquérir son cœur. Pire : lorsqu'elle le perdrait de nouveau, car elle n'osait croire que leur amour pût renaître de ses cendres, la douleur qu'elle ressentirait serait plus cruelle encore.

8.

Sur un fond de laine d'agneau ivoire, un lionceau, fatigué de courir derrière les papillons, de chasser les scarabées et de jouer avec ses semblables, faisait un somme.

Marian considérait la broderie qu'elle réalisait sur la couverture destinée au futur baron de Wilmont avec le sentiment d'accomplir le plus beau et le plus original de tous ses ouvrages.

Depuis deux semaines, elle avait consacré l'essentiel de son temps à cette broderie. Elle l'exécutait avec une minutie et une attention telles qu'elle avait le sentiment de n'avoir jamais rien fait d'aussi parfait.

Alors qu'elle travaillait encore à son ouvrage, ce matin-là, elle portait de temps à autre le regard sur le coffre dans lequel elle avait rangé le rouleau de lin blanc et les pelotes de fil de soie que lui avait apportés, la veille, le teinturier.

Au bleu indigo et au jaune safran, elle avait fait ajouter deux pelotes d'écarlate et de vert foncé.

Si elle espérait que Stephen apprécierait son choix, elle était bien décidée, étant donné ce qui s'était passé la dernière fois qu'il était venu dans la chaumière, à ne pas s'approcher de lui une seconde fois pour connaître son opinion.

Il était revenu d'York, quelques jours plus tôt, déçu, apparemment, de n'avoir pas retrouvé son ami, mais ne s'était pas présenté chez elle. Sans doute avait-il pris conscience, comme elle-même, qu'ils avaient été à deux doigts de franchir une barrière au-delà de laquelle il n'y aurait plus eu de limite…

— Maman ! cria Audra du jardin. Voici Carolyn !

Marian aperçut par la porte ouverte sa cousine qui se penchait pour embrasser les jumelles. Elle avait au bras un panier d'osier plein de sacs d'herbes médicinales. Sans doute quelqu'un était-il malade au village ?

Carolyn se redressa et marcha jusqu'à la chaumière.

— Qui est souffrant ? demanda Marian en s'effaçant pour laisser sa cousine entrer dans la masure, où régnait une douce fraîcheur en comparaison de la chaleur extérieure.

Carolyn posa le panier sur la table et s'assit lourdement sur un tabouret.

— Carla. D'après la description que son mari m'a faite de ses symptômes, je pense pouvoir la guérir avec l'une de mes décoctions. Ce ne doit pas être très grave.

— Pourquoi n'as-tu pas donné quelques sachets de poudre au forgeron pour qu'il administre lui-même le traitement à sa femme ?

— J'avais envie de sortir. Je m'ennuie au château, et puis j'étais aussi un peu poussée par la curiosité.

Elle se pencha sur la couverture que Marian avait gardée à la main.

— Oh ! Comme c'est délicat ! Tu as presque fini ?

— Ce sera terminé d'ici un ou deux jours. Tu peux

dire à messire de Wilmont que je lui ferai porter la couverture par les fils du forgeron.

— Pourquoi ne pas l'apporter toi-même ? Père est fâché que tu ne sois pas venue nous rendre visite une seule fois en deux semaines, même si tu as un gros ouvrage à terminer et que c'est lui qui t'a recommandée auprès de Stephen. Si tu n'avais pas envoyé les jumelles, il t'aurait déjà priée de venir.

Deux fois, Marian avait chargé Kirk et Dirk de conduire les filles chez leur oncle en se rendant, le matin, à la forge, et un garde de Branwick avait eu la responsabilité de les lui ramener dans l'après-midi. La jeune femme avait eu ainsi plus de temps pour se consacrer à sa broderie et elle s'était épargné une rencontre avec Stephen, qui n'aurait pu que la bouleverser.

— Je m'en doute, répondit-elle, mais je n'avais pas le choix. Si je voulais que cette couverture fût terminée dans les temps, il fallait y travailler jour et nuit. La baronne de Wilmont ne devrait pas tarder à accoucher. Avez-vous eu de ses nouvelles?

Trois fois déjà, Marian avait vu passer devant sa fenêtre des messagers à la tunique écarlate et or. Un jour ou l'autre, tout proche, l'un d'eux apporterait la nouvelle de la naissance du bébé.

— Nous n'avons reçu, récemment, aucun message de Wilmont. Ce qui signifie également que Corwin demeure introuvable. Stephen en est profondément affecté. J'aimerais bien qu'il en soit autrement car il ne s'intéresse plus du tout à la compétition qui l'oppose à Edwin.

— A quel stade en est-elle ?

Carolyn poussa un long soupir

— Elle est presque terminée. Il ne leur reste plus

qu'à se rendre dans les fiefs éloignés de Branwick, mais Stephen hésite à partir au cas où son ami se manifesterait pendant son absence.

Elle croisa les bras sur la poitrine d'un air d'autorité.

— Ce qui m'exaspère, reprit-elle, c'est la facilité avec laquelle Père accepte cet état de fait. Selon lui, il n'y a aucune raison d'accélérer le déroulement de l'épreuve.

Marian préférait qu'elle se terminât au plus vite car le gagnant déciderait de son avenir : soit elle resterait dans sa chaumière, soit elle irait vivre ailleurs.

Il ne lui avait pas été aisé de prendre cette décision mais elle ne voyait pas d'autre solution que de quitter Branwick si Stephen obtenait la main de Carolyn.

Le plus paradoxal de la situation venait du fait que c'était grâce à lui qu'elle pouvait envisager d'aller s'installer dans un bourg. Avec ce qu'il s'était engagé à lui verser en paiement de ses ouvrages, elle aurait la possibilité de louer un logement près d'une cathédrale ou d'une abbaye, où il lui serait aisé de vendre ses travaux de broderie. Car si Stephen était aussi enthousiaste devant eux, elle trouverait d'autres personnes qui s'y intéresseraient.

Elle aurait ainsi un revenu suffisant pour loger, nourrir et habiller correctement ses filles.

— Le prochain messager de Wilmont apportera peut-être de bonnes nouvelles concernant Corwin ? suggéra Marian.

— Oui, ou il nous annoncera la naissance du bébé, dit avec amertume Carolyn. Stephen ne doute pas que son frère le rappellera à Wilmont pour le baptême de l'enfant. Dieu seul sait combien de temps s'écoulera avant son retour !

En supposant qu'il revînt, pensa Marian. S'il devait s'absenter pour une longue période, ne renoncerait-il pas, en effet, à la compétition ? Ou ne serait-ce pas Carolyn qui se lasserait d'attendre ?

Edwin ne retrouverait-il pas alors ses chances auprès d'elle ? Si elle se décidait à l'épouser, Marian pourrait continuer à vivre à Branwick et tout rentrerait dans l'ordre.

Sur cette note optimiste, elle demanda à sa cousine :

— Comment va Edwin ?

Carolyn fronça les sourcils d'un air soucieux.

— Tu n'étais pas sérieuse, n'est-ce pas, lorsque tu m'as dit que tu serais prête à partager sa vie si je ne me mariais pas avec lui ?

Marian sourit intérieurement.

— Pourquoi ne le ferais-je pas ? Si tu le repousses, il faudra bien qu'il en épouse une autre. Ça pourrait être moi comme n'importe quelle autre femme.

— Je ne le supporterais pas si tu devenais son épouse. Je sais qu'il n'a pas d'héritier et qu'il devra se marier à son tour, mais pas avec toi !

Elle secoua la tête d'un air horrifié.

— Je serais très malheureuse s'il venait à t'aimer. Il a déjà bien assez d'affection pour toi comme ça.

— Il en viendra peut-être à s'attacher à une autre dont nous ne soupçonnons même pas l'existence, dit Marian pour calmer sa cousine. Il doit être très facile, j'imagine, de finir par aimer quelqu'un dont on partage la couche et avec qui on prend ses repas. Tu devais avoir de l'affection pour tes maris, n'est-ce pas ?

Carolyn haussa les épaules.

— Peut-être... Le fait de dormir ensemble ne conduit pas nécessairement à aimer. Stephen m'a dit que ses parents se supportaient avec peine.

— Ils devaient quand même avoir quelque attirance l'un pour l'autre puisqu'ils ont eu trois fils ensemble !

— Non, deux seulement. Le cadet, Richard, est de basse extraction. Sa mère était une simple paysanne.

Bâtard... Marian ne l'ignorait pas, mais jamais Stephen n'avait fait de différence entre ses frères. Il n'avait jamais souligné, surtout, l'inégalité notoire qui existait entre leurs mères. A en juger d'après le statut de son fils puîné, il était évident que feu le baron de Wilmont n'avait pas eu un regard de mépris pour sa mère ni pour le rejeton né de ses amours adultérines. Il l'avait reconnu, élevé comme ses autres fils, et pourvu d'un domaine qui en faisait un seigneur respecté de tous.

Apparemment, la baronne de Wilmont avait été obligée de s'incliner devant l'adultère de son mari, mais les difficultés qu'elle avait eues avec lui avaient sans doute faussé le regard de leur benjamin sur le mariage.

Bah ! la plupart des jeunes nobles ne faisaient-ils pas des mariages d'intérêt, où l'amour n'avait pas droit de cité — comme ce serait le cas si Stephen épousait Carolyn ?

Ce ne serait, cependant, pas le cas de cette dernière. Elle était entichée au dernier degré de son Stephen, et si elle réussissait à obtenir l'aval de son père, elle n'aurait aucune raison d'interdire à sa cousine d'épouser le laissé-pour-compte, Edwin, qui aurait besoin d'être consolé.

— Je veux bien prendre tes sentiments en considération, Carolyn, déclara Marian après un long silence, mais reconnais que si tu épouses Stephen, Edwin pourrait faire rêver plus d'une femme.

— Pourquoi insistes-tu ? Tu es horrible.

— N'ai-je pas devant moi une jeune femme qui insiste tout autant pour décrocher l'élu de son cœur ? Je suis à bonne école.

Dans un mouvement d'humeur, Carolyn se leva et prit son panier.

— Au fait ! dit-elle d'une voix tendue. J'oubliais de te parler de Père. Il fait des progrès chaque jour. Il arrive, maintenant, à replier les doigts de la main gauche. Ce dont tu te serais aperçue, si tu avais pris la peine de lui rendre visite.

Un sourire éclaira le visage de Marian.

— Quelle merveilleuse nouvelle, Carolyn !

— Oui, si l'on veut, répondit cette dernière en sortant.

Stupéfaite par la nouvelle qu'elle venait d'apprendre et par la réaction de Carolyn, Marian posa son ouvrage sur la table. Pourquoi sa cousine n'était-elle pas folle de joie devant l'amélioration inattendue de l'état de son père ?

S'il retrouvait de la mobilité, qu'il parvenait à marcher de nouveau, à tenir la plume, voire à monter à cheval, il pourrait reprendre la direction des affaires de Branwick.

Mais alors, Carolyn serait obligée de lui céder la place ! Elle montrait un tel goût du pouvoir !

Elle, qui remplaçait son père depuis plusieurs mois, serait reléguée, s'il revenait aux commandes, au simple rôle de châtelaine, et ne serait plus en charge que du bon fonctionnement de la vie ménagère.

Elle retrouverait le statut que William de Grasse considérait le mieux adapté à ses capacités — la seule responsabilité qui, selon Edwin, incombait à une femme.

Stephen était le seul homme qu'elle eût rencontré qui la jugeât capable d'autre chose que de diriger les serviteurs d'une grande demeure.

Si son père se remettait pleinement et reprenait les rênes de Branwick, elle se battrait bec et ongles pour obtenir d'épouser l'homme de son choix.

Après le souper, Stephen s'approcha de la chaumière de Marian avec un mélange d'impatience et de crainte. Deux jours plus tôt, Ardith avait donné la vie à un beau petit garçon et Gerard avait envoyé aussitôt un messager à Branwick pour prévenir Stephen et le convier au baptême, ainsi que Carolyn s'il souhaitait venir avec elle.

Carolyn avait accepté l'invitation sans hésiter mais, par souci de bien faire, William de Grasse avait suggéré qu'Edwin les escortât pour leur sécurité. Stephen avait protesté contre cette offre, affirmant qu'il pouvait veiller seul sur Carolyn. Edwin, cependant, avait exprimé avec insistance son désir de les accompagner et fait valoir qu'en venant à Branwick, Stephen avait pu se contenter de son escorte mais qu'il n'avait pas de noble dame sous sa responsabilité.

L'argument était de poids et William avait plaidé avant tant de conviction la cause d'Edwin qu'elle avait triomphé.

Mais alors qu'il arrivait devant la porte de Marian, rien de tout ceci n'avait vraiment d'importance pour Stephen. Il venait chez la jeune femme pour prendre la couverture, Carolyn lui ayant dit qu'elle était terminée ou presque.

Il la lui fallait, en effet, dès ce soir, car il partait pour Wilmont, le lendemain, à la première heure.

Il avait beaucoup pensé à Marian lors de son déplacement à York et s'était reproché son attitude la dernière fois qu'il l'avait vue. Jamais il n'aurait dû l'embrasser ni lui promettre de revenir. Il n'avait pas réfléchi aux conséquences d'un tel engagement...

Il semblait qu'il perdait tous ses moyens en sa présence, mais la jeune femme avait dû comprendre qu'il avait agi sans réflexion et en contradiction avec le code d'honneur de la chevalerie en la prenant dans ses bras comme il l'avait fait. Elle n'avait pas essayé non plus de le rencontrer depuis son retour ; elle aussi avait dû regretter de s'être laissée aller.

Par une fente dans les volets intérieurs, il voyait vaciller la flamme d'une chandelle. Il suffisait de frapper à la porte, de prendre la couverture, de donner à Marian son dû et de retourner au château avant la nuit.

Il inspira à fond et leva le poing pour frapper l'huis ; à cet instant, il entendit une voix d'enfant qui criait :

— Non ! Je n'en veux pas !

— Il n'y a rien d'autre, Audra, répondit Marian sur un ton excédé. Si tu ne veux pas de ces flocons d'avoine, tu iras te coucher sans dîner.

— Je déteste les flocons d'avoine !

— C'est faux. Tu en manges tous les matins.

— Je n'en veux pas !

— Ça suffit, jeune damoiselle ! Je vous interdis de répondre à votre maman !

Un silence puis la voix de Marian reprit sur un ton beaucoup plus fort :

— Attention, Audra ! Je t'aurai prévenue... Repose ça immédiatement !

Stephen fit la grimace en percevant le bris d'une écuelle, dont il se représenta le contenu répandu sur le sol. Il n'avait peut-être pas choisi le meilleur moment pour rendre visite à la jeune femme... Las, il n'avait pas le choix.

Avec un peu de chance, son irruption contribuerait à rétablir la paix dans la chaumière.

— Au lit ! s'écria Marian.

— Non !

Stephen frappa à la porte avec fermeté.

Il y eut un long silence que rompit la voix de Marian, alors qu'on tirait le verrou :

— Attends, Audra !

La porte s'ouvrit brusquement toute grande et une petite fille aux joues sillonnées de larmes lui apparut.

— Viens, petite, dit-il en ouvrant les bras.

Sans bouger, elle l'observa de ses yeux brillants, se demandant, manifestement, s'il était un ami ou un ennemi.

— Viens, répéta-t-il.

La lèvre inférieure d'Audra tremblait. Il ne supportait pas de la voir souffrir ainsi. Sans attendre sa réponse, il la souleva dans ses bras et la fillette noua spontanément les bras autour de son cou, cachant son visage dans le creux de son épaule.

Elle avait une respiration bruyante comme un enfant qui retient ses sanglots.

Qu'allait-il faire d'elle maintenant ?

Il ferma la porte derrière lui puis chercha Marian des yeux. Elle était assise à terre entre les grabats des jumelles et serrait Lyssa dans ses bras en maintenant un linge humide sur sa tempe.

Les maux de tête, encore et toujours...

Marian était manifestement dans une colère noire, épuisée et au bord du découragement.

Il n'avait jamais vu la chaumière que parfaitement ordonnée, mais, ce soir, à tout le moins, elle était sens dessus dessous. Audra avait dû profiter de ce que sa mère était occupée avec Lyssa pour se comporter en petite sauvage et elle s'y était très bien employée.

Indécis quant à ce qu'il devait faire, Stephen passait doucement la main dans le dos d'Audra pour la calmer et s'interrogeait sur les conditions de vie de Marian, prisonnière d'une seule pièce qu'elle partageait avec deux jeunes enfants. Il serait devenu fou à sa place. Ce devait être infernal lorsque les jumelles se déchaînaient simultanément !

La crise dont il venait d'être le témoin involontaire renforçait sa conviction que Marian n'aurait pas dû vivre seule avec ses enfants dans cette masure. Il était inadmissible qu'Audra eût ouvert la porte sans demander d'abord qui y avait frappé.

Il caressa les cheveux de la petite fille.

— Tu sais, Audra, qu'il ne faut pas ouvrir la porte aux inconnus, n'est-ce pas ?

La petite fille hocha la tête.

— Jure-moi que la prochaine fois tu demanderas qui est là, même si tu es en colère.

La fillette soupira.

— Je le jure.

Stephen doutait qu'un serment obtenu aussi facilement

fût suivi d'effet ; il pouvait espérer, du moins, que l'enfant se montrerait plus prudente la prochaine fois.

— Vous venez chercher la couverture ? s'enquit Marian. J'avais l'intention de vous la faire porter.

— Carolyn m'avait dit que vous aviez presque terminé et comme...

— Vous pouvez l'avoir tout de suite, interrompit la jeune femme d'une voix lasse en ramenant les jambes sous elle pour se lever.

— Non, attendez... Audra peut me montrer où elle se trouve.

— Elle est dans le coffre, dit la fillette contre l'épaule de Stephen.

Elle n'était pas prête encore à regarder sa mère en face, pensa-t-il en marchant vers le coffre. Il en souleva le couvercle et découvrit, sur un fond d'ivoire, un lionceau chassant un papillon. C'était enchanteur...

— Vous vous êtes surpassée, Marian. C'est absolument merveilleux. Regarde, Audra... N'est-ce pas le plus joli bébé lion qu'il t'ait été donné de voir ?

Audra desserra les bras autour du cou de Stephen et consentit à jeter un regard sur la couverture.

— Je préfère encore celui qui est au milieu, dit-elle.

— Ah bon ? Voyons à quoi il ressemble...

Il ouvrit la couverture, suffisamment pour en voir l'ensemble : un lionceau se jetait férocement sur un scarabée, ailleurs deux bébés lions luttaient en roulant dans l'herbe et, au centre, un adorable lionceau à l'expression angélique dormait sur un lit de fleurs sauvages.

Stephen se félicitait d'avoir suivi le conseil de William de Grasse. Ce cadeau ravirait Ardith.

Il releva la tête et vit que Lyssa, toujours blottie contre sa mère, avait à présent les yeux ouverts, et une expression plus vive qu'il ne l'aurait imaginé.

— Et toi ? demanda-t-il. Lequel des lionceaux préfères-tu ?

— Ce sont mes agneaux que j'aime le plus, repartit la petite fille. Vous les avez vus ?

— Oui ainsi que les petits chats d'Audra. Ta maman me les a montrés l'autre jour et elle a de bonnes raisons d'en être fière. C'est un travail admirable.

Audra renifla et, du revers de la main, essuya ses larmes.

— Si vous soulevez la couverture, dit-elle, vous verrez la nappe qui est en dessous. Maman a commencé à la broder.

Il s'exécuta et découvrit avec émerveillement le décor indigo, safran, vert amande et écarlate, brodé avec talent et minutie par Marian.

— Il me semble reconnaître un dessin de votre bible ?

— Vous êtes observateur, remarqua la jeune femme. Je me suis inspirée de l'arche de Noé.

— C'est parfait. On peut déjà se représenter comme ce sera lumineux lorsque ce sera fini.

Il remit en place la nappe qu'il avait soulevée pour mieux la voir et referma le couvercle du coffre.

La tension entre Audra et sa mère était toujours palpable et nécessitait une explication. Plus tôt elle aurait lieu, mieux ce serait pour l'une et l'autre. C'était l'enseignement que Stephen avait retiré de ses propres conflits avec sa mère.

— Puis-je vous aider ? demanda Stephen. Il me semble

que vous êtes un peu dépassée par les événements, ce soir.

Marian réfléchit à la proposition de Stephen.

— Le mal de tête de Lyssa commence de diminuer, dit-elle. Vous pourriez la prendre contre vous et maintenir le linge humide sur son front. Il ne faut surtout pas qu'elle remue.

Stephen posa au sol Audra et s'assit sur le grabat de Lyssa, le dos contre le mur. La jeune femme plaça la fillette sur ses genoux puis se tourna vers l'autre jumelle :

— Viens, Audra. Nous allons nettoyer les flocons d'avoine que tu as répandus partout.

Audra suivit docilement sa maman tandis que Lyssa cherchait une position confortable entre les bras de Stephen. Comme elle bougeait un peu plus qu'il ne convenait, il étendit sur elle la couverture aux lionceaux, dans l'espoir qu'elle se calmerait.

Elle passa le doigt sur l'un des petits lions.

— Est-ce que le bébé est né ?

— Oui, il y a deux jours.

— C'est un garçon ?

Il hocha la tête.

— Comment s'appelle-t-il ?

— Matthew… Tu devrais moins parler. Ta maman t'a dit de rester calme.

— Oui, renchérit Marian. Il faut que tu te reposes, Lyssa, sinon ton mal de tête ne passera jamais.

— Ferme les yeux, ma chérie, et essaie de dormir avant que ta maman ne se fâche contre moi.

La fillette eut un petit rire, mais elle obéit et baissa les paupières.

Stephen regarda Audra et sa mère passer le balai puis

remettre de l'ordre dans la pièce. Sans observer avec trop d'insistance Marian — ni l'élégance de ses gestes ni les formes de son corps qui, à l'insu de la jeune femme, se révélaient par moments à lui d'une manière provocante...

— J'ai vu passer un messager de votre maison, ce matin, dit-elle en ramassant quelques débris de l'écuelle d'Audra, aux pieds de Stephen. Apportait-il la nouvelle de la naissance ?

— Oui, en effet. Nous l'avons apprise aujourd'hui.

— Vous rendez-vous à Wilmont pour le baptême ?

— Oui, nous partons demain matin. C'est la raison pour laquelle je suis venu prendre la couverture ce soir.

— Nous ?

— Carolyn part avec moi pour faire la connaissance de ma famille.

— Oh !...

Marian se retourna et, feignant l'indifférence, ajouta :

— C'est bien.

— Pas vraiment. William a insisté pour qu'Edwin nous escorte. En réalité, il fera office de chaperon.

— Je vous souhaite bien du plaisir, fit la jeune femme en allant prendre un flacon sur la tablette de la cheminée.

Audra laissa tomber à terre son balai et se couvrit le visage des deux mains tandis que Lyssa, qui avait vu la scène entre ses cils, cachait le sien contre l'épaule de Stephen.

— Oh ! dit Marian. Je vous en prie, vous deux. Ce n'est pas si terrible que ça.

— C'est horrible ! dit dans un souffle Lyssa alors

que Marian s'approchait d'elle avec le flacon et une cuillère.

Comprenant qu'il s'agissait d'une potion, Stephen eut envie de protéger la petite fille contre sa mère. Mais c'eût été puéril de sa part ; Marian n'avait pas l'intention d'empoisonner sa fille. Elle lui faisait boire ce breuvage parce qu'elle le considérait nécessaire à sa santé.

Marian s'agenouilla devant Stephen.

— Une cuillerée, c'est tout, ma chérie, dit-elle.

— Oh ! non, maman, s'il vous plaît. Je déteste cette potion.

— Préfères-tu souffrir de la tête toute la nuit ?

— Oui.

Marian déboucha le flacon sans tenir compte de la réponse de sa fille et Stephen comprit aussitôt pourquoi elle éprouvait une telle répulsion. Une odeur pestilentielle s'en échappait.

— Qu'est-ce que c'est ? demanda-t-il.

— Si Lyssa ne boit pas cette potion, non seulement elle ne guérira pas mais ses maux de tête vont revenir avec beaucoup plus d'intensité. Nous avons le choix entre lui faire avaler une cuillerée de cette décoction ou passer la plus grande partie de la nuit à veiller mademoiselle. Or, ce soir, je n'en ai ni la force ni la patience.

— C'est moi qui veillerai Lyssa.

Marian ouvrit de grands yeux et Stephen, devant sa réaction, prit conscience de ce qu'il venait de dire. Un simple coup d'œil à la fillette, qui levait sur lui un regard plein de reconnaissance, le retint de revenir sur sa proposition.

L'expression de sa maman, cependant, exprimait à peu près le contraire…

— Vous n'allez pas rester ici toute la nuit !

— Pourquoi pas ? Je n'ai rien d'autre à faire.

— On va jaser.

— Personne ne sait que je suis ici.

A l'exception, certes, d'Harlan et d'Armand, qu'il avait laissés en train de vérifier l'état des chariots avec lesquels ils étaient venus à Branwick ; mais il savait qu'ils ne diraient rien.

— Tout de même, Stephen...

— S'il vous plaît, maman ? supplia Lyssa. Je déteste cette potion.

Cette supplication toucha la jeune femme, qui céda avec un sourire un peu triste tout en relevant les longues mèches de cheveux noirs qui cachaient le visage de l'enfant.

— Quelques heures seulement, dit-elle, jusqu'à ce que la douleur soit complètement partie, mais il faut que tu restes parfaitement tranquille. Tu as compris ?

— Je serai sage comme une image, répondit Lyssa.

Elle ne recouvra tout à fait son calme que lorsque le flacon se fut éloigné d'elle. Elle regarda alors Stephen et murmura : « merci » avant de refermer les yeux.

Le jeune homme éprouva une joie indicible, un transport de l'âme qu'il n'avait jamais connu, et, s'adossant au mur, il se mit à fredonner une berceuse.

Marian et Audra terminèrent de ranger et nettoyer la chaumière puis elles partagèrent un léger repas de fromage et de pain ; Stephen fut invité à se joindre à elles, mais il refusa.

Lorsqu'elles eurent terminé, Audra demanda timidement à sa mère de lui lire une histoire et la jeune femme accepta de bonne grâce.

Il faisait nuit noire quand Marian rangea le livre des prophètes et pria Audra de se coucher. Lyssa, quant à elle, s'était si bien détendue dans les bras du chevalier qu'elle s'était endormie dès le début de la lecture.

Après avoir bordé Audra, Marian s'assit près de Stephen.

— Pas trop engourdi ? fit-elle avec un petit sourire.

— Pas trop... Je préfère avoir quelques courbatures plutôt que de voir Lyssa ingurgiter ce breuvage repoussant.

— Si je le lui donne, c'est qu'il lui permet de dormir, ainsi que sa sœur et moi-même.

— Il doit y avoir un autre remède à l'odeur moins désagréable.

— Pas à ma connaissance.

Stephen garda le silence un moment. Il savait que Marian s'était efforcée de trouver une autre solution pour soigner sa fille, puisqu'elle n'avait pas reculé devant le long voyage qui l'avait conduite jusqu'à Londres.

Las, ce déplacement avait été vain...

Wilmont n'était qu'à deux jours de Branwick, et Ardith était versée comme nul autre dans l'art des remèdes...

A peine la pensée eut-elle germé dans sa tête qu'il la repoussa. C'eût été de la folie d'emmener Marian à Wilmont ! Il aurait trop de tentations, et ne pourrait pas s'occuper de Carolyn comme il convenait.

Mais la pauvre Lyssa continuerait de souffrir... Sa santé n'avait-elle pas plus d'importance que ses calculs ? Il n'avait pas l'assurance, certes, qu'Ardith pût la guérir ; du moins aurait-il essayé...

— Je sais que c'est un peu tard pour vous le proposer, commença-t-il à mi-voix pour ne pas éveiller les jumelles, mais pourriez-vous être prête à partir, demain, à l'aube ?

Marian, déconcertée, cligna des paupières.

— Partir pour où ?

— Pour Wilmont, avec moi...

Voyant la jeune femme faire non de la tête, il reprit :

— Je vous ai déjà parlé de toutes les qualités d'Ardith, la femme de mon frère Gerard. Elle est vraiment remarquable et connaît les plantes mieux que quiconque. Peut-être aurait-elle un remède adapté au cas de Lyssa ?

Marian fit la moue.

— Nous avons déjà essayé tant de décoctions diverses... J'ai peur de lui donner un espoir pour rien.

— Il suffit de dire aux filles qu'elles sont conviées au baptême. Lyssa ne pourra, ainsi, fonder aucun vain espoir sur ce voyage.

— Mais il lui faudra encore avaler je ne sais combien de remèdes imbuvables...

— Je doute qu'Ardith lui donne quoi que ce soit d'aussi ignoble que ce que vous vouliez lui faire boire ce soir.

Marian ramena les genoux sous le menton et les tint serrés dans ses bras en regardant dans le vague. Elle ne savait que répondre à Stephen, qui voyait sur son visage expressif passer toutes sortes d'émotions et de sentiments. Il lui sembla qu'une éternité s'était écoulée avant qu'il ne l'entendît prononcer à part soi :

— Je suppose que les fils du forgeron pourraient donner du grain aux poules et du lait à la chèvre...

9.

Assise à côté du conducteur du chariot de ravitaillement, Marian, qui serrait contre elle Audra, se demandait si elle n'avait pas commis une erreur de plus en acceptant de venir à Wilmont.

Elle était trop exténuée, la veille, pour réfléchir aux conséquences de sa décision. Elle n'avait pensé qu'à l'intérêt de Lyssa, puis aux dispositions qu'elle devait prendre avant de partir.

Elle n'avait pas même accordé une seule pensée à la façon dont Carolyn réagirait en découvrant qu'elle faisait partie du voyage. Mais elle ne redoutait pas les piques que ne manquerait pas de lui lancer sa cousine, dès qu'elle en aurait l'occasion.

La réaction de son oncle, en revanche, l'avait étonnée. Contrairement à ce qu'elle avait redouté, il ne s'était pas plaint d'être privé de la compagnie des jumelles, et avait même trouvé l'idée de Stephen excellente.

Une bonne vingtaine de mètres devant elle, Carolyn, montée sur un palefroi bai, parfaitement droite et vêtue d'une robe de couleur ambre aux manches évasées qui flottaient avec grâce, avait l'attitude altière d'une dame de noble extraction en déplacement pour une cause d'importance.

Marian, qui avait vu les nombreux coffres, contenant les robes de sa cousine, chargés sur l'un des chariots, pensait, avec une certaine nostalgie du temps passé, au sac de cuir où étaient réunis ses quelques misérables vêtements ainsi que ceux des jumelles.

Enfin ! se dit-elle en laissant échapper un soupir. C'était Carolyn et non elle qui serait regardée, observée, admirée à Wilmont ; c'était sa cousine dont on jugerait la beauté, l'élégance, la courtoisie et le maintien.

Marian, du reste, n'avait pas l'intention de se faire remarquer. Elle n'assisterait à aucun événement ni repas. Elle se contenterait de ses deux seules robes toutes simples, l'une brune, l'autre grise. Des robes de tous les jours en étoffes grossières, sans broderies ni parement. Elle rencontrerait la baronne, lui expliquerait les symptômes de Lyssa et attendrait le retour à Branwick dans la tente qui serait dressée pour l'escorte de Stephen dans la prairie, au pied du château.

Edwin montait à cheval avec aisance. Il était bel homme et avait du cœur. S'il assouplissait ses principes sur le rôle de la femme et que Carolyn cessait de s'inquiéter de son âge, ils formeraient ensemble un très beau couple.

En tête de cortège chevauchaient Stephen et son écuyer. Lyssa était à califourchon sur l'étalon, devant le chevalier. Depuis le départ, elle jouissait de cette position en alternance avec sa sœur, car les jumelles préféraient cent fois monter le magnifique destrier en compagnie du non moins splendide Stephen plutôt que voyager dans un chariot avec leur mère, dont la tenue se distinguait à peine de celle des servantes.

Il semblait à Marian que Stephen, jusqu'à maintenant, avait gardé un peu moins longtemps Lyssa avec lui, mais elle était beaucoup plus agitée que sa sœur et l'étalon vif et fringant qu'il montait réagissait au moindre mouvement.

Marian avait été très impressionnée par la patience témoignée par Stephen, la veille, et par son aisance avec les jumelles, d'abord en réussissant à calmer Audra puis en conduisant la mère et ses filles à recouvrer entre elles l'harmonie qui, d'habitude, prévalait dans leurs relations.

Il avait une manière d'être avec les femmes qui aplanissait tous les obstacles. S'il n'avait pas eu tant de charme, d'ailleurs, ce regard tendre et pétillant, ce sourire séduisant, elle ne se serait pas donnée à lui aussi facilement, il y a six ans, et Audra et Lyssa n'auraient pas vu le jour...

Sa plus grande crainte, en se rendant à Wilmont, était que la ressemblance entre Stephen et ses filles sautât aux yeux de tous. Elle n'y avait pas pensé, la veille, mais à présent qu'elle le voyait chevaucher tour à tour avec ses deux filles, elle prenait conscience que s'il arrivait ainsi dans la cour de Wilmont, ses proches établiraient la relation au premier coup d'œil.

Avant l'arrivée à Wilmont, il fallait qu'elle trouve un prétexte pour reprendre ses filles avec elle...

Soudain, Stephen tira sur les rênes de son cheval et leva la main en l'air, arrêtant le convoi de ce seul geste.

— Que se passe-t-il ? demanda Marian au bouvier qui venait, à son tour, d'arrêter ses bêtes.

— Je ne sais pas, ma dame. Rien de bien important, je suppose...

— Il n'est pourtant pas encore l'heure de dîner ?

— Non, le soleil n'est pas encore assez haut…

La raison de cette halte se fit bientôt connaître à tous. Stephen venait de descendre Lyssa de cheval et de sauter à terre. Il confia les rênes à Armand et suivit la fillette dans un sous-bois…

Le bouvier se mit à rire, découvrant une mâchoire édentée, tandis que Carolyn, qui s'était retournée sur sa selle, lançait un regard de reproche à Marian.

Lyssa ne tarda pas à réapparaître, un sourire radieux aux lèvres et un bouquet de marguerites à la main. Stephen la remit à califourchon sur l'étalon et la colonne repartit.

Lorsqu'elle s'immobilisa de nouveau, comme le soleil était au zénith, elle se trouvait au milieu d'une jolie clairière. L'endroit idéal pour se détendre et se restaurer.

Marian descendit du chariot et tendit les bras à Audra. Dès qu'elle mit pied à terre, l'enfant partit en courant dans le bois.

Sa maman la suivit en éclatant de rire, mais elle fut retenue en chemin par sa cousine qui l'apostrophait avec fureur :

— J'espère que tu vas rappeler à Lyssa les bonnes manières avant que nous n'arrivions à Wilmont. Je n'accepterai pas qu'une petite cousine me fasse honte devant les très nobles dames et seigneurs qui seront réunis chez le baron.

Marian, sur le point de répondre à Carolyn, se ravisa. Il était temps, en effet, que les jumelles apprissent les bonnes manières, sinon elles resteraient à jamais étrangères à la vie aristocratique.

En raison de l'indulgence de leur oncle, à peu près

rien ne leur était interdit à Branwick, mais l'étiquette serait sans doute beaucoup plus stricte à Wilmont, siège d'une haute et puissante baronnie.

Le comportement des petites filles regardait l'honneur de Carolyn puisqu'elles venaient de la même maison qu'elle. Or, il était normal qu'elle voulût qu'on ne pensât que du bien de Branwick et de ses représentants.

— Je vais leur parler, répondit Marian.

— J'y compte bien, fit Carolyn en pressant le pas vers les arbres derrière lesquels Audra avait disparu.

Le moment était propice pour avoir cette discussion avec les filles, pensa Marian tout en cherchant Lyssa des yeux.

A cet instant, Stephen vint vers elle en souriant.

— Lyssa est avec Armand. Ils sont allés lui chercher un morceau de pain, elle se plaignait d'avoir faim.

Ce n'était pas étonnant. L'enfant perdait tout appétit lorsqu'elle avait ses maux de tête. Elle n'avait rien avalé la veille et, le matin même, elle n'avait pris qu'une petite écuelle de porridge.

En dépit de ces circonstances atténuantes, elle requérait en ce moment l'attention de l'écuyer de Stephen, qui avait peut-être mieux à faire…

Carolyn avait raison. Il n'était que temps de rappeler aux filles les bons usages.

— Votre cousine semblait très énervée, remarqua Stephen. Savez-vous pourquoi ?

— Lyssa… Elle la trouve très mal élevée.

— Lyssa ?… Oh ! Il s'agit de notre arrêt imprévu ?

— Vous auriez dû lui demander de se retenir.

Stephen croisa les bras sur la poitrine comme il en avait l'habitude en cas d'adversité.

— Et prendre le risque que ma damoiselle, révérence parler, me compisse ? Non merci !

— Elle a retardé tout le monde et irrité sa cousine qui, en réalité, a honte de mes filles. Elle craint que leur manque d'éducation ne porte préjudice à la maison de Branwick.

— J'en suis désolé pour elle.

Pourquoi Stephen se montrait-il aussi obtus ? N'avait-il pas grandi dans une baronnie ? Il connaissait nécessairement, aussi bien qu'elle, les règles de la bienséance.

— Elle a parfaitement raison de s'inquiéter de leur conduite. Si elles se tiennent mal à Wilmont, elle en subira les conséquences. C'est une chose qu'il leur soit permis de faire à peu près tout ce qu'elles veulent chez leur oncle, une autre qu'elles se comportent mal en bonne compagnie. Elles connaissent les bonnes manières, mais il faut les leur remettre en mémoire de temps à autre.

— J'aurais dû laisser Lyssa se tordre sur le cheval jusqu'à ce que nous ayons décidé de nous arrêter pour le repas ?

— Je ne pense pas qu'elle était si pressée. Elle voulait surtout aller se promener. Vous avez remarqué qu'elle était revenue avec une poignée de marguerites ?

Il eut un geste d'impatience.

— Comment pouvais-je le deviner ?

Il s'interrompit un instant avant de reprendre, visiblement froissé :

— Faites l'éducation de vos filles en chemin si ça vous plaît, mais n'oubliez pas que c'est moi le chef de cette troupe. Si je dis stop, tout le monde s'arrête, quelle qu'en soit la raison.

Marian l'avait involontairement fâché. Il n'avait rien

fait d'autre que ce qui lui avait semblé juste... Cela dit, elle tenait une belle occasion de récupérer ses filles et de les faire voyager avec elle.

— Je n'ai pas voulu vous adresser de reproche, Stephen, répondit-elle, seulement une mise en garde. Veillez à ne pas céder trop facilement à leurs caprices. Pour éviter qu'elles n'abusent de votre gentillesse, il serait peut-être préférable qu'elles restent avec moi dans le chariot jusqu'à Wilmont.

Le mécontentement fit place à la déception sur les traits du chevalier.

— C'est le tour d'Audra de monter à cheval. L'en priverez-vous ?

— Non, elle peut aller avec vous, mais pour la dernière fois. Elle nous rejoindra après.

Il roula les yeux au ciel d'un air d'incompréhension.

— Je suppose que vous savez ce qui est bien pour elles.

Marian aurait aimé en être sûre, mais il lui était arrivé plus d'une fois, récemment, de ne plus du tout savoir ce qui était souhaitable pour les jumelles. Elle n'était pas certaine, en particulier, d'avoir raison de les maintenir dans l'ignorance au sujet de leur père.

Après avoir observé Stephen avec ses filles, la veille et pendant toute la matinée qui venait de s'écouler, elle était bien obligée de convenir qu'il avait l'art et la manière de s'occuper d'elles et que les petites répondaient avec affection à ses attentions délicates.

Serait-ce si grave si elle disait la vérité, seulement aux jumelles et à leur père ? Ne pouvait-elle leur donner la chance de mieux se connaître, sans compromettre leur bonheur ?

*
* *

Audra et Lyssa restèrent sagement auprès de leur maman tandis que Stephen s'assurait que ses hommes montaient correctement la tente sous laquelle les femmes passeraient la nuit.

Les fillettes auraient aimé qu'on leur confiât un maillet et qu'on les autorisât à enfoncer les piquets dans le sol, mais Marian les avait reprises en main dans l'après-midi.

Pendant la première heure qui avait suivi le repas, elle avait permis à Audra de monter sur l'étalon de Stephen, tandis que Lyssa courait après quelque marmotte ; depuis, elle avait gardé les jumelles avec elle dans le chariot et leur avait donné une interminable leçon de civilité.

— Pourquoi n'avez-vous pas emporté le livre des prophètes, maman ? demanda Lyssa sur un ton plaintif.

— Lyssa.., fit Marian avec impatience.

La petite fille se tut, et se mit à bouder d'une façon qui émut Stephen. Le moment était venu de faire diversion...

— Ne pourrions-nous emmener les filles au bord de la rivière ? Lorsque nous avons fait boire les bœufs et les chevaux, j'ai vu des grenouilles sur la berge. Elles pourraient essayer d'en attraper. Ça leur dégourdirait les jambes.

Les jumelles, au lieu de sauter sur place en tapant dans leurs mains, parvinrent à contenir leur joie, qui ne transparut qu'à travers leurs regards étincelants.

Marian, qui redoutait un nouvel accès de mauvaise humeur de sa cousine si elle voyait Stephen de nouveau avec elles, regarda dans sa direction. Elle s'était assise sur un rocher qui avait la forme d'un siège et disposait soigneusement sa robe autour d'elle pendant que tout le monde s'affairait dans le campement improvisé.

Stephen suivit le regard de Marian et se sentit coupable d'abandonner Carolyn encore une fois. Après avoir rendu Audra à sa mère, il avait chevauché un certain temps auprès de la jeune châtelaine, mais il devait convenir que la compagnie de la petite fille lui avait été bien plus agréable.

Il avait dû subir une longue conversation sans queue ni tête qui l'avait ennuyé au plus haut point ; heureusement, il avait été récompensé de sa patience par quelques confidences non dénuées d'intérêt concernant Marian. Apparemment, celle-ci avait été demandée en mariage plusieurs fois depuis son arrivée à Branwick ; au grand dam de sa cousine, elle avait décliné toutes les offres.

— Vous avez envie de descendre à la rivière, les filles ?

— Oui, maman, répondirent-elles à l'unisson.

— Nous sommes à vos ordres, messire, dit Marian en se tournant vers Stephen.

Ils traversèrent le campement ; Stephen chargea Edwin, au passage, de veiller sur le convoi ; le chevalier le secondait, en effet, dût-il s'absenter.

Ils s'enfoncèrent dans le bois à flanc de colline. Lorsqu'il entendit les remous de l'eau, Stephen lança :

— Vous voyez le sentier ?

— Bien sûr, repartit Audra, outrée que Stephen leur posât une question dont la réponse était aussi évidente.

— Le dernier arrivé aura un gage.

Les petites filles passèrent devant lui à la vitesse de l'éclair tandis que leur maman levait les bras au ciel. Stephen était vraiment un grand enfant !

— Je suis désolé, dit-il à la jeune femme d'un air qui démentait ses paroles. Je n'ai pas pu résister à la tentation.

Sur ces mots, il s'élança à la poursuite des jumelles.

Elles étaient déjà en train de retirer leurs sandales lorsqu'il les rejoignit.

— Vous avez perdu ! s'écria Audra.

— Non, c'est ta maman. Regarde...

Il montra du doigt Marian, à quelque distance, qui descendait tranquillement le sentier.

— Elle n'est pas près d'arriver, à ce rythme.

— Tant pis pour le gage, dit Lyssa. Nous ne l'attendons pas. Il y a des grenouilles partout. On les voit sauter dans l'herbe.

Les jumelles se mirent à pourchasser les batraciens qui, affolés, partaient dans toutes les directions — et leur échappaient chaque fois qu'elles croyaient en attraper un.

Stephen retira ses bottes et roula ses chausses au-dessus du genou pour leur venir en aide.

Alors qu'il s'engageait sur la berge marécageuse de la rivière, il vit du coin de l'œil Marian rassembler toutes les chaussures puis s'asseoir dans l'herbe.

Il allait lui proposer de se joindre à la chasse aux grenouilles, mais elle s'allongea, les bras noués sous la nuque. Le soleil couchant caressait son visage et nimbait sa chevelure de reflets cuivrés.

Il entra dans l'eau et se courba à deux reprises pour saisir une grenouille. Comme il croyait la tenir, elle lui glissa entre les doigts. Il voulut s'en prendre à une autre et échoua aussi lamentablement.

En se redressant, il arrêta son regard sur Marian. Les

yeux clos, un petit sourire suave aux lèvres, elle jouissait de la douceur de cette soirée de juillet, de la pureté de l'air, de la fraîcheur qui montait de la rivière...

Comme il aurait aimé s'étendre près d'elle, goûter de nouveau à la saveur de sa bouche, caresser son corps svelte, sentir la chaleur de sa peau...

Pourquoi ne s'était-elle pas remariée ?

Il s'était déjà interrogé à ce sujet mais, ne trouvant pas de réponse, il avait renoncé à se la poser. Ce que lui avait dit Carolyn au sujet de l'attitude de sa cousine à l'égard de ceux qui la courtisaient, cependant, avait réveillé son intérêt.

Le mari de Marian avait-il été si exceptionnel pour qu'elle se montrât aussi exigeante avec ses prétendants, ou ne les repoussait-elle que par principe ? Avait-elle pris la décision de ne jamais se remarier ?

Gardait-elle de la vie conjugale un souvenir odieux ou avait-elle aimé son mari avec tant de force que personne ne pouvait prendre sa place ?

Elle était si belle et si gracieuse qu'elle pouvait prétendre à n'importe quelle union, même la plus haute. Elle ne passerait pas inaperçue à Wilmont. Gerard avait sans doute convié la plus grande noblesse du royaume pour le baptême de son fils. La reine ayant accepté d'être la marraine de l'enfant, le couple royal, en personne, se montrerait peut-être à cette réception ?

Veuve et mère de deux charmantes petites filles, il était à craindre que Marian n'attirât les hommes en quête d'aventure comme le miel les abeilles. Si l'un ou l'autre tentait d'abuser de sa faiblesse, il le corrigerait lui-même, au besoin en lui passant son épée à travers le corps...

Eh ! De quel droit interviendrait-il dans la vie de Marian ? Si elle rencontrait un mari à Wilmont, c'était tant mieux pour elle. Il fallait seulement espérer qu'il fût sincère, honnête et en mesure de lui apporter, ainsi qu'aux jumelles, la sécurité dont elles étaient privées, et qu'elles méritaient.

En un mot, il était souhaitable que Marian soit choisie par un homme qui ne lui ressemble pas…

Il serait une vraie calamité pour une femme comme elle. Elle avait besoin d'un homme qui soit toujours présent et dont la vigilance ne se relâche jamais. Il ne courtisait, d'ailleurs, Carolyn, que parce qu'il savait combien ces qualités, chez un homme, lui étaient indifférentes.

— Je ne vois plus de grenouilles, fit Lyssa.

Ramené à la réalité par la remarque de la petite fille, il se dirigea avec elle et sa sœur vers un massif de joncs.

— Peut-être se cachent-elles entre les hautes herbes ?

— Pourquoi ? s'enquit Audra.

— N'en ferais-tu pas autant si on te pourchassait ?

Les fillettes en convinrent et se précipitèrent entre les joncs, qu'elles courbèrent pour en déloger les petites bêtes. Stephen les regarda chercher jusqu'à ce qu'elles se découragent. Comprenant que le défi qu'il leur avait lancé était un peu trop difficile à relever, il leur fit une nouvelle suggestion :

— Nous devrions peut-être oublier les grenouilles, qui, du reste, ne s'en plaindront pas, et cueillir des fleurs ?

Le visage des fillettes s'illumina, d'autant plus que la berge était couverte de myosotis, de marguerites et de boutons d'or.

— Nous allons en faire un bouquet pour Carolyn, dit Audra. Elle aime beaucoup les fleurs.

— Maman aussi, intervint Lyssa.

— Ramassez-en pour votre maman et votre cousine, mais soyez rapides. La nuit commence à tomber.

Les jumelles quittèrent la berge marécageuse et remontèrent la pente douce où l'herbe tendre était semée de bleu pâle, de blanc et de jaune, tandis que Stephen rejoignait leur mère.

Si elle le regarda approcher en plissant les yeux d'un air vindicatif, un sourire se dessinait malgré elle sur ses jolies lèvres.

— Ce n'était pas une très bonne idée, dit-elle lorsqu'il s'assit près d'elle. Ce n'est pas ainsi que leurs manières s'amélioreront.

— Courir après les grenouilles n'est pas un crime ! Nous allions tous les soirs au bord de la rivière, en été, avec mes frères, pour leur faire la chasse.

— Ce n'est pas une raison... Et puis vous étiez des garçons...

Le visage de la jeune femme s'assombrit.

— Nous serons à Wilmont, demain, à cette heure, n'est-ce pas ?

— Oui, largement. Pourquoi ?

Elle haussa les épaules.

— Juste pour savoir...

Elle redressa la tête pour apercevoir les filles au-dessus de l'épaule de Stephen.

— Mon Dieu ! fit-elle en se levant d'un bond.

Stephen se retourna et vit Lyssa, un petit serpent à la main, qui s'approchait de sa sœur.

— Arrête, Lyssa ! s'écria Marian.

Audra se retourna et, voyant l'orvet, poussa un cri et s'enfuit en courant.

Stephen éclata de rire ; puis, constatant que l'enfant s'approchait dangereusement de la rivière, il la rappela en criant à pleins poumons.

La petite fille, cependant, n'écoutait pas et continuait sa course le long de la berge détrempée, en direction des joncs...

Marian s'élança comme une flèche et Stephen lui emboîta le pas. Les cris stridents de la jeune femme pour dissuader l'enfant d'aller plus avant n'eurent aucun effet ; Audra n'écoutait rien et s'enfonçait entre les grandes herbes.

Il ne lui arriverait rien si elle ne se tournait pas vers la rivière ou ne s'entortillait pas les pieds dans les racines...

Stephen pressa le pas comme Marian disparaissait à son tour derrière le rideau que formaient les joncs.

Soudain, Lyssa le dépassa en courant. Il fut assez prompt pour la saisir par la manche de sa robe.

— Reste ici, dit-il avec autorité en la faisant tomber sur le derrière. Je t'interdis de bouger.

La petite fille, pétrifiée par le ton qu'il avait employé, demeura immobile ; il reprit donc sa marche, rapide mais mesurée, car il ne voulait pas céder à la panique comme Marian.

Il entendait ses cris au loin et se guida sur eux dès qu'il eut atteint la zone des joncs, qu'il écartait des bras pour avancer plus vite. Plus puissant et plus grand que la jeune femme, il gagna aisément du terrain sur elle et finit par la distinguer. Elle s'était, non sans péril, approchée de la rivière. Si, par malheur, elle tombait, avec sa robe qui devait être déjà trempée et qui gênait ses mouvements…

Il entendit un bruissement tout près de lui et, brusquement, vit Audra émerger des hautes tiges. Dans son affolement, sa maman était passée à quelques mètres d'elle sans la voir.

— Audra est là ! s'exclama-t-il. Revenez !

La jeune femme se retourna, poussa un cri et disparut à sa vue.

Audra se mit à hurler. Stephen devait la mettre en sécurité avant de porter secours à Marian. Il prit l'enfant dans ses bras et rejoignit promptement la terre ferme.

Il déposa la petite fille, qui s'était enfin tue, à côté de sa sœur et, après avoir réitéré l'ordre de l'attendre sans bouger, courut droit vers la rivière, retira son bliaut, sa cotte, sa chemise et ses chausses et se jeta à l'eau.

L'endroit où Marian avait disparu étant en aval, il n'eut qu'à nager dans le courant, observant attentivement la berge dès qu'il eut atteint les joncs. Il saisit au passage une racine et, résistant un instant au courant, il appela la jeune femme, au cas où elle aurait réussi à remonter sur la berge.

Il écouta attentivement : aucune réponse. Il renouvela son appel en tournant la tête vers l'aval et, cette fois, il perçut une voix faible qui disait son nom. Marian n'était qu'à quelques dizaines de mètres de lui, mais avec le grondement de l'eau et la forêt de joncs, il l'entendait à peine.

Il se mit à nager à toute force et, porté par le courant, dépassa bientôt les joncs pour rejoindre une berge dont l'aulne avait fait son royaume. Il n'eut que quelques brasses à faire avant de voir Marian, accrochée à une branche, luttant pour n'être pas emportée par le flux.

— Tenez bon ! s'écria-t-il.

En un instant, il fut à son niveau, et parvint à s'emparer d'une grosse branche, afin de n'être pas entraîné par les eaux écumeuses. Il n'avait pas pensé que le courant de la rivière pût être aussi fort, sinon il n'aurait jamais envoyé les jumelles jouer sur sa berge !

— Stephen..., fit la jeune femme dont la tête sortait à peine de l'eau.

Il était trop loin d'elle pour lui donner la main, mais, étant légèrement en aval, si elle lâchait prise, il pourrait aisément la rattraper.

— Touchez-vous le fond ?

— Non... Ma robe s'est prise dans une racine. Elle me tire vers le bas...

Marian était en grand danger. Elle ne maintenait sa tête hors de l'eau qu'avec effort. Si l'épuisement la gagnait...

— Je vais tâcher de la dégager. Ne lâchez surtout pas la branche.

Sur ces mots, il plongea ; le courant étant moins fort dans le fond de la rivière, il atteignit la jeune femme sans trop de difficultés. Le jour déclinait très rapidement et, à l'ombre des aulnes, il ne distinguait presque rien. Il tira sur la robe mais elle résistait. Il ne pouvait ni la dégager ni la déchirer.

Il refit surface pour respirer et saisit la même branche que la jeune femme.

— Impossible de la décrocher, dit-il, haletant. Il faut que vous quittiez votre robe.

La jeune femme était à bout de forces. S'il n'agissait

pas vite, elle lâcherait la branche et serait entraînée vers le fond.

Il ne pouvait défaire les lacets de la robe avec une seule main libre. La lame acérée de son couteau, en revanche… Sans hésiter, il sortit l'arme du fourreau que des lacets de cuir attachaient à sa cuisse et, d'un seul geste, déchira tout un pan de la robe.

— Nouez les bras autour de mon cou !

Marian lâcha la branche d'une main, saisit l'épaule nue de Stephen puis, sentant le bras de ce dernier lui enlacer la taille, osa détacher son autre main et se pendit au cou du chevalier.

Seul le haut de son visage sortait de l'eau. Il fallait faire vite…

Stephen exerça une traction avec son bras gauche pour hisser son buste hors de l'eau, permettant ainsi à Marian de respirer de nouveau puis, de sa main libre, il déchira l'une après l'autre les emmanchures de sa robe, qui glissa le long de son corps.

Libre, elle était libre !

Stephen lança son couteau sur la berge et avançait une main le long de la branche pour se rapprocher de la terre ferme lorsque la branche, trop longtemps soumise à un poids inhabituel, céda.

Ils retombèrent ensemble dans l'eau et furent emportés par le courant.

Stephen se mit à nager sur le dos, poussant sur ses jambes et tirant avec son bras libre tandis que, de son autre bras, il maintenait la jeune femme contre sa poitrine.

La rivière s'élargissait et faisait une boucle, un peu plus bas. Il réussit sans peine à se rapprocher de la berge où les eaux étaient plus calmes et, soudain, toucha du pied le fond sablonneux de la rivière.

Sauvés !

Il souleva Marian dans ses bras et elle noua spontanément les bras et les jambes autour de lui.

— Dieu soit loué ! murmura-t-elle.

Il lui effleura le cou d'un baiser alors qu'une joie sans précédent s'emparait de lui.

— Comme j'ai eu peur ! avoua-t-il.

Elle le considéra avec une infinie tendresse et posa la tête sur son épaule.

— Lorsque j'ai réussi à attraper la branche, dit-elle, j'ai repris confiance. Je savais que tu viendrais me tirer de là.

Le cœur dilaté par la douceur du regard de Marian, il effleura ses lèvres d'un baiser. Elle entrouvrit aussitôt sa jolie bouche et ils se fondirent voluptueusement l'un en l'autre.

Enivré, Stephen crut tenir de nouveau dans ses bras son premier amour, la jeune fille impatiente et brûlante de désir qui se donnait à lui avec passion.

Ils n'avaient qu'à se hisser sur la berge et, étendus dans la mousse, ils retrouveraient sans peine les gestes que leur inspirait leur fièvre lorsqu'ils étaient couchés dans le foin…

Au loin, il entendit son nom. C'était Armand qui l'appelait. Les cris des jumelles avaient dû alerter tout le campement.

La tentation de posséder Marian maintenant, dans l'eau, adossée à la berge ou couchée dans l'herbe, sous les branches basses des aulnes, était si forte, qu'il ne pouvait se résoudre à interrompre leur baiser.

— Ils nous recherchent, dit-il enfin dans un souffle en s'écartant à regret.

— Ils sont encore loin…

— Oui, ils sont loin…

Elle se serra plus fort contre lui. Il sentait son ventre contre le sien. La fine chemise de lin de Marian, ses propres braies… voilà tout ce qui séparait leurs corps l'un de l'autre…

— Prends-moi, Stephen… Avant qu'ils ne nous trouvent…

10.

Alors qu'elle s'accrochait à la branche et luttait pour survivre, Marian avait vu défiler sa vie en un clin d'œil. Elle avait recommandé son âme à Dieu ; puis, quand elle avait compris que son heure n'était pas venue, que Stephen la sauverait, elle s'était dit qu'elle ne devait plus lui dissimuler la vérité.

Oui, elle ferait bientôt l'aveu de son erreur et de l'amour qu'elle n'avait cessé de lui vouer. Mais, pour l'heure, elle ne voulait rien que lui prouver, à travers cette étreinte folle et passionnée, qu'il n'avait jamais cessé d'exister pour elle au cours de ces six années, qu'elle était toujours animée du même ardent désir pour lui…

Il restait figé, cependant, comme s'il hésitait.

— Je meurs d'envie de toi, répondit-il enfin, mais je… j'ai peur que tu ne regrettes…

— Non, je sais ce que je fais… J'ai envie de me donner à toi…

— Ma chérie, fit-il en embrassant son cou, tu es si belle et désirable…

Un frisson la parcourut comme elle sentait la chaleur de son souffle sur sa nuque. Il caressait ses cuisses de ses longues mains, explorait ses hanches, plus bas… Elle retrouvait enfin le Stephen d'autrefois, fervent, libre, sans pudeur ni fausse honte, toujours prêt pour le plaisir, avec une tendre sauvagerie...

Il allait combler ce vide terrible qu'elle éprouvait dans son âme et dans son corps depuis leur séparation...

Elle resserra l'étreinte de ses jambes autour de sa taille et l'entendit pousser un long soupir. Il la désirait tout autant qu'elle, elle en avait la certitude.

— Non, Marian, ce n'est pas raisonnable...

Elle eut l'impression qu'on lui arrachait le cœur. Il ne voulait pas d'elle. Il la repoussait...

Elle se dégagea de ses bras avec un violent coup de reins et, saisissant une branche d'aulne, remonta lestement sur la berge. Dans le mouvement, sa chemise, qui collait à sa peau, laissa voir la splendeur de son corps.

Stephen eut un coup au cœur. Contrairement à toute logique, il aurait voulu, soudain, revenir en arrière et répondre à l'invitation de la jeune femme, mais elle s'éloignait déjà entre les arbres d'un pas rapide et léger, avec la grâce d'une nymphe.

Les appels d'Armand se renouvelèrent. Il fallait rejoindre les jumelles, qui devaient être en larmes. Marian, qui éprouvait, à présent, des remords de s'être ainsi laissée aller, pressait le pas alors qu'elle contournait la zone marécageuse en passant par le bois.

Stephen la suivait à quelque distance et ne pouvait s'empêcher de porter le regard sur sa si troublante chute de reins. Lorsqu'elle était dans ses bras, quelques instants plus tôt, et qu'il goûtait à la saveur de ses lèvres fraîches comme la chair d'un fruit, il avait senti contre sa peau nue la poitrine de la jeune femme ; ses pointes tendues s'imprimaient dans sa chemise...

Comme il avait eu envie de refermer les lèvres sur leur slarges aréoles, d'un rose tendre !... Et ils auraient eu le temps de se livrer à cet extraordinaire bonheur !

Qu'est-ce qui l'avait arrêté ? Sa conscience... Il croyait ne pas en avoir, mais l'évidence qu'il aurait mal agi en profitant de la situation s'était imposée à lui, et il n'avait rien pu faire contre le sentiment de culpabilité qui s'était emparé de lui.

Il se rendait à Wilmont en compagnie de Carolyn, qu'il allait présenter à son frère et à sa belle-sœur comme sa fiancée. Comment aurait-il pu se distraire en chemin avec Marian ? C'eût été d'un cynisme achevé.

La jeune femme, pieds nus, car elle avait perdu ses souliers dans la rivière, ne cessait de trébucher. Elle serrait les dents et luttait contre une très forte envie de pleurer : elle ne voulait pas donner à Stephen la satisfaction de voir combien elle souffrait.

Comment avait-elle pu s'offrir au même homme qui l'avait abandonnée six ans plus tôt sans même un au revoir ? Elle avait même été sur le point de lui déclarer son amour, lui qui n'en voulait pas ! Quelle idiote ! Elle aurait passé à ses yeux pour la dernière des imbéciles.

Elle sortit du bois et accéléra son allure : elle apercevait les jumelles en compagnie d'Edwin, un peu en contrebas. Armand, qui avait entendu les cris lancés par Stephen pour le rassurer, montait vers eux avec les vêtements de son maître.

— Je suis heureux de vous revoir, ma dame, dit-il à la jeune femme en baissant les yeux car la chemise ne cachait pour ainsi dire rien de sa splendide anatomie.

Elle entendit le pas de Stephen derrière elle et se tourna de trois quarts vers lui avec la volonté délibérée de le provoquer. La poitrine pointée vers l'avant, la cambrure accentuée et une jambe repliée, elle était d'une beauté sculpturale et d'une insoutenable sensualité.

Autant qu'il voie ce qu'il a perdu, pensa-t-elle ; las, elle fut prise à son propre jeu car Stephen, en braies, le torse et les jambes nues, les cheveux noirs et luisants tombant librement sur ses épaules, semblait un dieu grec émergeant des eaux.

Comme il était beau ! Grand, large d'épaules, musclé, le ventre plat, il avait un corps parfait.

Il s'arrêta tout près d'elle et lui dit dans un souffle :

— S'il vous arrivait une autre fois de me faire l'offrande de votre personne, ma dame, sachez que je ne laisserai pas cet honneur à un autre.

— Croyez bien, monseigneur, qu'il n'y aura pas d'autre fois.

Il eut un petit hochement de tête puis fit signe à Armand de s'approcher.

— Dame Marian de Lacy a froid. Donne-lui ma cotte et mon bliaut.

Elle avait froid mais pas dans sa chair : dans son âme. Elle fut bientôt enveloppée par l'odeur de Stephen… Elle aurait préféré ne rien porter sur elle qui pût rappeler son existence, mais elle réussirait à le supporter jusqu'au campement.

Elle se sentait épuisée, soudain. Elle ne désirait plus que serrer très fort dans ses bras Audra et Lyssa, puis s'allonger sur son grabat et glisser dans un profond sommeil où, elle l'espérait, elle oublierait tous les événements de la soirée.

— Vous avez été alertés par les filles ? demanda Stephen.

— Oui, répondit Armand. Elles criaient si fort ! J'ai accouru aussitôt avec deux hommes d'armes et messire de Tinfield nous a suivis. Il est resté auprès des jumelles pendant que nous fouillions le marécage. J'avais l'intention de descendre en aval lorsque j'ai perçu votre voix.

— Tu as eu une bonne idée de prendre mes vêtements avec toi, dit Stephen en enfilant sa chemise puis ses chausses. Mais pourquoi n'as-tu pas apporté mes bottes ?

— Les filles les gardent. Elles n'ont jamais voulu me les donner.

A cet instant, Audra qui, à l'exemple de sa sœur et d'Edwin, ne cessait de scruter la rivière, aperçut sa mère et Stephen.

— Maman ! s'écria-t-elle avant de s'élancer vers elle.

Marian courut au-devant de la fillette et la souleva dans ses bras tandis que Lyssa se jetait dans ses jambes.

— Où étiez-vous ? fit Audra. Nous avons eu si peur !

— Ta maman a perdu pied au bord de la rivière et le courant l'a emportée, répondit Stephen. Sa robe s'est ensuite coincée dans une racine... Enfin... Nous avons connu de nombreuses péripéties mais, en fin de compte, tout le monde va bien. Nous allons pouvoir regagner le campement et prendre un souper bien mérité.

Des torches éclairaient la clairière où se dressait la tente. Des victuailles avaient été disposées sur une nappe, à même le sol. On n'attendait plus que leur retour pour manger.

Marian, qui tenait les jumelles chacune par la main,

s'assit sur un tronc d'arbre que lui désignait Edwin et qui avait été roulé jusqu'ici par les hommes d'armes.

Les petites filles, le visage toujours baigné de larmes, se blottirent contre leur mère dans un tendre mouvement d'affection. Elles avaient besoin de réconfort et Marian leur parla avec douceur, leur passant la main dans les cheveux, les couvrant de baisers ; les jumelles, la voix entrecoupée de sanglots, ne cessaient de lui demander pardon.

La jeune femme sentit plus qu'elle ne vit Stephen s'approcher d'elle par derrière. Audra et Lyssa se turent avant de se lever, tournant leurs visages vers le chevalier.

— Vous avez bien demandé pardon à votre maman ?

— Oui, messire, répondirent-elles l'une après l'autre avec des voix éraillées.

Mettant un genou à terre, il ouvrit tout grand les bras :

— Venez.

Les jumelles s'exécutèrent spontanément et se jetèrent dans ses bras avec un tel élan qu'elles renversèrent Stephen sur le dos. Il ferma les yeux et tint les petites filles serrées contre lui.

Marian refoula ses larmes. Elle venait de mesurer elle-même combien il était réconfortant de se retrouver dans les bras de Stephen après une grande frayeur...

Il embrassa les petites filles sur le front :

— Moi aussi je vous demande pardon de vous avoir laissées toutes seules et, surtout, je vous félicite de m'avoir obéi aussi scrupuleusement. Il fallait beaucoup de volonté pour ne pas bouger alors que vous aviez si peur pour votre maman. Je suis très fier de vous.

Son regard croisa celui de Marian.

— Je suis aussi très fier de votre maman et de son courage exceptionnel. Je vous félicite, Marian, pour l'éducation de vos filles et pour le sang-froid dont vous avez fait preuve dans des circonstances aussi dramatiques.

Comme la veille, Marian monta dans le chariot de vivres, à côté du conducteur. Celui-ci se montra plus bavard que lors de la première partie du voyage. Elle l'écoutait avec attention raconter toutes sortes d'anecdotes concernant la vie de Branwick ; elles lui évitaient de penser à Stephen et à l'humiliation qu'il lui avait fait subir.

Tandis qu'elle s'accrochait à la branche et se voyait mourir, elle avait été envahie par le farouche désir de revivre autrement les six dernières années. Elle s'était représenté Stephen tel qu'elle aurait aimé qu'il fût : follement amoureux d'elle et n'aspirant qu'à rester auprès de sa femme et de ses filles. Ils auraient vécu dans un joli manoir avec les jumelles et, peut-être, d'autres enfants seraient nés par la suite. Ses parents, qui auraient été fiers d'elle, leur auraient rendu visite de temps en temps…

Ce rêve enchanteur, hélas, ne serait jamais qu'une chimère…

Après une nuit entrecoupée de cauchemars, elle s'était éveillée avec le regret, la honte et, tout de même, un sentiment de reconnaissance, car elle était encore en vie.

Elle avait déjà remercié le Seigneur pour l'avoir sauvée, mais il lui restait à parler avec Stephen. Elle n'avait pas su lui dire les mots qui convenaient et elle voulait lui présenter ses excuses pour son attitude provocatrice. Le pauvre Armand, ce matin, ne pouvait poser les yeux sur elle sans rougir !

Elle était si gênée, au réveil, qu'elle avait eu envie de prier l'un des conducteurs de chariot de la ramener à Branwick...

Or ils approchaient de Wilmont. Elle n'aspirait qu'à une chose : disparaître ; se coucher sous une couverture dans le fond d'un chariot et faire oublier son existence.

Toutefois, et cette prise de conscience était terrible pour elle, elle ne pouvait plus continuer à nier son amour pour Stephen. Elle savait maintenant, de façon certaine, qu'elle n'avait jamais cessé de l'aimer et qu'elle l'aimerait toujours.

Aussi lui savait-elle gré de l'avoir repoussée, la veille : s'il avait répondu à ses avances, elle lui aurait demandé, sans doute, ce qu'il ne pouvait pas lui donner, et, à présent, elle serait encore plus désespérée.

Le bouvier fit claquer les rênes pour encourager les bœufs à gravir une colline.

— Regardez bien, ma dame, dit-il, lorsque nous serons au sommet. Vous aurez la plus belle vue sur le château.

Wilmont était magnifique, en effet. La plus grande forteresse qu'eût jamais vue Marian. C'était un énorme donjon élevé sur une butte au centre d'un double rempart, avec une tour à chaque angle et de part et d'autre de la porte d'entrée, et ceint d'un large fossé en eau. De nombreuses et hautes tentes aux couleurs vives s'élevaient dans la vaste clairière au milieu de laquelle il était bâti.

Le bouvier eut un petit rire.

— On dirait que le baron a convié la moitié de l'Angleterre.

— La tente qui a des rayures vertes et blanches est ma préférée, déclara Audra. Elle est immense !

— Pas étonnant, fit le conducteur. C'est celle du comte de Warwick.

— Le comte de Warwick campe à Wilmont ? s'étonna Marian.

— Oui, ma dame. C'est ce que font la plupart des visiteurs, à moins qu'ils ne préfèrent dormir sur un grabat dans la grande salle. Le baron est assez jaloux de sa vie privée. Rares sont ceux qui sont invités à monter dans ses étages, à l'exception de la famille et des serviteurs. Bien sûr, si le roi en personne daigne venir, le baron lui donnera sa chambre.

— Pourra-t-on monter notre tente à côté de celle du comte de Warwick ? demanda Audra.

Le bouvier sourit.

— Elle vous plaît cette grande tente, n'est-ce pas ? Eh bien, je pense que c'est possible...

— A qui appartient la blanc et bleu ? fit Marian.

Il n'en fallut pas plus pour que le conducteur énumérât le nom et les titres de la plus grande partie des seigneurs et barons réunis ici. La jeune femme éprouvait un sentiment d'effroi à l'idée de se retrouver parmi tant d'illustres personnages. Même Carolyn et Edwin n'étaient pas tout à fait dignes de prendre part à de si fastueuses festivités.

Son père, Hugo de Lacy — songea-t-elle avec regret —, aurait été convié à une fête identique si elle avait déclaré, autrefois, qui était le père de ses filles et épousé Stephen. Comme il aurait été flatté de frayer avec la plus haute noblesse du royaume ! Il aurait tenté d'obtenir une position pour son fils aîné à la cour, par l'intermédiaire du baron de Wilmont. En ne disant pas la vérité, elle l'avait privé d'une occasion d'élévation sociale.

Elle prit conscience, soudain, que sa mère et ses sœurs lui manquaient et elle en eut les larmes aux yeux. Reconnaîtrait-elle seulement ses jeunes sœurs si elle les revoyait ? Elles devaient avoir tellement changé ! C'étaient des femmes, à présent, alors qu'elle avait quitté des enfants.

Marian ravala sa salive. Une boule s'était formée dans sa gorge. Si la mélancolie la gagnait, c'était, elle le savait, parce qu'elle avait frôlé la mort, la veille...

— Tenez-vous bien, dit le conducteur. La chaussée est un peu cahoteuse, d'ici jusqu'à la porte d'entrée du château.

Ils franchirent, bientôt, le pont-levis, traversèrent la basse-cour, puis s'engagèrent sous la porte cochère aménagée dans la chemise du donjon, au pied duquel ils s'arrêtèrent enfin.

Une armée de serviteurs, sous les ordres d'un majordome au chef grisonnant, accourut vers eux en descendant les larges marches de l'escalier du donjon.

— Bonjour, Walter, dit Stephen, qui menait le cortège. Tu trouveras dans le chariot de tête mes effets et objets et dans celui qui le suit ceux de dame Carolyn de Grasse. Envoie-nous quelqu'un pour nous indiquer un endroit plat où dresser sa tente.

— Tout de suite, monseigneur. Dame Ardith vous attend dans la grande salle.

— Et le baron ?

— Sa Seigneurie n'est pas encore de retour de la chasse.

Stephen sauta à terre puis aida Carolyn à descendre

de son palefroi en la prenant par la taille. Privauté qui n'échappa ni à Marian ni à Edwin et qui leur fut à tous deux désagréable...

Est-ce que le statut de fiancée donnerait à Carolyn le privilège de dormir dans le donjon ? se demanda Marian. Vraisemblablement. Quant à Edwin, il dormirait sur une paillasse, dans la grande salle. Ce qui signifiait qu'elle disposerait de la tente pour elle seule et les filles.

— Ma dame ? fit une voix masculine.

Elle leva les yeux ; Edwin s'était approché du chariot et la regardait.

— Puis-je vous aider à descendre ?

Elle n'était pas mécontente de cette marque de courtoisie qui mettrait Carolyn en rage et rendrait peut-être Stephen un peu jaloux. Le bouvier descendait déjà les fillettes, elle n'avait qu'à accepter la main que lui tendait Edwin.

De son autre main, elle remonta sa jupe de coton brun grossier et descendit les deux marches du siège qu'elle partageait avec le bouvier.

Elle prit ensuite le bras que lui offrait le chevalier et gravit avec grâce et dignité l'escalier conduisant au donjon. Stephen, qui les précédait avec Carolyn, souleva le gros loquet et ouvrit la massive porte de chêne bardée de fer.

Tous entrèrent dans la grande salle.

— C'est magnifique, dit dans un souffle Carolyn en levant les yeux sur les hautes voûtes à croisées d'ogives qui reposaient sur des colonnes aux chapiteaux sculptés.

— Très imposant, murmura Edwin en affichant un détachement qui ne trompait personne.

Lorsqu'elle promena son regard autour d'elle, Marian

comprit l'inquiétude du chevalier. La puissance et la richesse du baron de Wilmont s'affichaient dans cette salle gigantesque et somptueusement décorée.

De nombreuses torches l'éclairaient, révélant les couleurs vives des immenses tapisseries pendues aux murs blanchis à la chaux, ainsi que le rouge et l'or des oriflammes et des bannières tombant des voûtes.

L'heure du souper approchait et les tables étaient déjà dressées. Elles formaient un U dont la base longeait une estrade — sur laquelle se dressaient deux trônes, sous un dais.

Dans la cheminée monumentale, une belle flambée jetait des lueurs dansantes, allongeant des ombres sur les murs et les grandes dalles couvertes de peaux de bêtes.

La salle était remplie de convives vêtus de splendides brocarts et portant chaînes d'or, broches et boucles, d'or ou d'argent, incrustées de pierres précieuses. Réunis par petits groupes, ils avaient à la main des coupes, pour les uns, des hanaps, pour les autres, d'étain ou d'argent, que des serviteurs munis d'énormes cruches, allant et venant entre eux, remplissaient de vin.

Marian lâcha le bras d'Edwin et chuchota :

— Il vous faut accomplir quelques civilités. Ne vous en faites pas pour moi. Je dois m'occuper des filles.

Le chevalier lui lança un regard désapprobateur ; elle le poussa vers Carolyn dont il n'aurait pas dû être séparé et elle se tourna vers les jumelles, qu'elle prit chacune par une main.

Une femme, qui se tenait près du dais, se sépara d'un groupe de convives et se dirigea vers eux d'un pas vif. Dans une robe d'un jaune safran, ses cheveux auburn tirés en arrière et réunis en une seule natte, elle était très belle et gracieuse.

En la voyant approcher, Stephen quitta le bras de Carolyn et, avançant d'un pas, s'inclina devant la dame, qui lui souriait.

— Stephen ! Quelle joie de te revoir ! Gerard sera navré d'avoir manqué ton arrivée.

— Il n'aura de regret que si la chasse est infructueuse, ce qui est peu probable.

— Tu juges mal ton frère, Stephen. Tu sais combien il t'aime...

— Je plaisantais, Ardith. Ah, laisse-moi te complimenter ! On ne saurait croire que tu viens de mettre un enfant au monde. Tu as retrouvé ta silhouette de jeune fille.

— Vil flatteur, répondit la baronne, visiblement charmée par la remarque de son beau-frère. Présente-moi, s'il te plaît, tes amis.

Comme les règles de la bienséance le lui imposaient, Stephen présenta d'abord Edwin à sa belle-sœur, puis Carolyn, et, enfin, Marian.

— Nous sommes heureux que vous ayez pu vous associer à notre joie, dit Ardith en s'adressant, essentiellement, à Carolyn.

Marian ne s'en offusqua pas le moins du monde.

— Nous sommes malheureusement plus nombreux que vous ne l'escomptiez, ma dame, dit Carolyn en faisant la révérence. J'espère que ça ne vous causera pas trop de soucis.

— Bah ! nous ne sommes pas à une personne près. C'est sans importance, je vous l'assure.

Sur ces mots, et sans se soucier des questions d'étiquette, la baronne se pencha vers les jumelles.

— Comment s'appellent ces jolies demoiselles ?

— Audra, répondit Marian en donnant une petite tape sur le bras de l'enfant pour qu'elle fît la révérence. Et Lyssa.

Cette dernière n'eut qu'à imiter sa sœur.

— Comme elles sont mignonnes ! s'exclama Ardith. Mais comment ferai-je pour les distinguer l'une de l'autre ?

Lyssa haussa les épaules.

— La plupart des gens se trompent. Il n'y a que maman qui ne commette jamais d'erreur.

Feignant un mouvement d'humeur, Stephen croisa les bras sur la poitrine.

— Voyez-vous ça ! Me suis-je jamais trompé ?

Audra sourit.

— Non, jamais.

Marian sentit qu'elle rougissait. Personne, même parmi ceux qui les avaient vues naître, ne les distinguait à tous les coups. Il arrivait à Carolyn de se tromper ! Enfin... Stephen avait sans doute un don d'observation exceptionnel. Il ne fallait pas nécessairement attribuer à sa paternité sa faculté de reconnaître sans faille les jumelles.

Ardith inclina la tête de côté en remarquant :

— Stephen a peut-être acquis une certaine expérience des jumeaux grâce à Corwin et moi-même ?

— En effet, dit Stephen. Je voulais justement t'interroger au sujet de Corwin. Avez-vous des nouvelles de lui ?

— Oui, répondit la baronne en se redressant. Il est parti pour Londres hier en compagnie de la princesse. Gerard aurait voulu t'envoyer un messager pour te prévenir, mais c'était trop tard. Tu étais déjà en chemin vers Wilmont.

— Pourquoi est-il déjà reparti ? J'aurais été si heureux de le voir... Mais l'essentiel est qu'il se soit tiré d'affaire... Je me suis fait une bile noire pour lui...

— Gerard te racontera ce qui lui est arrivé. Nous n'allons pas passer toute la soirée devant la porte alors que vous devez être épuisés après ces deux jours de voyage ! Je vous en prie ; approchez-vous de la cheminée et prenez des rafraîchissements avant que le souper ne soit servi.

Ardith avança d'un pas puis s'arrêta et, baissant les yeux sur Lyssa, elle lui dit :

— Tu me sembles soucieuse, petite. Quelque chose ne va pas ?

Marian, dont le cœur s'était emballé lorsqu'elle avait vu la baronne observer avec une telle intensité sa fille, tâcha de juguler son émotion. Allons, l'intérêt qu'elle lui portait n'avait rien à voir avec ses cheveux de jais. Ce n'était qu'un mouvement d'un tempérament maternel...

Mon Dieu ! Si elle était terrifiée chaque fois qu'un regard se portait sur les jumelles, elle deviendrait folle avant la fin de la soirée — à moins que, par son comportement, elle ne révélât ce qu'elle s'était toujours employée à cacher.

— Je me disais..., commença la petite.

Elle s'interrompit aussitôt et, levant les yeux vers sa mère, s'enquit :

— Maman, est-ce que ce serait mal élevé de demander à dame Ardith de voir son bébé ?

— Ce n'est jamais mal élevé de demander à une

maman de montrer ses enfants, répondit Ardith. N'est-ce pas, Marian ?

La formulation fit sourire cette dernière.

— Jamais, mais vous êtes si occupée avec vos invités... Peut-être qu'un autre moment conviendrait mieux.

Ardith secoua la tête.

— Non, c'est parfait maintenant. J'avais justement l'intention d'aller voir Matthew. C'est son heure. Il doit avoir faim.

Elle se tourna vers Stephen et reprit :

— Aurais-tu la gentillesse de faire, à ma place, les honneurs de la maison à dame Carolyn de Grasse et à messire de Tinfield, pendant que je monte à l'étage avec Marian et les petites ?

Elle lança un regard vers de la cheminée.

— Ta mère ne cesse de te regarder. Tu ferais bien d'aller lui présenter tes amis.

Stephen roula les yeux au plafond.

— Le devoir... Toujours le devoir...

— Essaie d'être courtois, Stephen. Ta mère fait de gros efforts pour changer.

— Hum...

L'expression d'Ardith devint sévère mais elle n'adressa pas un mot de reproche à son beau-frère... Ce ne fut pas nécessaire, du reste. Bientôt, Stephen leva les mains en l'air en signe de reddition.

— Très bien, Ardith.

Puis, s'adressant à Edwin et Carolyn :

— Vous venez avec moi ?

Les traits du visage d'Ardith s'adoucirent lorsqu'ils s'éloignèrent.

— J'espère que vous n'êtes pas contrariée par mon

offre, ma dame ? J'ai présumé que vous seriez contente d'accompagner vos filles, mais vous pourriez préférer rester dans la grande salle, avec vos amis ?

Marian n'en avait aucune envie ; d'abord parce qu'elle avait honte de sa robe, et puis, peut-être serait-ce l'unique occasion de parler avec Ardith des maux de tête de Lyssa ? Lorsqu'elle aurait obtenu le remède qu'elle était venue chercher, elle irait sous la tente avec ses filles et y attendrait l'heure du retour.

— Non, ma dame. J'aime mieux faire la connaissance du petit Matthew.

Ardith se dirigea vers l'escalier, suivie des jumelles, qui marchaient sur ses basques, et de Marian qui fermait la marche. Cette dernière ne put résister à la tentation de tourner la tête vers la cheminée où Stephen présentait Carolyn et Edwin à une femme d'une cinquantaine d'années, aux cheveux de jais. La ressemblance entre la mère et le fils était frappante. Leur entente, d'évidence, n'était pas bonne. Elle se demandait pourquoi même si ça ne la regardait pas.

Au moment de s'engager dans l'escalier en colimaçon, Ardith lança par-dessus son épaule :

— Faites attention. Les marches sont étroites et hautes.

S'agissait-il d'empêcher l'assaillant, s'il réussissait à entrer dans le donjon, d'accéder aux étages supérieurs ? Las, songea Marian, comment aurait-on pu se battre, dans un espace aussi réduit que cet escalier à vis aménagé dans l'épaisseur du mur, où il était presque impossible de lever une épée ?

Elle avait de telles difficultés à en gravir les hautes marches avec les chaussons que Carolyn lui avait prêtés

— ils lui étaient trop grands —, qu'elle ne comprenait pas comment on aurait pu y lutter, alourdi, de surcroît, par la cotte de mailles et le heaume.

A mi-hauteur, lasse de glisser et trébucher, elle retira ses chaussons. Il valait encore mieux que son hôtesse la vît pieds nus que de l'entendre dégringoler derrière elle.

Elle les remit en haut de l'escalier sous le regard étonné d'Ardith et donna pour seule explication :

— Empruntés.

— Maman a perdu ses souliers lorsqu'elle a failli se noyer dans la rivière, expliqua Lyssa.

— Elle a perdu aussi sa robe, renchérit Audra. C'est Stephen qui l'a sauvée, mais il n'a pas pu rattraper la robe.

— Il s'était déshabillé avant de rentrer dans l'eau, fit Lyssa, alors maman a porté son bliaut pour rentrer au campement.

— Et comme elle n'avait plus de souliers, reprit Audra, elle a demandé à Carolyn de lui prêter ses chaussons.

Marian, le sang aux joues, balbutia des excuses à l'adresse de la baronne de Wilmont, avant de lancer aux jumelles, sur un ton péremptoire :

— Taisez-vous !

— Ce voyage n'a pas été de tout repos, dit Ardith d'un air compatissant. Je comprends mieux, maintenant, pourquoi... Il va falloir que nous vous trouvions au moins des souliers.

— Oh ! je vous en prie. Ne vous dérangez pas pour moi.

— Ça ne me cause aucun dérangement ! Et je veux savoir tout de cette aventure.

L'hésitation de Marian donna de nouveau l'occasion à ses filles de relater l'incident.

— Lyssa m'a fait peur avec un serpent, dit Audra, alors je me suis enfuie au milieu des joncs.

— Et maman, en essayant de rattraper Audra, est tombée dans la rivière. Stephen est allé à son secours, mais il a d'abord ramené Audra auprès de moi et il nous a dit de ne pas bouger.

— Nous avons obéi mais nous criions et pleurions car nous avions très peur.

Les beaux yeux bleus d'Ardith allaient d'une petite fille à l'autre.

— J'imagine que vous étiez terrifiées.

Lyssa opina du chef.

— Armand, qui nous a entendues, a accouru avec des hommes d'armes et ils ont commencé à chercher maman, mais ils ne la trouvaient pas. Après un certain temps, maman est sortie du bois avec Stephen et nous avons couru vers elle...

— Je me doute que vous deviez être soulagées, dit Ardith avec un sourire en posant la main sur la tête de Lyssa. J'avoue que je suis fière de Stephen car, si j'ai bien compris, c'est lui qui a sauvé votre maman ?

— Oui, répondit Audra. Il l'a sortie de l'eau où elle était restée prisonnière car sa robe s'était coincée dans une racine.

Ardith hocha la tête d'un air pensif.

— Il peut être d'un grand réconfort lorsqu'on est en danger. Il m'a donné beaucoup de courage, autrefois, comme je me trouvais sous une terrible menace...

Le regard de la baronne de Wilmont s'assombrit.

— Sans Stephen, je ne serais pas là, ni Daymon. Alors

qu'il avait été terriblement blessé, il s'est joint à ceux qui nous ont secourus. Je ne sais pas comment lui dire qu'à mes yeux il est un vrai héros.

— Il ne vous croit pas ? demanda Lyssa.

— Non. Je le lui répéterai jusqu'à ce qu'il m'entende...

Le sourire revint sur les lèvres d'Ardith.

— Je l'aime comme mon propre frère, mais il est tellement entêté par moments !

Elle resta un instant rêveuse puis reprit d'un ton enjoué :

— Et si nous allions voir le bébé ?

Terriblement blessé !

Marian suivit la baronne de Wilmont et les jumelles en se représentant Stephen ensanglanté. S'il avait été blessé en luttant pour défendre Ardith, pourquoi n'acceptait-il pas l'expression de sa gratitude ? La plupart des hommes ne rêvaient que de s'entendre loués ainsi pour leurs actes de bravoure.

Il s'était assurément montré héroïque, la veille. Elle lui devait la vie et il eût été juste qu'elle chantât ses louanges...

11.

Stephen faisait tourner son vin dans sa coupe en écoutant d'une oreille distraite la conversation de sa mère et de Carolyn.

Les deux femmes se lamentaient sur le prix de la vie, l'une se plaignant de l'augmentation de la soie depuis le prêche des croisades, l'autre des sommes faramineuses qu'il fallait dépenser pour un heaume de qualité, une épée bien aiguisée ou un cheval de bataille.

Le sel, les pierres précieuses et le cuir furent ensuite l'objet de leurs récriminations.

Ces propos exaspéraient Stephen. Les deux femmes n'avaient jamais manqué de rien. Pourquoi geignaient-elles ainsi ?

Il regrettait de n'avoir pas emboîté le pas à Edwin, qui s'était proposé pour diriger l'équipe chargée de dresser la tente de Branwick et avait ainsi échappé à une discussion aussi vaine. Armand s'était esquivé également, sans doute pour vérifier si son grabat et ses affaires avaient été portés dans la salle des gardes.

Stephen aurait pu se joindre à l'un ou l'autre des groupes de convives. En qualité de frère du baron de Wilmont, il aurait été très bien accueilli ; mais il aurait certainement été la proie d'un flatteur soucieux d'obtenir les bonnes grâces de Gerard par son intermédiaire.

Son regard se dirigea une nouvelle fois vers la porte donnant sur l'escalier. Marian n'avait pas reparu. Non qu'il s'inquiétât pour elle. Il se doutait qu'elle s'extasiait sur le jeune Matthew et qu'après avoir fait grand cas de l'enfant, elle essaierait d'intéresser Ardith à la santé de Lyssa.

Ce qui l'ennuyait, c'était l'accueil que les uns et les autres feraient à Marian alors qu'elle était dans une tenue qui ne correspondait pas à son rang. Il ne restait près de sa mère que pour cette raison : lui parler de la situation de la jeune femme. Si Carolyn avait montré le moindre intérêt pour le sort de sa cousine, il n'aurait peut-être pas été là, mais elle affichait une royale indifférence en ce qui la concernait.

A quand remontait la dernière fois où il avait voulu s'entretenir en privé avec sa mère ? Si loin, sans doute, qu'il ne s'en souvenait plus.

Elle avait toujours empoisonné sa vie.

Elle l'avait porté pendant neuf mois contre son gré, ne lui avait presque jamais adressé la parole pendant toute son enfance et avait tenté de le manipuler depuis qu'il était un jeune homme. Pour se préserver, il se tenait à l'écart d'elle et de ses réflexions cruelles.

Ardith lui répétait souvent que sa mère n'était plus la même, qu'elle s'était adoucie ces dernières années, autrement dit depuis la mort de son père, mais il gardait en mémoire trop de querelles et de paroles assassines pour oser croire à un profond changement de caractère.

Si elle acceptait de venir en aide à Marian, ce serait par devoir et non par compassion. Cela dit, dès l'instant où la jeune femme bénéficierait de son appui, il importait peu qu'il fût le fruit de tel ou tel sentiment...

Comment faire pour éloigner Carolyn ? Il ne retrouverait peut-être pas une autre occasion dans la soirée d'être seul avec sa mère. Il ne fallait pas laisser passer celle-ci.

— N'est-ce pas vrai, Stephen ? fit à cet instant la voix de Carolyn.

— Pardon ? Je suis désolé, mon esprit était ailleurs. Que disiez-vous ?

La jeune femme sourit en écartant la question d'un geste de la main.

— C'est sans importance.

Dame Ursula inclina la tête de côté et déclara, de sa voix légère à laquelle le chevalier trouvait toujours une résonance perfide :

— Je m'étonne que tu ne te sois pas déjà éloigné de nous, Stephen. Notre conversation touche à des sujets qui n'entrent pas dans le champ de tes préoccupations.

Pour une fois, Stephen dut convenir que la réprimande de sa mère n'était pas très méchante.

— Je reconnais que je me suis laissé distraire, mais il n'est pas fréquent de voir une aussi brillante assemblée sous les voûtes de cette salle. C'est un net changement par rapport à autrefois.

Avant que Gerard ne fût baron en titre et ne régnât en maître sur Wilmont aux côtés de sa femme, insinuait Stephen. Dame Ursula avait été ulcérée d'avoir à confier les clés à sa bru, mais Gerard ne lui avait pas laissé d'autre choix.

A partir de ce moment, elle avait vécu aux dépens de son fils, et Stephen était convaincu que c'était la crainte de ce dernier, et non un miracle, qui avait transformé son caractère.

Dame Ursula eut un petit sourire crispé.

— Tu reconnaîtras que nous avons un peu plus de raisons d'organiser une fête, maintenant, que lorsque tu étais enfant.

Il ignorait si sa mère était ou non fondée à lui donner cette réponse, mais ce n'était pas le moment d'évoquer les souffrances du passé.

— Je change de sujet, dit-il, mais il me semble que Carolyn devrait profiter de ce que Gerard n'est pas encore de retour pour aller sous la tente faire un peu de toilette avant le souper. Les routes étaient poussiéreuses en approchant de Wilmont.

Carolyn baissa les yeux sur sa robe.

— Mon Dieu ! Vous avez raison. Il faut que je change de robe. Et mon visage ? Je dois être toute grise...

— Pas à ce point, mais cela ne vous fera pas de mal de vous rafraîchir un peu.

Stephen fit signe à une servante d'approcher.

— Maeve, tu vas aller remplir d'eau une aiguière et accompagner dame Carolyn jusqu'à sa tente. Tu resteras avec elle aussi longtemps qu'elle aura besoin de toi.

La servante ouvrit des yeux stupéfaits ; quant à la mère de Stephen, elle observait la scène en plissant les siens comme un serpent.

— Mais... Marian..., hasarda Carolyn.

— Elle redescendra quand dame Ardith l'aura décidé, trancha Stephen.

— Bien... très bien...

Carolyn fit une petite révérence à la mère du jeune homme.

— Merci de m'avoir accordé votre attention, ma dame.

Sur ces mots, sans attendre la servante qui était déjà partie chercher de l'eau à la fontaine, elle traversa la salle aussi rapidement qu'elle le put.

— Stephen ! Pourquoi as-tu demandé à une fille de cuisine de tenir le rôle de femme de chambre ? fit dame Ursula sur le ton du reproche. C'est ridicule, d'autant plus que sa suivante est ici. Il suffisait d'aller prévenir Ardith…

— La jeune femme que vous avez aperçue n'est pas la suivante de Carolyn de Grasse, mais sa cousine.

— Mais elle est vêtue comme…

— Il nous est arrivé une petite mésaventure en chemin et, malheureusement, la garde-robe de dame Marian en a beaucoup souffert. Je voulais, d'ailleurs, vous demander s'il serait possible de lui trouver une robe et des souliers convenables avant le souper. Je ne voudrais pas qu'elle se sente mal à l'aise toute la soirée à cause de sa tenue. Elle a déjà eu assez de désagréments, je ne veux pas qu'elle en connaisse d'autres, en particulier sous le toit de mon frère.

— Elle doit être durement éprouvée d'avoir dû se présenter dans un tel accoutrement. Je comprends, maintenant, pourquoi Ardith s'est empressée de la conduire à l'étage. Peut-être lui a-t-elle déjà trouvé d'autres vêtements ?

Dame Ursula fronça les sourcils comme si elle faisait un effort de réflexion.

— Tu m'as dit que c'était une cousine de Carolyn de Grasse, n'est-ce pas ?

— Oui. Marian est une Lacy.

— Ah bon ? La pauvre ! Elle a dû se sentir fort gênée… Je vais tâcher de lui trouver quelque chose de correct à se mettre, au moins pour ce soir.

Dame Ursula quitta son siège et marcha vers l'escalier.

— Mère…

Elle se retourna et regarda son fils d'un air interrogateur.

— Merci, ma dame.

Elle le considéra longuement en silence avant de manifester, par un petit hochement de tête, sa gratitude pour une marque de civilité si rare.

Se retrouvant seul, Stephen furetait autour de lui pour choisir vers qui il se dirigerait quand la porte d'entrée s'ouvrit.

Son frère entra, un faucon sur le poing, suivi de plusieurs chasseurs.

Grand et blond, apparemment dans une humeur excellente, le baron de Wilmont, cherchant, sans doute, des yeux sa femme, promenait son regard sur les convives. Tous le considéraient quand Stephen alla se planter devant lui.

— Ardith est montée nourrir le futur baron, dit-il en s'inclinant. Tu vas devoir te contenter de ma compagnie.

Arrêtant le regard sur la grande tache de sang qui maculait le bliaut de Gerard, il eut un air soucieux.

— Tu es blessé ?

— Non. Un lièvre a traversé le chemin devant mon destrier, qui l'a heurté du sabot. La pauvre bête a été tuée sur le coup et projetée sur mes genoux.

Le baron confia le rapace au maître fauconnier et, jetant le bras autour des épaules de son frère :

— Viens, dit-il. Tu vas remplacer mon écuyer.

— Thomas n'est pas malade ?

— Non, il nettoie mon cheval. Le lièvre s'est vidé de son sang sur sa robe.

Ils traversèrent la salle à grands pas en direction de l'escalier.

— Comment s'est passé ton voyage, Stephen ?

— Il a été riche en événements, mais je veux d'abord entendre le récit des aventures de Corwin.

Gerard précéda son frère dans l'escalier à vis puis le long du corridor conduisant à la chambre seigneuriale. Au moment de passer devant la chambre des dames, Stephen ralentit le pas et tendit l'oreille. Des rires d'enfants lui donnèrent à penser que tout allait bien.

La plus grande des pièces de l'étage, la chambre du baron était à la ressemblance de ses occupants. Le lit à baldaquin massif était d'une taille qui convenait à Gerard, et les draperies tendues entre ses piliers évoquaient le raffinement d'Ardith. La garde-robe de chêne sculpté, très sobre, ainsi que les deux coffres étaient le reflet de l'attitude franche et carrée du baron, alors que les roses sculptées sur les pieds de la table portant une cuvette, un vase en faïence et une glace, révélaient la fantaisie de sa femme.

Tout en se lavant, Gerard raconta à Stephen comment Corwin avait réussi à libérer Judith Canmore et fait échouer, par la même occasion, un complot contre le roi.

— Il est à Westminster, en ce moment, pour rendre compte des événements à Sa Majesté et pour lui demander la permission d'épouser la princesse.

Stephen, confondu par l'audace de son ami, ouvrit tout grand les yeux.

— Un chevalier saxon qui épouserait une princesse de sang ? Ça ne s'est jamais vu. Crois-tu que le roi le permettra ?

Gerard s'essuya avec un linge puis alla prendre dans un coffre une chemise de lin blanc.

— Nous verrons.

On frappa quelques petits coups à la porte et le baron répondit sans hésiter :

— Entre !

L'écuyer de Gerard, Thomas, un grand jeune homme brun et dégingandé, entra et ferma la porte derrière lui. Il s'inclina devant Stephen, un sourire moqueur aux lèvres.

— La rumeur circule que vous êtes un héros, messire. Vous arrive-t-il souvent de plonger dans une rivière pour en sortir une femme quasiment nue ?

Une expression de stupeur naquit sur le visage du baron de Wilmont tandis que Stephen grommelait un juron entre ses dents. En quels termes Armand avait-il relaté l'incident ? Mais peut-être étaient-ce les hommes d'armes envoyés à la recherche de Marian qui avaient raconté à la garnison les péripéties du voyage ?

Nom d'un chien ! Il aurait dû leur donner l'ordre à tous de se taire !

— Marian de Lacy est tombée dans la rivière et a été emportée par le courant. J'étais sur la berge avec ses filles lorsque c'est arrivé. J'ai sauté à l'eau sans me poser de question et, surtout, sans me préoccuper du qu'en dira-t-on.

Gerard croisa les bras sur la poitrine.

— N'était-elle pas en train de se laver dans la rivière ? s'enquit-il, suspicieux.

« Peste ! » pensa Stephen. La dernière des choses qu'il était prêt à entendre, c'était une leçon de morale de son grand frère.

— Non, rétorqua-t-il avec véhémence. Je ne m'étais pas caché derrière un aulne pour regarder une jolie femme prendre un bain. Las, sa robe s'étant coincée dans une racine, j'ai dû la lui arracher en la déchirant avec la lame de mon couteau.

— Etait-ce vraiment nécessaire ?

— Oui.

— Marian… C'est curieux, je croyais que tu voulais épouser Carolyn de Grasse ?

— Marian de Lacy est la cousine de Carolyn. Je l'ai invitée à venir avec nous pour qu'elle puisse parler avec Ardith de l'état de santé de sa fille, Lyssa, qui souffre de maux de tête.

Thomas présenta à son maître un bliaut bleu, tissé de fils d'argent.

— Armand m'a dit que dame Marian était exquise, dit l'écuyer.

Elle l'était assurément, songea Stephen, qu'elle fût en robe ou qu'une chemise mouillée lui collât à la peau. Armand aurait dû détourner les yeux lorsqu'elle avait surgi de la forêt, mais comment pouvait-il lui faire le reproche de l'avoir regardée, quand lui-même n'avait eu d'yeux que pour ses appas ?

Il avait été extrêmement troublé par le galbe de ses hanches, les pointes rosées de ses seins, le triangle sombre à la jonction de ses jambes… Que n'avait-il oublié pour un instant les principes chevaleresques, et accepté ce qu'elle lui offrait avec passion ? Pour avoir agi en gentilhomme, il devait, maintenant, souffrir sa colère.

— Armand aurait mieux fait de tenir sa langue ! rétorqua Stephen.

Déconcerté, car il n'avait pas l'habitude de voir Stephen dans cette humeur, Thomas reprit néanmoins :

— Il nous a dit aussi que ses petites filles étaient très jolies, et que dame Carolyn était une femme charmante. A-t-il tort d'en parler en ces termes ?

Stephen réprima son ire. Il s'était emporté sans raison. Pourquoi en aurait-il voulu à Armand d'avoir fait l'éloge de la beauté de Marian ? Seule la jalousie lui inspirait cette réaction...

Elle le rendait fou avec ses changements d'humeur. Hier, elle se donnait à lui, et aujourd'hui, elle ne lui adressait pas la parole !

Oui, il la désirait tant qu'à la pensée qu'un autre pût être attiré par elle, il était taraudé par la jalousie. D'une manière ou d'une autre, il lui fallait guérir de cette attirance trop forte. L'un des moyens était incontestablement de la satisfaire. Il connaissait tous les coins et recoins de Wilmont où il serait possible de s'isoler avec Marian. Il suffisait de trouver un moment qui convînt à l'un et à l'autre...

A condition, certes, qu'elle ne fût plus fâchée contre lui.

Il posa la main sur le loquet de la porte.

— Les deux femmes sont belles, en effet, mais ce n'est pas à Armand de disserter sur leurs charmes. A plus tard, Gerard.

Sur ces mots, il sortit de la chambre et claqua la porte derrière lui.

Gerard enfila le bliaut en se demandant quelle mouche avait piqué son frère…

— Est-ce que je me fais des idées, Thomas, ou Stephen est-il extrêmement susceptible dès qu'il est question de Marian de Lacy ?

— Si vous vous en faites, alors nos imaginations ont enfourché le même cheval.

— J'aimerais parler à Armand.

— Je vais le chercher immédiatement, messire.

Ardith coucha le bébé dans le berceau puis regagna son siège et remit de l'ordre dans sa tenue.

— Il devrait être sage pour quelques heures. Je me demande comment vous faisiez avec vos jumelles. Vous deviez être épuisée et j'imagine que vos seins étaient douloureux.

Marian s'adossa à sa chaise.

— Pas trop, mais j'étais très fatiguée, en effet. J'avais à peine fini avec l'une que l'autre voulait boire ou avait besoin d'être changée.

Marian lança un regard aux jumelles. Elles avaient pris position sur le petit lit d'Everart, qui avait trois ans. Everart, quant à lui, se tenait sur le lit de son demi-frère, Daymon, qui en avait six. Des soldats de bois, disposés en ordre de bataille sur chacun des lits, descendaient dans la plaine en rangs serrés où ils s'affrontaient, prenant d'assaut, en alternance, la paillasse de la servante disposée entre les deux lits.

Bien que ce jeu ne fût pas celui de filles, Marian laissait les jumelles s'amuser avec les garçons ; elles avaient si rarement l'occasion de jouer avec d'autres enfants…

Ardith eut un petit rire.

— Regardez, dit-elle à mi-voix. Daymon, qui rêve d'être un grand stratège, est en train d'élaborer un nouveau plan d'attaque.

En effet, une lueur conquérante brillait dans le regard vert de l'enfant. Tout comme Everart, il était la copie conforme de son père. Le petit dernier, par contre, était le portrait de sa mère, avec ses cheveux auburn et ses yeux bleu clair.

Marian était étonnée et touchée à la fois de constater que la baronne semblait vouer autant d'affection à Daymon, qui n'était pas son fils, qu'aux deux autres, qu'elle avait portés. Peut-être cet attachement était-il dû à l'épreuve qu'ils avaient traversée ensemble ?

Elle admirait également qu'Ardith nourrît elle-même son bébé ; les femmes de haute naissance confiaient d'ordinaire cette tâche à une nourrice.

Daymon poussa un cri de guerre et lança ses soldats à l'assaut du lit d'Everart, qu'ils enlevèrent de vive force. La victoire était totale et les filles, épouvantées devant un tel désastre, poussaient des cris aigus.

— Il tient de son père, remarqua Ardith avec une pointe d'humour.

Elle se leva et reprit :

— J'aimerais cent fois plus rester ici toute la soirée, mais j'ai des invités en bas... Enfin... Avant tout il faut vous trouver des souliers.

Marian ouvrit la bouche pour protester ; Ardith lui fit signe de se taire.

— Je ne voudrais pas que l'une de mes invitées tombe face contre terre dans la grande salle parce qu'elle a perdu un chausson en marchant.

Marian n'eut pas le loisir de réagir. Répondant à quelques petits coups tambourinés contre la porte, Ardith l'ouvrit et laissa entrer deux jeunes femmes, suivies d'une personne plus âgée.

Marian ne reconnut pas les deux plus jeunes, qui tenaient chacune une paire de bottes à la main, mais elle n'hésita pas devant la troisième, qui avait sur le bras une robe bleue : il s'agissait de la mère de Stephen.

Marian se leva, surprise derechef par la ressemblance entre la mère et le fils — mêmes cheveux noirs, même teint mat, mêmes traits réguliers. Dame Ursula avait, en revanche, les yeux bleus, et une expression très différente. Alors que Stephen souriait facilement, elle était froide et austère.

Ardith sourit.

— Vous avez lu dans mes pensées, ma mère. S'agit-il d'une robe de Christina ?

— Oui, et les bottes sont aussi à elle. Stephen m'a conté les malheurs de dame de Lacy. Or, j'avais eu le temps de l'apercevoir avant qu'elle ne montât avec vous. Il m'a semblé qu'elle était en tout point de la taille de Christina.

Marian s'empourpra.

— J'avais la même impression, répondit Ardith en prenant la robe qu'elle laissa pendre devant la jeune femme. C'est votre taille, n'est-ce pas, Marian ?

Stephen aurait dû ne jamais s'en mêler et, surtout, ne pas toucher un mot devant sa mère de ce qu'il lui était advenu. Elle n'avait pas besoin de robe puisqu'elle avait l'intention de rester sous la tente pendant tout son séjour à Wilmont. Mais si elle devait absolument en porter une plus élégante que la sienne, la bleu pâle au bras de dame Ursula lui siérait à n'en pas douter. La couleur et le tissu de lin en étaient très jolis. Cela la changerait, certes, des grosses étoffes brunes ou grises qu'elle avait pris l'habitude de porter depuis quelques années.

— Oui, il semblerait, répondit-elle à Ardith, mais je ne crois pas que ce soit nécessaire... Je suis extrêmement touchée par votre sollicitude...

Dame Ursula fronça les sourcils d'un air perplexe.

— Stephen m'a dit que votre garde-robe avait souffert dans votre mésaventure. Il craignait que vous n'ayez rien de convenable à porter pour le souper. S'est-il trompé ?

Elle n'avait, en effet, même dans son coffre à Branwick, aucune robe digne d'être portée dans un lieu aussi prestigieux que Wilmont. Stephen le savait parfaitement.

— Non, ma dame, mais je ne voudrais pas priver quelqu'un de cette jolie robe. Je vais me retirer sous la tente avec mes filles et nous y souperons.

Le beau sourire d'Ardith ne s'altéra pas.

— C'est très gentil de votre part de vous inquiéter pour la jeune fille qui vous prête cette robe, mais elle en a beaucoup d'autres. Ne craignez pas qu'elle soit spoliée de quoi que ce soit. Il serait vraiment dommage, en tout cas, que vous dîniez seule, quand vous pourriez le faire en bonne compagnie. Et après le souper, nous pourrions reprendre notre conversation ?

Pendant qu'Ardith nourrissait Matthew, elles avaient parlé de choses et d'autres, en particulier de leurs enfants, et vaguement abordé la question des maux de tête de Lyssa. Marian était très tentée d'accepter l'invitation, bien qu'elle eût d'autres raisons de la décliner. Elle ne pouvait, cependant, évoquer aucune d'entre elles devant Ardith ou sa belle-mère.

— Je crains que les filles n'aient pas de robes assez élégantes pour prendre leur repas dans la grande salle. Et puis, elles ne vont pas tarder à montrer des signes de fatigue, après notre long voyage. Je ne voudrais pas qu'elles perturbent le souper...

Ardith, d'un geste de la main, écarta la question.

— Daymon et Everart vont souper dans leur chambre. Vos enfants pourraient se joindre à eux, sous la surveillance de la gouvernante.

Les jumelles, ainsi, ne seraient pas la proie des regards scrutateurs de certains et elle-même saisirait son unique chance, peut-être, de discuter avec Ardith de la santé de Lyssa... Avant tout, néanmoins, il fallait s'assurer qu'après ce qui s'était passé la veille, les filles ne fussent pas trop perturbées qu'elle les laissât le temps du souper.

Marian s'approcha de son hôtesse pour lui parler sans prendre le risque d'être entendue des enfants.

— Audra et Lyssa ont eu très peur, hier soir. Si bien qu'aujourd'hui, elles ne se sont pas éloignées de moi d'un pouce. Je redoute qu'elles soient inquiètes si je les abandonne.

Ardith considéra les enfants d'un air réfléchi.

— Je comprends votre préoccupation, dit-elle, mais si elles acceptent, il me semble que quelques heures à l'écart de leur mère leur feront le plus grand bien.

Marian en convenait et puis elle était, surtout, très tentée de prendre part à un grand repas dans cette salle immense et richement décorée. La dernière fois qu'elle avait participé à un événement de ce genre, elle n'avait que seize ans et demi.

Pas une seule fois, à Branwick, elle n'avait assisté à un banquet. Carolyn, contrairement à la coutume, s'était mariée, à chaque fois, dans le château de son fiancé, et Marian n'avait pas été conviée aux festivités. Ce soir, à Wilmont, on servirait un excellent dîner, agrémenté de divertissements. Elle n'avait jamais pris conscience jusqu'à cet instant combien les distractions lui avaient manqué au cours des dernières années.

Personne ne la remarquerait. Elle était à peu près inconnue à Wilmont. Elle ne serait qu'une femme de plus dans la foule des convives. Quel mal y avait-il à passer une partie de la soirée au milieu des hôtes du baron, si les filles étaient d'accord ?

Marian se retourna. Les quatre enfants, debout près du lit d'Everart, avaient d'évidence entendu la conversation ; les jumelles, d'ailleurs, la regardaient d'un air inquiet. Elle leur fit signe d'approcher, et elles traversèrent la chambre en traînant les pieds, ce qui n'était pas de bon augure.

— La baronne de Wilmont m'invite à souper dans la grande salle, leur dit-elle. Et comme vous l'avez entendu, vous prendrez votre repas avec Daymon et Everart sous la surveillance de leur gouvernante. Vous le voulez bien, n'est-ce pas ?

Les deux filles échangèrent un de ces regards que Marian connaissait bien. Lorsqu'une décision les engageant l'une et l'autre devait être prise, un lien silencieux s'établissait entre elles, leur permettant de se sonder et d'aboutir à un parfait commun accord.

Audra fut la première à lever les yeux sur sa mère.

— Est-ce que vous nous laisserez longtemps ?

— Non, juste la durée du souper. Dès que dame Ardith remontera nourrir Matthew, je l'accompagnerai. Et je ne serai pas loin. Si vous aviez besoin de moi, il suffirait de m'envoyer chercher.

— Est-ce que Stephen sera là ? demanda Lyssa en s'adressant à la baronne.

Marian fut un peu ébranlée par la question mais elle comprenait que la petite fille la posât. Stephen ne lui avait-il pas sauvé la vie, la veille ?

— Oui, bien sûr, répondit Ardith, mais rassure-toi, nous veillerons tous attentivement sur ta maman. Sois bien certaine qu'ici, à Wilmont, sous notre toit, il ne peut rien lui arriver de fâcheux. Et puis vous serez en compagnie de Gwyneth. Je pense que vous l'aimerez beaucoup. Elle connaît toutes sortes de jeux.

Les jumelles échangèrent un nouveau regard et il sembla à Marian que leur décision était prise.

— C'est d'accord, dit Lyssa.

Marian se pencha sur ses filles et les embrassa. On envoya chercher la gouvernante, qui lui parut particulièrement aimable et souriante.

Tandis que les enfants commençaient un nouveau jeu, Marian sortit de la chambre avec les autres femmes.

— Il faut se dépêcher, remarqua dame Ursula. Gerard est revenu de la chasse. Tout le monde passera bientôt à table.

— Peut-être devrais-je descendre pour m'assurer que les plans de table sont respectés, dit Ardith en ralentissant le pas.

Puis, se tournant vers Marian elle demanda :

— Puis-je vous abandonner aux bons soins de dame Ursula ?

— Bien sûr, je…

Marian se figea :

— Mon Dieu ! J'ai complètement oublié ma cousine. Elle a besoin de moi pour se préparer.

— Ne vous inquiétez pas pour elle, répondit dame Ursula. Elle est allée s'habiller sous sa tente.

Elle se tourna vers sa bru.

— Me croirez-vous, Ardith ? Stephen a chargé Maeve de l'aider à s'apprêter ! Une fille de cuisine promue soudain aux fonctions de femme de chambre !

Ardith ne put se retenir de rire.

— Je doute que Stephen fasse la différence. Il lui arrive de dire ou de faire certaines choses qui nous surprennent, mais il n'a jamais de mauvaises intentions.

Marian entra dans la chambre des dames à la suite de dame Ursula avec la ferme intention de passer une bonne soirée. Elle se débarrassa, du reste, de ses problèmes en même temps que de sa robe de paysanne, et se sentit devenir tout autre en revêtant la robe bleu pâle dont l'étoffe était si finement tissée qu'elle évoquait la soie.

Au cours du souper, elle oublierait tous ses soucis et ne songerait qu'à se distraire. Il serait toujours temps de reprendre ses vieilles hardes et avec elles le fardeau de la vie.

La robe lui allait bien, même si elle était un peu ajustée. Quant aux bottes, elles étaient un peu larges, mais elle pouvait fort bien marcher avec.

Sa joie fut grande lorsqu'une femme de chambre lui brossa les cheveux puis en fit une tresse qu'elle enferma dans une résille du même bleu que la robe.

— Oh ! quelle différence ! fit dame Ursula.

Marian se regarda dans le miroir sur la table de toilette et convint qu'elle n'était plus la même.

Elle était beaucoup, beaucoup mieux...

12.

Si certains ignoraient encore qu'elle était la fiancée du frère cadet du baron, ils l'apprendraient à ce souper, tâcha de se rassurer Carolyn. Car elle n'était pas dupe ; elle avait remarqué comme tout le monde que Stephen montrait beaucoup d'intérêt pour Marian et les jumelles.

Ce soir, cependant, elle était à l'honneur. Assise sous le dais, à la gauche de Gerard et à la droite de Stephen, elle ne pouvait occuper une place plus en vue.

Stephen poursuivait la même réflexion de son côté ; mais il savait combien l'impression qu'ils offraient, ce soir, était trompeuse, puisqu'une compétition l'opposait à Edwin et qu'il n'en était encore nullement sorti gagnant.

Devant les égards réservés à Carolyn, toutefois, chacun tirerait la conclusion qu'elle était sa future épouse, et il n'était pas mécontent d'infliger cet avant-goût de défaite à son adversaire.

Las, il ne pouvait savourer sa victoire en toute quiétude, Ardith ayant eu l'étrange idée de faire asseoir Marian dans son champ de vision, entre Edwin et le comte de Warwick.

Il lui semblait la revoir telle qu'il l'avait connue,

autrefois, chez ses parents : vêtue d'une jolie robe, riant, le regard vif et plein de gaieté, un suave sourire aux lèvres...

La veuve qu'il avait retrouvée à Branwick, dans ses tristes tenues, s'était évanouie comme par miracle pour laisser renaître la jeune fille charmante, facétieuse, séduisante dont il s'était épris six ans plus tôt.

Elle était enfin dans le cadre qui lui convenait, au milieu de ses pairs, et elle brillait de nouveau. Elle semblait avoir retrouvé l'éloquence et l'humour qui séduisaient les hôtes de son père, autrefois, dans le donjon des Lacy.

Stephen eut, soudain, le sentiment désagréable de n'être peut-être pas étranger à son changement radical de vie. Il avait essayé de parler avec elle du fossé qui s'était creusé entre elle et ses parents, il avait voulu savoir qui était ce mari avec lequel elle avait à peine vécu... Mais elle avait toujours refusé de répondre.

Ardith, assise à sa gauche, tourna la tête vers une porte comme celle-ci s'ouvrait pour laisser passer cinq solides serviteurs. Ils portaient chacun un grand plat d'argent sur lequel était dressé un paon rôti dont le plumage avait été reconstitué.

— Magnifique, lui dit Stephen.

— Ne parle pas trop vite. J'ai toujours peur qu'ils renversent de la sauce sur les convives ou, même, que l'un des paons ne tombe sur les genoux d'un hôte. Le comte de Warwick, par exemple.

Stephen sourit en regardant sa belle-sœur d'un air dubitatif. Il aurait été fort étonné de voir un serviteur de Wilmont commettre une telle maladresse... La jeune baronne n'en était pas moins tendue lorsque l'un des domestiques présenta un paon au baron.

— Vous avez placé Edwin de Tinfield et Marian de Lacy à côté du comte et de la comtesse de Warwick ? remarqua Stephen qui s'étonnait de cette entorse au protocole.

Il eût été, en effet, plus conforme à la bienséance de ne faire asseoir à la table présidée par un aussi puissant comte que des barons de haut lignage, et en aucun cas un obscur chevalier.

— Oh ! J'ai fait ce choix par pure commodité. Marian me voit très bien et je n'aurai qu'un signe à lui faire lorsque je monterai nourrir Matthew. Quant à Tinfield, j'ai pensé que Marian se sentirait plus à l'aise si elle avait près d'elle quelqu'un qu'elle connaissait.

— Je ne comprends pas en quoi le fait que tu montes nourrir Matthew concerne Marian ?

— Tu ne sais pas que ses filles soupent avec mes fils ?

— Non, personne ne m'en a rien dit.

Stephen, en effet, n'avait pas eu l'occasion de parler à Marian avant le souper. Lorsqu'elle était redescendue dans la grande salle, il était en train de présenter Carolyn à Gerard ; puis on était passé à table.

— Les jumelles ont été très perturbées par l'incident que vous avez connu hier soir, reprit Ardith. Elles ne voulaient pas se séparer de leur mère, même pour le temps du souper. Il a fallu les rassurer et leur promettre que Marian ne s'absenterait que peu de temps.

La baronne posa la main sur le bras de Stephen.

— Mais ça ne leur suffisait toujours pas. Elles n'ont accepté de laisser leur mère partager notre repas que lorsqu'elles ont eu la certitude que tu y serais aussi et que tu veillerais sur elle. Puisqu'elles t'ont vu la secourir une fois, elles estiment que tu seras toujours là pour la sauver si le besoin en est. Elles ont mis leur confiance en toi et elles ont raison. Personne, sans doute, ne la mérite plus que toi.

Ardith fit signe à un serviteur de servir le vin puis en interpella un autre, mettant fin, ainsi, à sa conversation avec son beau-frère.

Les paroles d'Ardith le torturaient. Il connaissait bien des chevaliers qui méritaient cent fois plus que lui de tels compliments. Il savait bien qu'elle ne lui tenait ces propos dithyrambiques que pour se convaincre elle-même qu'il n'avait pas failli à la confiance qu'elle lui avait accordée.

Mais elle avait beau vanté ses mérites, il n'ignorait pas, lui, que c'était par sa faute qu'elle et Daymon, au milieu d'une nuit sans lune, avaient été enlevés. Gerard lui avait confié les deux êtres qui lui étaient les plus chers au monde et il avait été incapable de les protéger.

Il tournait son couteau entre ses doigts en ressassant ces sombres pensées. Son regard s'arrêtait par moments sur Marian, absolument ravissante, ce soir, et ses remords s'en trouvaient décuplés. Ardith l'avait fait asseoir ici pour qu'il ne la perdît pas des yeux car Lyssa et Audra comptaient sur lui pour protéger leur mère !

Les pauvres enfants. Elles ne savaient pas à qui elles avaient affaire ! A la pensée qu'il pût les décevoir, il était tout contrit.

C'était justement pour ne faillir à la confiance d'aucune personne qu'il avait choisi d'épouser Carolyn, une femme qui n'attendait de lui que le plaisir occasionnel d'un devoir conjugal...

Soudain, le comte de Warwick — le plus grand seigneur

convié à la table du baron de Wilmont, en l'absence du roi — se leva, son hanap à la main, et félicita Ardith de la magnificence du repas.

Les autres convives se joignirent à lui dans un grand élan de joie bruyante et Stephen, qui s'était levé aussi après un moment d'hésitation, constata que Marian avait été conquise par la bonne humeur générale et qu'elle aussi tenait en l'air son hanap en riant.

Il eut un serrement de cœur et cessa de voir et d'entendre tout ce qui se passait autour de lui pour ne plus concentrer son attention que sur l'admirable visage de la jeune femme. Quand elle croisa son regard — instant fulgurant d'indicible plaisir —, il lui sembla avoir été frappé par la foudre.

Quel bonheur, simplement de la regarder... et de la voir aussi heureuse... Mon Dieu ! N'avait-il pas ressenti une joie immense, la veille, lorsqu'il l'avait tenue dans ses bras et que, nue, ou presque, elle avait noué les jambes autour de sa taille, que leurs lèvres s'étaient réunies... ?

— Stephen ? fit la voix d'Ardith. Tu ferais bien de manger ta viande avant qu'elle ne refroidisse.

Stephen baissa les yeux sur son tranchoir et vit deux gros morceaux de viande, placés là de toute évidence par sa belle-sœur. Et il ne s'en était même pas aperçu ! Où avait-il donc la tête ?

— Merci, Ardith, dit-il dans sa barbe.

Il essaya de concentrer son attention sur le repas, mais c'était chose plus facile à dire qu'à faire lorsque le rire de Marian venait jusqu'à lui et que sa main fine s'animait au rythme de ses propos. Le plus dur, sans doute, c'était lorsqu'elle n'avait d'yeux que pour Edwin et le gratifiait seul de ses sourires et de sa conversation...

Les plats se succédaient : gibiers, venaisons, volailles, poissons, fèves, pois, lentilles, tous ingrédients savamment arrangés. Le vin, le meilleur de Bourgogne, coulait à flots. Stephen, pourtant, ne se sentait ni soif ni appétit.

Enfin, ce fut le tour des desserts, et même un plat qu'il appréciait particulièrement d'habitude — des abricots et des raisins secs baignant dans un sirop et saupoudrés de cannelle — n'exerça sur lui aucun attrait.

Ardith se cala dans son siège, et joignit les mains devant elle, signifiant ainsi qu'elle avait terminé son repas.

— Seigneur ! fit-elle. Il faut que je me souvienne que je ne mange plus pour deux.

— Mais voyons ! tu dépenses tant de forces dans une journée, répliqua Stephen, que tu pourrais manger comme trois et garder ta silhouette de gazelle.

— Tu me flattes, mais je te remercie quand même... Ah ! ajouta-t-elle, je n'ai pas le cœur d'enlever Marian à la fête... Elle a l'air si heureuse...

— Il est temps de monter ?

— Presque.

— Si tu le veux, je vais la prévenir.

— C'est très gentil de ta part.

Stephen avait un peu mauvaise conscience de s'être proposé d'informer la jeune femme que les réjouissances étaient finies, mais la voir rire aussi librement avec Tinfield et le comte de Warwick commençait à lui être pénible.

Ardith, cependant, s'était tournée vers Gerard et conversait avec lui au lieu de se lever pour aller nourrir son bébé. Or, même si elle en avait eu l'intention, l'aurait-elle fait, sachant que c'était contraire au protocole ? se demanda Stephen. Il savait bien, quoi qu'elle dît ou pensât, qu'elle ne quitterait pas la table avant que le baron n'eût donné le signal de la fin du repas en se levant lui-même de son siège. Or, il ne semblait pas pressé de le faire. Son écuelle était encore à moitié pleine de fruits, qu'il savourait tranquillement.

Il n'était pas le seul, d'ailleurs, à apprécier ce dessert. Marian prit délicatement un abricot entre le pouce et l'index et le plaça entre ses lèvres. Elle l'y garda, le suçant sans doute, passant le bout de la langue sur sa chair onctueuse et parfumée...

Stephen ferma les yeux et frissonna. Le bruit du siège de Gerard sur les dalles ne réussit pas à l'arracher à son agonie.

Marian mordit dans l'abricot dont le goût délicieux se répandit dans sa bouche. Le baron venait de se lever, ce qui signifiait que tous les convives auraient dû l'imiter, mais elle n'avait pas envie de quitter son siège. Elle aurait voulu que le festin continuât, pour jouir encore de ces mets exquis, de ce vin moelleux, de cette conversation brillante...

Seigneur ! Comme elle avait été honorée, ce soir. Elle avait soupé à la table du comte de Warwick ! Elle n'aurait pu rêver d'une compagnie plus courtoise, et Edwin avait été charmant. Carolyn était stupide de repousser ses avances. Il était cultivé, plein d'attentions, d'humour... Que pouvait-on espérer de plus ?

Les convives, sous le dais, s'étaient tous levés, mais personne ne se déplaçait. Ils continuaient de converser entre eux, au même endroit.

Ardith, enfin, descendit de l'estrade, mais Marian

pouvait prendre son temps, la baronne devant passer devant elle pour gagner l'escalier. Elle prit le dernier abricot dans sa coupe et le porta à ses lèvres.

La comtesse de Warwick tendit le cou vers elle à cet instant et, le regard brillant de curiosité, demanda :

— Alors, y a-t-il un mariage en vue entre Stephen et Carolyn de Grasse ?

Marian faillit s'étouffer avec son abricot. Tous les convives des Wilmont avaient été témoins de l'honneur fait à sa cousine et ce n'était évidemment plus un secret pour aucun d'eux qu'elle deviendrait, bientôt, la femme de Stephen.

L'allusion de la comtesse n'en eut pas moins sur Marian l'effet d'une lame dans une plaie ouverte. Depuis le début du dîner, alors même qu'elle était follement heureuse d'y participer, elle souffrait de ne pas être assise à côté du chevalier de Wilmont.

C'était absurde, bien sûr, mais, de tout le repas, elle n'avait pu lever les yeux sur Carolyn ou Stephen sans avoir le cœur serré. Aussi s'était-elle efforcée de les ignorer et elle y avait assez bien réussi, à mesure que le temps passait.

— La question est loin d'être réglée, intervint Edwin qui avait entendu la question de la comtesse.

Marian, qui admirait son calme et sa patience, éprouva secrètement de la joie de constater qu'il n'avait pas renoncé. Pourtant, ça devait être extrêmement dur pour lui, lui qui aimait Carolyn depuis toujours et n'avait jamais cessé de le lui faire savoir, de la voir, à présent, acceptée par la puissante famille des Wilmont.

Elle leva les yeux sous l'effet d'un regard appuyé qu'elle

sentait sur elle, et vit Stephen, qui la dévorait des yeux, approcher de leur table avec Carolyn à son bras.

Cette dernière souriait, mais ses traits figés révélaient qu'elle n'était pas du tout satisfaite.

Stephen s'inclina devant le comte et la comtesse.

— J'ai cru comprendre, messire, que vous aviez attrapé plus d'un héron à cette chasse ?

— En effet, repartit Warwick avec un petit sourire suffisant. J'ai accompli là un exploit digne d'être conté, mais je ne doute pas que votre frère veuille prendre sa revanche, demain.

— Assurément. Il faudra compter avec moi, cependant. J'ai bien l'intention de vous battre tous les deux.

— Ah ! Vous me lancez un défi ?

— Oui, messire.

Stephen se tourna vers Edwin :

— Vous m'avez vanté naguère les qualités de notre fauconnerie, messire de Tinfield. Vous joindrez-vous à nous ?

— Avec le plus grand plaisir.

Marian, qui observait Edwin, ne douta pas qu'il fût réellement enchanté de l'invitation de son rival. Elle-même aurait bien aimé être conviée à la chasse. Depuis qu'elle les avait vus, elle rêvait de voir voler les splendides faucons perchés derrière le dais.

— Parfait, reprit Stephen. Je me vois, maintenant, dans l'obligation de vous priver de la compagnie de Mme de Lacy. Voulez-vous venir, Marian ?

La jeune femme se pencha sur le côté et vit qu'Ardith, debout près du baron, l'attendait à quelques pas. Heureuse à la pensée de retrouver les jumelles, elle se leva aussitôt ; il lui fut nonobstant plus dur qu'elle ne l'aurait imaginé de quitter cette agréable compagnie.

— Merci pour cette délicieuse soirée, dit-elle au comte et à la comtesse. J'ai été enchantée de faire votre connaissance.

Le comte se leva et lui prit chaleureusement la main entre les siennes.

— Nous aussi, ma chère. Je suis désolé que vous nous quittiez déjà.

Stephen sourit.

— Je ne suis pas assez cruel pour vous priver de toute agréable compagnie, messire. Carolyn va rester avec vous pendant que j'enlève sa parente.

Marian s'écarta pour laisser passer sa cousine, qui lui chuchota au passage :

— Te rends-tu dans la tente avec les filles ?

— Oui.

— Bien… Nous parlerons plus tard.

Marian ne s'était pas trompée. Que s'était-il passé pour que Carolyn fût d'une si méchante humeur ? Des paroles malheureuses avaient-elles étaient prononcées devant elle au sujet des jumelles ? Avait-elle surpris un propos assez grave pour remettre en question son projet de mariage avec Stephen ?

Ce dernier glissa le bras sous celui de Marian, qui fut parcourue d'un frisson, et il l'entraîna vers Gerard et Ardith.

— Vous êtes très belle en bleu, murmura-t-il.

Le compliment la remplit d'une joie débordante, mais elle ne voulait pas se laisser griser. N'était-elle pas fâchée contre lui ? D'ailleurs, autant vider son sac.

— Vous n'auriez pas dû dire à votre mère que je n'avais pas de robe, répondit-elle à mi-voix.

Il approcha les lèvres de la tempe de la jeune femme qui sentit son souffle sur sa peau, comme une caresse.

— Que je lui en aie parlé vous courrouce tant que cela ?

Elle aurait dû le repousser, ne pas accepter qu'il la tînt par le bras, qu'il lui chuchotât ainsi à l'oreille... Las, elle ne pouvait pas se garder d'apprécier cette intimité.

— Ce serait normal, ne croyez-vous pas ?

— Il m'a semblé que vous passiez une bonne soirée.

— En effet. Le comte et la comtesse sont charmants, et Edwin est toujours d'une compagnie agréable.

— Dois-je en conclure que je suis de retour dans vos bonnes grâces ?

Elle avait été odieuse avec lui, la veille, après qu'il avait repoussé ses avances, et désagréable depuis leur arrivée à Wilmont. Cette attitude hostile était-elle justifiée, alors qu'il faisait sans relâche des efforts pour s'amender ?

Elle leva les yeux sur lui et repartit avec gravité :

— Je vous demande pardon, Stephen. J'ai été injuste avec vous. Mais pourrions-nous parler de tout cela plus tard ?

— Comme il vous plaira.

Ardith sourit en les voyant approcher.

— Marian, dit-elle, vous n'avez pas encore vu mon mari. Gerard, je te présente Marian de Lacy.

La jeune femme fit une révérence très respectueuse puis, se redressant, sentit sur elle le regard intense du baron. Il avait les yeux verts comme Stephen et une impression de force et d'autorité émanait de lui. Marian se représenta sans peine qu'il pouvait être très intimidant quand il le voulait.

— J'espère que votre séjour à Wilmont compensera, au moins en partie, tous les désagréments que vous avez eus en y venant, dit-il avec aménité.

Qu'avait-il appris exactement de ses mésaventures ? se demanda la jeune femme.

— Vous êtes trop aimable, messire. L'accueil à Wilmont est des plus courtois.

— Vos filles, je crois, sont en compagnie de nos enfants ?

— Oui, messire. Dame Ardith a eu la gentillesse de leur proposer de passer la soirée avec Daymon et Everart.

— Elle a bien fait, répondit Gerard avec un petit sourire.

Ardith prit Marian par le bras et l'entraîna vers l'escalier tandis que les deux frères les suivaient.

Arrivées devant la porte de la chambre des enfants, les jeunes femmes tendirent l'oreille. Seule leur parvint la voix chantante de la jeune gouvernante, qui lisait un conte.

La baronne ouvrit la porte. La jeune fille était assise au bord d'un lit, le bébé sur les genoux ; les jumelles et les deux petits garçons formaient un demi-cercle autour d'elle et l'écoutaient attentivement.

Dès qu'elles virent leur mère, Audra et Lyssa coururent se jeter dans ses bras. Il n'y eut pas de pleurs, cette fois, seulement des rires et l'expression du plus pur bonheur.

Puis, quand ce fut le tour de Gerard et de Stephen d'entrer dans la chambre, les jumelles quittèrent leur mère et se ruèrent vers ce dernier, l'une lui sautant au cou, l'autre s'accrochant à ses jambes.

Je n'ai qu'à lui dire la vérité, pensa Marian en voyant un doux sourire s'épanouir sur les lèvres de Stephen.

Elle avait la certitude qu'il n'aimerait pas moins les jumelles pour avoir ignoré pendant cinq ans qu'il était leur père. Il assurerait leur avenir certainement dix fois mieux qu'elle ne pourrait le faire. Et les filles jouiraient de son affection et de la protection d'une famille puissante.

Elles ne porteraient pas son nom, cependant, et seraient, pour tous, des bâtardes avérées, alors que jusqu'à présent Marian avait réussi à masquer cet aspect des choses. Comme à Branwick on ne savait rien des Lacy, il n'avait pas été difficile de faire croire qu'elle était la veuve d'un chevalier du même nom.

Stephen voulait épouser Carolyn. Il l'avait montré clairement encore aujourd'hui et sa famille semblait toute prête à accueillir la jeune femme dans ses rangs.

Carolyn... Sa cousine à qui elle devait tant et qu'elle avait failli trahir, la veille ! L'amour qu'elle éprouvait pour Stephen, songea encore Marian, importait peu ; elle n'avait pas le droit d'avoir des relations intimes avec celui que Carolyn envisageait d'épouser.

Stephen passa la main dans les cheveux des filles.

— Vous avez l'air fatiguées. Etes-vous prêtes à partir pour la tente ?

— Vous venez avec nous ? s'enquit Lyssa avec espoir.

Il s'accroupit pour regarder la petite fille dans les yeux.

— Vous n'avez aucune raison de craindre pour la sécurité de votre maman à Wilmont, dit-il, l'air visiblement troublé. Ce qui s'est passé hier était un accident. Ça ne se reproduira plus. Tu comprends ?

Lyssa hocha la tête.

— Mais tu serais plus rassurée si je vous accompagnais jusqu'à la tente ?

— Oui, répondirent les jumelles en chœur.

— Eh bien, je viens, dit-il en se redressant. Vous êtes prête, Marian ?

Il avait été prévu qu'elle poursuivrait sa conversation avec la baronne, mais Marian, en tournant les yeux vers elle, s'avisa qu'elle serrait Matthew dans ses bras et qu'elle paraissait fort lasse.

— Est-ce que vous voulez bien, dame Ardith, que nous remettions notre discussion à plus tard ? demanda-t-elle.

— Oui, c'est une bonne idée. Demain matin, peut-être ?

— A votre guise, ma dame. Nous vous remercions du fond du cœur pour cette merveilleuse soirée. Les filles ? Vous dites au revoir et vous venez ?

Marian et Stephen attendirent près de la porte tandis que Lyssa et Audra s'inclinaient tour à tour devant le baron, la baronne et la gouvernante.

Au moment où ils allaient s'engager dans l'escalier, il revint à l'esprit de la jeune femme qu'elle oubliait sa vieille robe et les chaussons de Carolyn.

— Attendez un instant, dit-elle à Stephen et aux filles.

Puis elle courut dans la chambre des dames, roula sa robe autour des chaussons et n'en fit qu'un ballot qu'elle tint sous son bras. La robe bleue était un peu difficile à retirer mais les jumelles pourraient l'aider à en défaire les lacets et elle la renverrait à sa propriétaire dès le lendemain.

Quand Marian revint, Stephen lorgna les vêtements qu'elle tenait sous son bras mais ne hasarda aucune réflexion. Il la précéda dans l'escalier, se retournant de temps à autre pour s'assurer qu'elle descendait sans trop de difficulté les étroites marches hautes, puis il traversa la grande salle sans prendre garde aux quelques têtes qui se tournaient vers eux.

Marian, rassurée de ce qu'on ne les regardait qu'avec distraction, suivit Stephen et les jumelles qui venaient de franchir la porte et sortaient dans la douce fraîcheur du crépuscule estival.

La haute et la basse-cour étaient tranquilles à cette heure. Il n'y avait pas à craindre de croiser des personnes qui jetteraient un regard noir sur les filles et personne ne risquait d'entendre leur conversation. Les jumelles couraient devant eux. C'était le moment idéal pour dire à Stephen ce qu'elle avait à lui dire...

— Je ne vous ai pas encore remercié d'être venu à mon secours, hier... C'est inconvenant de ma part...

— Je crois me souvenir que vous avez voulu me remercier d'une autre manière...

Marian sentit le sang lui monter aux joues.

— Il est aussi de mon devoir de vous remercier d'avoir refusé l'expression de ma gratitude.

— Croyez bien que je brûlais de vous dire oui et que j'ai un vif regret de ne pas l'avoir fait.

Ils passaient le pont-levis et la jeune femme eut l'impression que son cœur battait au rythme rapide de leurs pas sur les lourds madriers.

— J'ai eu tort de vouloir m'abandonner au désir... Nous n'avons pas le droit de nous accorder ces privautés...

— J'aurais préféré que vous me donniez une seconde chance.

Elle la lui donnerait sans hésiter s'ils étaient libres l'un et l'autre, s'il l'aimait surtout et qu'elle pût croire en un avenir pour eux deux.

— Qui essaie de tenter l'autre maintenant ? Franchement, Stephen, vous devriez vous tourner vers Carolyn pour ce genre de commerce, pas vers moi.

A peine eut-elle fait cette suggestion qu'elle se serait mordu la langue pour s'en punir. Ils étaient en vue de la tente lorsqu'il répondit :

— Vous avez raison, Marian. Je vous demande pardon. A l'avenir, je ne laisserai ma sensualité s'exprimer qu'avec celle que je désire épouser.

Marian venait tout juste de coucher les jumelles quand sa cousine entra d'un pas décidé sous la tente.

— N'as-tu aucun respect de mes sentiments ? demanda-t-elle d'un ton courroucé.

Marian fut déconcertée par cette entrée en matière et l'intensité de la colère de Carolyn. Elle avait bien compris qu'elle était énervée contre elle, mais de là à l'aborder ainsi...

En la regardant se mouvoir, elle s'aperçut qu'elle avait une démarche incertaine. Elle avait, semblait-il, un peu abusé du délicieux vin de leur hôte.

Seigneur ! pensa Marian. Quels que fussent les reproches qu'elle lui adresserait, Carolyn ne mâcherait pas ses mots.

Elle lança un regard vers les filles, parfaitement éveillées et assises sur leurs paillasses, qui la dévisageaient avec de grands yeux inquiets.

— Recouchez-vous et dormez, dit-elle avec autorité avant de sortir de la tente.

Elle marcha jusqu'à la grand torche qui éclairait le large passage entre les tentes et, faisant volte-face, attendit sa cousine. Cette dernière ne tarda pas à paraître.

— Alors, qu'est-ce qui ne va pas ? demanda Marian en croisant les bras sur la poitrine.

— Après tout ce que j'ai fait pour toi, comment peux-tu être aussi peu reconnaissante ?

— Je ne sais pas de quoi tu parles.

— Tu n'en as aucune idée ? Depuis le moment où nous avons franchi la porte de Wilmont, tu n'as rien fait d'autre qu'attirer l'attention sur toi. Tout dans ton comportement laisse à penser que c'est toi que Stephen a l'intention d'épouser et non moi.

— C'est absurde. Qui était assise à la droite de Stephen au souper ?

Carolyn écarta l'argument d'un revers de main.

— Ça ne m'a pas avancé à grand-chose. N'as-tu pas été invitée par deux fois à monter dans les appartements privés ?

— Je n'ai fait qu'y accompagner les filles.

— J'espérais que tu m'aiderais à m'habiller avant le souper. Et je me suis retrouvée avec pour seule aide une fille de cuisine qui ne savait rien de la façon dont on sert une dame de haut lignage !

— Dame Ursula m'a dit qu'elle t'avait envoyé une damoiselle pour t'assister.

— En effet, Christina, qui s'est fait un malin plaisir

de m'informer que la baronne lui avait emprunté une robe et des souliers pour que tu sois correctement vêtue. Imagines-tu ma mortification ?

— Pas vraiment. En quoi cela t'affectait-il ?

— J'ai été particulièrement blessée lorsque j'ai constaté que tu n'avais pas seulement accepté une très jolie robe, mais que tu t'étais laisse placer à la table du comte de Warwick. N'aurais-tu pu avoir la décence de t'asseoir à une table de simples chevaliers, comme il convenait à ta naissance ?

Marian fit un effort considérable pour garder son sang-froid. Elle savait que Carolyn avait l'esprit un peu confus à cause du vin et que lorsqu'elle était de mauvaise humeur, elle n'entendait que ce qu'elle voulait entendre.

— Je n'ai fait qu'obéir à la baronne, qui a beaucoup insisté pour que je m'assoie à la droite du comte. Il ne m'a pas semblé du tout vexé, d'ailleurs, qu'on plaçât à côté de lui une simple Lacy.

— Assurément. Il semblait aussi toqué de toi que tous les autres. Si j'avais dû entendre une fois de plus dame Ursula vanter ton maintien ou le baron s'informer de ta mésaventure de la veille en me posant toutes sortes de questions, je crois que je serais devenue folle !

Les cheveux de Marian se dressèrent sur sa nuque.

— Quel genre de questions ?

— Oh ! Du genre : comment se faisait-il que tu te trouvais au bord de la rivière avec tes filles et Stephen ?

— C'est tout ?

Carolyn croisa les bras à son tour.

— Gerard de Wilmont s'étonnait que les jumelles eussent obéi à Stephen, qui leur avait dit d'attendre sans bouger. Il semblerait qu'Everart, qui a trois ans, ne soit pas aussi docile. Je l'ai rassuré en lui disant que Lyssa et Audra n'étaient pas très obéissantes non plus, au même âge.

La curiosité du baron au sujet des jumelles préoccupait Marian. Ses questions étaient-elles innocentes ou cherchait-il à réunir des informations sur les filles ? Avait-il quelque soupçon sur l'identité de leur père ? Et si c'était le cas, en parlerait-il à Stephen ?

Carolyn frappa le sol du talon dans un mouvement d'humeur.

— Et dans ce contexte, reprit-elle, tu ne trouves rien de mieux à faire que de traverser la grande salle à côté de Stephen, sous les yeux du comte de Warwick qui m'interroge aussitôt au sujet des jumelles !

— Je croyais que nous étions passés presque inaperçus, répondit Marian avec découragement.

— Plusieurs vous ont vus. Ils ont remarqué aussi qu'à son retour Stephen est allé trouver Gerard et qu'il a passé la fin de la soirée à discuter avec lui au lieu de venir me retrouver. D'ailleurs, lorsque le comte a jugé qu'il était temps d'aller dormir, il m'a offert de me raccompagner à ma tente. J'espérais pourtant de tout mon cœur que dame Ardith me proposerait de dormir à l'étage !

Elle haussa les épaules et ajouta :

— Enfin, j'espère que tu as eu ta discussion avec la baronne et que tu seras plus discrète demain.

Carolyn n'avait pas lieu de s'inquiéter. Et bien qu'elle lui en voulût de son attitude, Marian lui savait gré de l'avoir informée de la situation. Elle ne retournerait pas dans le donjon. Elle n'avait déjà que trop exposé les jumelles à la curiosité et ne pouvait prendre le risque de les soumettre à d'autres investigations.

— Ne te fais pas de souci. Je n'ai aucune intention de retourner chez les Wilmont. Ni demain ni les autres jours. Tu auras Stephen et sa famille pour toi toute seule.

Carolyn, qui ne s'attendait pas à un tel renoncement de la part de sa cousine, se sentit un peu mal à l'aise.

— Dame Ardith ne devait-elle pas te donner une potion pour les maux de tête de Lyssa ?

— Elle n'en a pas eu le temps. Peut-être pourras-tu la lui demander pour moi ?

— Oui…, fit Carolyn, dubitative.

Elle resta un instant silencieuse avant de reprendre, le visage éclairé par un sourire intérieur :

— Et elle me proposera de monter dans sa chambre ?

— Pourquoi pas ? dit Marian en prenant sa cousine par le bras.

— Tu n'as vraiment aucune envie de revenir au château ?

— Si le baron fait autant de cas des jumelles, je crains que ce ne soit par superstition et s'il réagit ainsi lui-même, les réactions des autres risquent d'être pires encore. Tu sais combien certains peuvent être cruels.

— Tu te sacrifies pour protéger tes filles… Je ne peux que t'en féliciter.

« Je ne veux surtout pas qu'on puisse établir le lien, par moments si évident, entre elles et Stephen, songea Marian, et risquer ainsi qu'elles soient considérées comme des bâtardes. »

13.

Stephen traversa fièrement la grande salle, son faucon sur le poing.

— J'ai l'impression que la chasse s'est bien passée, fit Ardith.

— Oui, et grâce à toi sans doute. Je sais toute l'attention que tu accordes au dressage des oiseaux. Ils sont vraiment hors de pair. Sois sur tes gardes, cependant, car Gerard et Richard sont d'une humeur massacrante.

— Ah bon ? Et le comte ?

— Très satisfait.

Comme les autres chasseurs entraient à leur tour dans la salle, Stephen fit le tour du dais, détacha le jet de son avant-bras et invita le faucon à monter sur sa perche.

Richard, arrivé le matin même, avait pu se joindre à la chasse. Il était rare que les trois frères se retrouvent à Wilmont et partent ainsi à la chasse au faucon.

Gerard et Richard, que Stephen voyait, en ce moment, traverser la salle à grands pas décidés, formaient une paire impressionnante. Tous deux blonds comme leur père et de grande taille, ils incarnaient l'autorité et la force. Richard fit descendre son oiseau sur la perche.

— Arrête de jubiler, dit-il à Stephen.

Ce dernier réprima le sourire qui lui venait aux lèvres.

— Je n'ai rien dit à personne. J'ai seulement félicité Ardith pour le dressage de ses oiseaux.

— Tu n'as pas parlé du héron que j'ai manqué ?

— Non, pas un mot.

— Ni du lièvre que je n'ai pas vu ? demanda Gerard.

— Pas davantage.

Stephen regarda tour à tour ses frères.

— Franchement, je ne comprends pas pourquoi vous étiez tous les deux si distraits, ce matin. De quoi parliez-vous donc ensemble ?

Richard jeta un regard à Gerard, et ce dernier indiqua du menton Edwin et le comte de Warwick, qui entraient.

— Plus tard, dit-il.

Il s'agissait d'une question concernant exclusivement la famille, conclut Stephen. Peut-être avait-elle trait à leurs conversations de la veille ? En buvant, ils avaient évoqué toutes sortes de questions et, entre autres, évidemment, ils avaient parlé de Carolyn.

Après moult pots de bière, Stephen en était venu à parler de la compétition imposée par Williams de Grasse et, devant l'air horrifié de Gerard, il s'était empressé de dire qu'il n'y avait rien d'humiliant dans l'organisation de cette épreuve entre les deux rivaux, et que le père de Carolyn ne voulait que le meilleur pour sa fille...

Il avait ensuite changé de sujet et parlé de Marian et des jumelles, assez longuement — peut-être un peu trop, alors que Marian venait de lui dire d'aller au diable.

Il promena son regard autour de la salle, mais elle n'était pas là. Elle lui manquait. Il avait espéré la voir au déjeuner, or elle ne s'était pas montrée. Sans doute prendrait-elle part au dîner ?

Edwin s'approcha de Gerard en souriant.

— Je vous avoue, baron, que lorsque Stephen vantait les mérites de vos faucons, je croyais qu'il exagérait un peu. Force m'est de reconnaître qu'ils sont supérieurs à tous ceux qu'il m'a été donné de voir jusqu'alors.

— Vous savez, maintenant, pourquoi je reste l'ami du baron, dit Warwick en donnant une tape amicale sur l'épaule du chevalier. C'est pour avoir la chance de chasser avec ces étonnants oiseaux.

— Et aussi parce que je t'achète un bon prix tes chevaux, dit Gerard.

— C'est vrai, tu es un bon acheteur. Et j'oubliais de dire que tu sers à tes hôtes le meilleur vin du royaume... Un retour de chasse n'est pas réussi s'il n'est pas arrosé d'un bon vin ; surtout lorsque la chasse a été aussi fructueuse, enfin... pour certains.

Tous les hommes éclatèrent de rire comme le baron faisait signe à l'échanson d'apporter des coupes et du vin.

Stephen se dirigea alors vers Carolyn, qui n'avait pas changé de place depuis le matin. Assise à côté de dame Ursula, elle était au milieu d'un cercle de jolies jeunes femmes, pour la plupart des pucelles issues des plus nobles familles faisant office de suivantes pour dame Ardith et sa belle-mère.

Elles colportaient tous les commérages du comté, sinon du royaume, en pouffant de rire et en dévidant leur quenouille à l'aide du fuseau.

Sous l'autorité d'Ardith, elles apprenaient, en outre, l'art de gouverner une grande maison pour être, plus tard, de parfaites épouses, quand leurs pères leur auraient trouvé un mari.

Si toutes portaient de magnifiques robes et étaient d'une irréprochable courtoisie, aucune d'entre elles ne retenait l'attention de Stephen. Il avait tendance à se retirer en lui-même en les écoutant, expérience qu'il n'avait jamais faite en compagnie de Marian.

Elle n'avait pas cessé de le hanter depuis son réveil. Il revivait en pensée la scène de la veille, où elle lui avait présenté ses excuses avant de l'inviter à se tourner vers Carolyn pour assouvir ses besoins de tendresse.

Incapable d'endurer la conversation des jolies vierges dont il venait d'atteindre le cercle, il resta à sa périphérie et, s'adressant à Carolyn :

— Puis-je vous parler ? demanda-t-il.

Carolyn quitta son siège et suivit Stephen à l'écart.

— J'ai cru comprendre que la chasse avait été excellente, dit-elle. Edwin a-t-il eu autant de chance que vous ?

— Parlez-lui du cygne qu'il a attrapé. Je suis sûr qu'il sera enchanté de vous conter son exploit dans tous les détails.

La jeune femme eut un sourire attendri.

— Je m'en doute… C'est gentil de l'avoir convié. Il n'a pas souvent l'occasion de participer à d'aussi belles chasses, en si noble compagnie.

La réaction de Carolyn ne surprit pas Stephen. Il se rendait compte depuis quelque temps qu'elle éprouvait de l'affection pour son rival. Peut-être était-ce parce qu'elle ne le considérait pas comme un assez beau parti qu'elle ne le choisissait pas ?

— Marian ne s'est pas encore présentée au donjon, ce matin ? s'enquit-il.

Le sourire de Carolyn se crispa.

— Je ne pense pas qu'elle vienne. Est-ce pour me parler de ma cousine que vous m'avez appelée ?

— Je m'inquiète au sujet de Lyssa, précisa Stephen dans un souci de diplomatie. Est-elle de nouveau malade ?

L'expression de Carolyn s'adoucit.

— Non, pas du tout. Elle allait très bien, ce matin.

Elle hésita avant d'ajouter :

— Marian a certaines raisons de rester sous la tente aujourd'hui.

— Telles que ?

Carolyn jeta un regard autour d'elle comme si elle craignait d'être entendue.

— Si vous tenez à le savoir, elle s'inquiète de la réaction des uns et des autres devant les jumelles. Même à Branwick, tout le monde ne les accepte pas. Alors ici, où elles sont inconnues, Marian craint que si elles se montrent trop, elles ne finissent par susciter des réactions d'animosité.

Stephen serra les poings. Il n'avait pas oublié cette femme qui s'était signée au passage des jumelles, dans la basse-cour de Branwick ! Si l'un des convives de son frère se permettait ce genre d'attitude en sa présence, il le corrigerait sur-le-champ !

— Quelqu'un s'est-il déjà permis une remarque à l'encontre des petites ?

— Non ! Marian tient seulement à ne pas forcer le destin. Elle serait confuse si un incident avait lieu qui gâcherait votre réunion familiale.

— Elle ne serait en rien responsable si un ignorant venait à l'insulter, elle ou ses enfants ! J'espère que ça n'arrivera pas à l'occasion du baptême, car je serai intraitable.

— Marian n'a pas l'intention d'assister à la cérémonie.

— Comment ? fit Stephen, interloqué. Il ne me semble pas qu'il soit dans ses habitudes de protéger ses filles à l'excès. Pourquoi les cacherait-elle comme si elle en avait honte ? C'est folie qu'elle reste à l'écart des festivités après avoir fait un aussi long voyage. J'espère l'en convaincre.

Carolyn eut une moue d'impatience.

— Croyez-vous que ce soit prudent ? Je ne voudrais pas, quant à moi, que les filles ou Marian aient à subir des remarques désagréables. Vous ne devriez pas prendre cette question aussi à cœur. Marian n'a jamais eu l'intention de s'imposer à votre famille. C'est pour cela, d'ailleurs, qu'elle n'a emporté aucune robe de rechange convenable. Souvenez-vous qu'elle ne nous a accompagnés que pour demander l'avis de votre belle-sœur au sujet des maux de tête de Lyssa. En tout cas, étant donné sa tenue, vous la mettriez dans l'embarras en exigeant qu'elle participât aux cérémonies du baptême.

— Elle portait une très belle robe, hier soir.

— Je l'ai rendue à sa propriétaire, ce matin. Vraiment, Stephen, il vaudrait mieux que vous vous préoccupiez moins de Marian et de ses filles.

Sans laisser le temps à Stephen de lui répondre, Carolyn tourna les talons et alla reprendre sa place près de dame Ursula.

Stephen rejoignit ses frères. Il prit sa coupe et se désaltéra mais n'entra pas dans la conversation. Il était trop préoccupé par ce que lui avait dit Carolyn pour s'intéresser à rien d'autre.

Tout cela était anormal…

Marian avait tort de cacher les jumelles comme s'il s'était agi de lépreuses. Elle n'avait aucune raison de ne pas assister au baptême. Sa tenue importait peu. Ce qui comptait, c'était qu'on pût lui rendre hommage pour les admirables broderies que Stephen allait offrir…

Il était hors de question qu'il laissât Marian s'exclure ainsi de la vie de Wilmont.

Assis près de l'âtre dans la chambre de Gerard en compagnie de ses deux frères, Stephen pensait à la dernière fois où il avait été ainsi convoqué par le baron pour un entretien. Il espérait, à l'issue de la réunion, ne pas être envoyé en mission au loin, comme précédemment, quand il avait dû partir pour Westminster. Il avait trop à faire ici pour l'heure.

— Alors, mon cher frère ? dit-il en se calant contre le dossier de son siège. Vous vouliez me parler ?

Gerard posa sur Stephen son regard vert, qui pouvait être glacial et impérieux, par moments.

— Tu m'as fait une confidence hier, que j'ai rapportée, du reste, aussitôt, à Richard, selon quoi William de Grasse t'a mis en compétition avec le chevalier de Tinfield. Ni Richard ni moi-même n'apprécions beaucoup ce procédé. Il est proprement insultant.

— Je comprends qu'il puisse vous paraître tel, mais William ne nous l'a pas imposé avec le dessein de nous humilier. De longue date, le choix du père de Carolyn s'est arrêté sur Tinfield. La compétition n'a été organisée que pour me permettre, éventuellement, d'épouser sa fille, s'il s'avère que je suis capable d'administrer un domaine comme Branwick. On pourrait donc considérer qu'elle a été instaurée à mon avantage.

— Ai-je mal compris ou ne m'as-tu pas dit que Carolyn avait l'intention de gérer elle-même ses biens après la mort de son père ?

— C'est exact.

— Alors pourquoi s'assurer de tes compétences ?

— En fait, je crois que William de Grasse évalue celles de sa fille plus que les miennes ou celles d'Edwin.

Stephen exposa à ses frères les problèmes de santé de William, son incapacité à se déplacer et, donc, à inspecter ses terres.

— Carolyn a été ainsi conduite à établir une liste des réparations les plus urgentes, poursuivit-il. C'est un moyen pour son père de vérifier si elle est capable d'assurer le bon fonctionnement de son domaine.

— Etrange procédé, marmonna Gerard.

— Peut-être, répondit Stephen en se levant.

Il marcha jusqu'à une meurtrière par laquelle il voyait, en contrebas, la basse-cour, le mur d'enceinte et, au-delà, le sommet des tentes réunies dans la prairie. Sous l'une d'entre elles se trouvaient Marian et ses filles...

— Edwin a l'avantage sur moi de connaître William de Grasse depuis toujours, reprit Stephen. Leurs domaines sont voisins. Le père de Carolyn n'a aucun doute sur son aptitude ; moi, il ne me connaît pas. Je le répète, il me semble, en vérité, qu'il ne veut que le bien de sa fille.

— Et tu as, bien sûr, l'intention de remporter la compétition, déclara Richard.

Stephen se tourna.

— Ne m'en croyez-vous pas capable ?

— Si, repartit Gerard. L'étude que tu as menée, il y a plusieurs années, sur tes propres terres l'atteste. Tes tenanciers entretiennent d'ailleurs très bien leurs bâtiments et leurs terres cultivées ont un excellent rendement. Ce n'est pas toi qui es en question, mais elle. Mérite-t-elle tous ces efforts ?

— Oui… Elle est belle, sensuelle… Un peu trop arrêtée dans ses opinions, certes, et d'un caractère légèrement irascible, mais si elle n'est pas la plus aimable des jeunes femmes, elle n'en est pas pour autant une garce. Franchement, je crois que nous avons l'un et l'autre tout intérêt à nous marier.

— Un mariage de convention, observa Gerard avec une pointe de mépris.

Stephen savait très bien à quelle leçon de morale il s'exposait s'il ne prenait pas tout de suite l'offensive.

— C'est précisément ce que je désire. Vous vous êtes tous les deux mariés par amour, tant mieux pour vous. J'ai d'autres raisons de choisir Carolyn pour épouse. Renonce, Gerard. Tes discours ne me feront pas changer d'avis.

Le baron se tourna vers Richard dans l'espoir d'obtenir un soutien mais ce dernier haussa les épaules.

— Il semble avoir déjà pris sa décision.

Gerard laissa échapper un soupir d'exaspération plus que de résignation.

— Imaginons que tu remportes cette compétition. Tu épouseras Carolyn, mais que fera Edwin ? Cherchera-t-il à t'en empêcher ? Te fera-t-il du tort ?

— Je ne le crois pas. C'est un homme très honnête.

Richard se leva et s'étira, déployant dans l'espace de

la chambre la puissance impressionnante de sa haute stature.

— Tu sais, Gerard, avec la moitié de la noblesse d'Angleterre réunie à Wilmont, nous pourrions peut-être obtenir de Lucinda et d'Ardith qu'elles trouvent une femme pour le chevalier de Tinfield ? J'ai parlé un peu avec lui aujourd'hui et j'en retire la même impression que Stephen ; c'est assurément un homme droit et loyal. Si nos épouses dénichaient dans cette nombreuse assistance une charmante femme qui lui fît tourner la tête, il n'y aurait plus aucun obstacle au mariage de Stephen avec Carolyn de Grasse.

Gerard allongea ses longues jambes devant lui.

— Ce n'est pas une mauvaise idée. Et l'élue de son cœur ne sera peut-être pas difficile à trouver. Autant que j'ai pu l'observer, hier, au souper, il était absolument captivé par sa ravissante voisine.

— Pas du tout ! s'écria Stephen qui aurait voulu, aussitôt, reprendre les mots qu'il venait de prononcer.

Ses deux frères le fixèrent, une lueur à la fois ironique et affectueuse dans le regard.

— Marian et Edwin sont en termes amicaux, rien de plus.

— C'est dommage, repartit Gerard. D'après ce que tu m'as dit hier soir, Marian de Lacy ne vit pas dans des conditions qui conviennent à son rang. Il serait souhaitable qu'elle se remarie.

Comme s'il n'avait pas entendu la dernière phrase de son frère, Stephen répondit :

— Je lui ai dit plusieurs fois qu'elle devrait aller vivre chez son oncle, mais elle préfère sa chaumière toute simple.

— C'est regrettable pour ses deux jolies petites filles. Quel dommage de les voir dans leurs bliauts de drap grossier et pieds nus dans leurs sandales alors qu'elles pourraient porter des robes en brocarts richement brodés et des souliers de qualité ! Leur mère devrait se remarier, au moins pour leur bien.

— Elle ne le veut pas. Je sais qu'elle a déjà refusé plusieurs propositions. Mais j'ai cru comprendre que William de Grasse, le moment venu, doterait ses petites nièces pour qu'elles fassent de bons mariages.

« Mon Dieu ! pensa Stephen. Comment puis-je parler du mariage de petites filles qui n'ont pas encore cinq ans ? » Elles avaient encore presque toute leur enfance devant elles. Combien de jeux, de leçons à apprendre — de grenouilles à pourchasser ! — avant qu'elles ne commencent à remarquer les garçons !

Un sourire malicieux éclaira le visage de Gerard.

— Peut-être Marian de Lacy n'a-t-elle pas encore trouvé le mari qui lui convenait. Elle est d'une rare beauté et très enjouée, m'a dit Charles de Warwick. Il n'est pas le seul, d'ailleurs, à l'avoir noté.

— Ah bon ? De qui veux-tu parler ?

— Robert de Portières et Geoffroy de Montgomery. Ils se sont tous deux enquis d'elle, ce matin.

Tous deux célibataires, fortunés, de bonne noblesse et amateurs de jolies femmes. Stephen savait qu'en amenant Marian à Wilmont pour une grande fête, il l'exposerait à la convoitise de toutes sortes d'hommes. Pourquoi avait-il demandé à sa mère qu'elle lui trouvât une belle robe ? N'avait-il pas voulu qu'elle fût remarquée, admirée, désirée ?

Il avait eu envie, en tout cas, lui-même, de la voir

élégamment mise. Et s'il l'avait fait venir à Wilmont, c'était autant dans l'intérêt de Lyssa que pour l'avoir à son côté, disponible, livrée aux caprices de sa sensualité, car il la désirait avec une force si singulière qu'il avait perdu tout intérêt pour les autres femmes.

Il ne savait pas précisément quand ses sentiments pour Marian s'étaient ravivés. Sans doute avaient-ils connu une progression régulière, au fil des jours, depuis qu'il l'avait revue à Westminster, mais ils avaient incontestablement atteint un paroxysme, hier soir, pendant le souper.

Cela, cependant, ne changeait rien à sa décision. Il était indigne d'un mariage fondé sur l'amour. Il ne serait jamais à la hauteur de la confiance que lui accorderait Marian en devenant sa femme. Ne l'avait-il pas, d'ailleurs, déjà profondément blessée ? Qu'il le voulût ou non, il la décevrait de nouveau. Alors que Carolyn, plus dure, indifférente, moins sentimentale, conviendrait mieux à son caractère.

Sa réflexion était vaine, de toute façon, car Marian ne voulait plus de lui. Elle le lui avait fait clairement comprendre, la veille. Que n'aurait-il donné pour revenir au bord de la rivière, quand elle l'avait supplié de la prendre…

— Stephen ?

— Oui, Gerard ?

— Ne crois-tu pas que je devrais informer Hugo de Lacy de l'intérêt que Robert de Portières et Geoffroy de Montgomery portent à sa fille ?

De quoi se mêlait-il ? La situation était complexe et ne pouvait être résolue aussi simplement. Marian était fâchée avec ses parents.

— Depuis quand t'es-tu découvert une vocation de marieur ?

— Pourquoi ne pas rechercher le bonheur des uns et des autres ? Et pourquoi serait-il malséant que Robert et Geoffroy se mettent en relation avec Hugo de Lacy ?

— J'ai cru comprendre que Marian était dans les plus mauvais termes avec son père. Je crains donc qu'il n'ait pas à cœur de servir ses intérêts.

— N'as-tu aucune idée de ce qui les sépare ?

— Je sais seulement que la brouille remonte à plusieurs années.

— Il vaudrait peut-être mieux, dans ce cas, dit Gerard, que je parle avec Marian après la cérémonie du baptême...

Le cœur de Stephen se serra.

— Elle n'a pas l'intention d'y participer, m'a-t-on dit.

— Pourquoi, grand Dieu ?

— Je n'en sais rien...

Plus il pensait aux arguments invoqués par Carolyn, plus ils lui semblaient sans fondement.

— Mais j'ai l'intention de lui parler et de la convaincre de venir, conclut-il.

— Si tes arguments échouent, dit Gerard avec douceur, dis-lui de venir au moins pour moi et, surtout, pour Ardith. Elle éprouve une grande sympathie pour elle et trouve les jumelles charmantes. Elle serait très déçue de ne pas les voir à la cérémonie.

Stephen laissa de nouveau son regard errer sur la prairie et les tentes. Le moment était venu d'en savoir davantage sur les circonstances dans lesquelles Marian s'était fâchée avec son père. Elle n'avait jamais voulu répondre à ses questions ni reconnaître que la rupture était liée à ce qui s'était passé entre eux six ans plus tôt. Peut-être arriverait-il à le lui faire avouer ?

— Je vais parler avec elle. Sur-le-champ, même, si vous n'avez plus besoin de moi.

Il se dirigea vers la porte, où il s'arrêta soudain.

— J'allais oublier... Est-ce que vous voulez bien que je prie Daymon et Philip de m'accompagner ? J'ai promis aux filles une partie de chasse aux grenouilles, et je me disais que cela pourrait plaire aux garçons...

Gerard se tourna vers Richard :

— As-tu une objection ?

— Non, aucune, du moment que Philip est de retour à l'heure du souper.

— Ne t'inquiète pas pour ça, dit Stephen en fermant la porte derrière lui.

A peine se fut-il retiré que Gerard tendait la paume de sa main à son frère.

— Donne-moi mon argent !

Richard sortit une pièce d'or de sa bourse et la déposa dans la main de Gerard.

— Sur un point, d'accord, reconnut-il : Stephen est amoureux de Marian de Lacy. Mais sur l'autre... Je n'arrive pas à le croire.

— Crois-tu ? Attends de voir Stephen avec les deux petites filles sur les genoux et dis-moi si je me trompe.

14.

— Salut à vous tous sous la tente !

Marian sursauta en entendant la jeune voix prononcer ces mots.

— On dirait Daymon, fit Lyssa en courant soulever le rabat.

Deux jeunes garçons se tenaient à l'entrée de la tente, dont l'un, en effet, était Daymon. Stephen, derrière eux, avait une grande poche de cuir à la main et semblait perturbé.

— Pouvons-nous entrer ? s'enquit-il.

Marian aurait préféré qu'il restât à l'extérieur, mais il était évident qu'il n'était pas venu ici avec les deux petits garçons sans raison.

Elle recula d'un pas et les laissa entrer.

— Voici Philip, déclara Daymon en désignant son compagnon. Oncle Stephen nous a dit que vous aviez envie d'aller à la chasse aux grenouilles. Nous pouvons vous emmener le long d'un petit cours d'eau où l'on en trouve plein. Vous venez avec nous ?

A l'expression d'Audra et de Lyssa, Marian comprit qu'elles étaient effrayées à l'idée de prendre part à une autre chasse aux grenouilles, mais qu'elles en avaient, en même temps, très envie. Elles avaient passé toute la matinée sous la tente et il ne fallait pas qu'elles restent sur le mauvais souvenir de l'autre jour...

Audra leva les yeux vers Stephen :

— Est-ce qu'il y a des serpents au bord de l'eau ?

Philip ouvrit de grands yeux.

— Tu aimes les serpents ?

— Non, Audra ne les aime pas, intervint Stephen en ébouriffant les cheveux bruns du petit garçon.

Il regarda les jumelles tour à tour en reprenant :

— Ne vous inquiétez pas. Le cours d'eau n'est pas profond. Au pire, vous aurez de l'eau jusqu'aux genoux.

— Est-ce que vous venez avec nous ? demanda Lyssa en l'implorant du regard, de même qu'Audra.

Les jumelles continuaient de voir en Stephen quelqu'un sur qui elles pouvaient compter si les choses tournaient mal.

— Je ne puis imaginer un instant que vous partiez à la chasse aux grenouilles sans moi, répondit-il avec sérieux.

Puis, en souriant, il reprit :

— Nous demanderons même à votre maman de nous accompagner si elle a le courage d'affronter les batraciens.

Marian avait envie de venir même si elle redoutait de se trouver derechef près de Stephen, les pieds dans l'eau, les jupes relevées...

— Montrez-nous le chemin, dit-elle en guise de réponse.

Profitant de ce que les enfants se ruaient déjà dehors, Stephen donna la poche de cuir à la jeune femme.

— Elles sont à vous, dit-il avec fermeté avant de sortir à son tour.

Marian ouvrit la poche et en sortit la robe bleue qu'elle avait portée la veille et une autre, ambre, très jolie. Au fond du sac se trouvaient deux paires de bottes presque neuves.

Elle ne pouvait pas accepter... Enfin... Elle avait grand besoin de souliers. Elle retira donc les chaussons de Carolyn et enfila l'une des paires de bottes. Après la chasse aux grenouilles, elle rendrait à Stephen les robes, dont elle n'aurait aucun usage.

Daymon et Philip marchaient en tête, à grandes enjambées, suivis des jumelles qui pressaient le pas pour ne pas se laisser distancer. Un peu en arrière, Stephen et Marian observaient les tentes dressées dans la matinée. Le nombre des convives ne cessait de grandir et avec eux celui des oriflammes et des bannières. C'était, dans la clarté du matin, un chatoiement de couleurs vives flottant au vent.

Marian eut un serrement de cœur en voyant disparaître les enfants dans les bois qui bordaient la prairie.

— Les garçons connaissent le chemin ?

— Oui, Daymon connaît les parages aussi bien que moi. Quant à Philip, il les découvre.

— Ils ont l'air de bien s'entendre.

— En effet...

Toute la famille était réunie à Wilmont. Ils baptisaient, le lendemain, dans la chapelle du château, le dernier-né de la lignée des barons normands. Les circonstances étaient parfaites. La plus haute noblesse s'était déplacée pour assister à la cérémonie et, pourtant, Stephen n'était pas heureux. Elle lisait dans son regard qu'il était préoccupé.

Mais en quoi cela la concernait-elle ?

Un peu tout de même, car elle avait de la sympathie pour les Wilmont. Elle tenait Ardith pour l'une des personnes les plus gentilles qu'elle eût eu la chance de rencontrer et dame Ursula, en dépit de son abord rigide et de ses manières un peu brusques, savait se montrer très serviable et avait un très joli sourire.

Même le baron, qui était, lui aussi, un peu raide, semblait un homme aimant et juste. Les enfants étaient beaux, gais et chaleureux. Quant à Richard et Lucinda, elle les soupçonnait d'avoir le cœur sur la main.

Las, l'attachement qu'elle éprouvait déjà pour la famille de Stephen importait peu puisque c'était Carolyn qu'il allait épouser et non elle.

Le sentier serpentait à travers les bois jusqu'au lit d'un ruisseau dont les eaux murmuraient entre les rochers. Les enfants, qui venaient de l'atteindre, avaient déjà retiré leurs souliers et marchaient dans l'eau.

Stephen dirigea Marian vers un gros rocher en surplomb que l'écume n'atteignait pas et l'y fit asseoir. Il resta près d'elle, surveillant les enfants d'un œil vigilant alors qu'ils couraient le long de la berge, sautant dans chaque flaque d'eau pour en chasser les grenouilles qui fuyaient devant eux dans les hautes herbes ou se réfugiaient sous une pierre.

— Carolyn m'a dit que vous étiez restée sous la tente, ce matin, parce que vous craigniez que la présence des jumelles dans la grande salle ne causât des problèmes, dit-il après quelques instants. Vous n'avez aucune raison de vous faire du souci à ce sujet. Personne ne se permettrait une remarque à leur endroit, surtout en présence de Gerard et, a fortiori, d'Ardith qui, comme vous le savez, a un frère jumeau. Celui qui commettrait ce genre d'impolitesse se verrait raccompagner à la porte sans ménagement par le baron en personne.

Marian fut aussitôt sur la défensive.

— Le baron et la baronne se sont montrés très tolérants à notre égard. Je leur en sais gré, mais je ne veux pas abuser de leur hospitalité et encore moins être à l'origine d'un incident.

— Mon frère et ma belle-sœur sont ravis de vous accueillir. N'oubliez pas, d'ailleurs, que je vous ai invitée à venir à Wilmont, ce qui fait de vous un hôte à part entière. Sachez en tout cas que Gerard et Ardith comptent sur votre présence à la cérémonie et qu'il n'y a aucune raison valable pour que vous vous absteniez d'y venir. Certainement pas, en tout cas, à cause de votre tenue ni de celles de vos filles. Au moment où je vous parle, du reste, les couturières d'Ardith confectionnent des robes pour elles.

La belle-sœur de Stephen se représentait-elle les jumelles dans des robes de soie, leurs nattes attachées par des rubans ?

Il suffirait d'un convive qui remarquât les liens d'affection entre Stephen et les filles, et leur ressemblance, pour que l'attention de toute l'assemblée fût aussitôt en éveil. Le risque était trop grand.

— Et puis, poursuivit Stephen sur un ton un peu bourru, ce serait une bonne occasion de rencontrer vos prétendants. Robert de Portieres et Geoffroy de Montgomery ont posé toutes sortes de questions à votre sujet, hier soir. Gerard m'a même demandé s'il devait avertir votre père de l'intérêt qu'ils vous manifestent ?

Marian, à la fois bouleversée et furieuse, se leva d'un bond.

— Que lui avez-vous répondu ?

Il plissa les paupières.

— Je lui ai dit que vous n'étiez pas en bons termes avec votre père et qu'il ne vous voulait peut-être pas que du bien, mais je n'ai pas pu lui expliquer la raison de ce fossé qui s'était creusé entre vous puisque vous avez toujours refusé de me la confier. Il est temps de dire la vérité, Marian, ou la prochaine cérémonie à laquelle vous assisterez pourrait être celle de votre mariage avec un homme qui ne serait pas de votre choix.

Aucun ne le serait sinon toi, pensa la jeune femme…

— Dites à votre frère de ne plus s'intéresser à mon sort. Ma vie privée ne le regarde pas.

— Peut-être, mais elle me regarde, moi. N'essayez pas plus longtemps de me cacher que votre vie a basculé à la suite de notre rencontre. Dites-moi exactement ce qui s'est passé avec votre père.

Marian ferma les yeux, luttant contre les larmes qui s'y pressaient déjà. Elle avait assez pleuré sur cette vieille blessure ! Son visage avait ruisselé tout au long de la route de Murwaithe à Branwick. Et combien de nuits, depuis qu'elle vivait aux dépens de son oncle, avait-elle sangloté, à l'insu de ses filles, en pensant à Stephen qui ne les connaîtrait jamais ?

— Je l'ai défié, répondit-elle enfin. Il a été profondément blessé par ce que j'ai fait. Jamais il ne me le pardonnera.

Stephen posa tendrement les mains sur les épaules de la jeune femme pour l'inciter à se confier.

— Regardez Audra et Lyssa. Pourraient-elles commettre un crime assez grand pour que vous cessiez de les aimer ?

Les jumelles riaient aux éclats en regardant Philip taquiner une grenouille avec un bâton pour la faire sauter. Chaque fois que l'animal faisait un bond, elles gloussaient. C'était le plus grand bonheur de Marian de les voir heureuses.

Il n'était pas aisé de les éduquer toute seule. Elle avait connu des moments de désespoir lorsqu'il lui semblait qu'elle n'arriverait jamais à leur inculquer les principes qu'elle avait reçus elle-même de ses parents, ni à leur apprendre les bons usages. Parfois, cédant au découragement, elle s'était dit qu'elle devrait les abandonner, mais cette humeur n'était que passagère. Jamais elle n'aurait pu se séparer d'elles. Elles étaient la chair de sa chair. Rien ne pouvait entamer l'amour qu'elle éprouvait pour elles.

— Il se peut, en effet, que mon père ait encore un peu d'amour pour moi, repartit-elle, comprenant le point de vue de Stephen. Je l'espère du moins, mais ce que je lui ai fait est impardonnable.

— Je pensais la même chose en ce qui concerne ma mère, or il me semble qu'elle a réussi à me pardonner d'exister.

Emue par ce qu'il venait de dire, elle posa la main sur la sienne.

— Allons, Stephen. Comment une mère pourrait-elle détester son enfant simplement pour l'avoir mis au monde ?

— Lorsqu'elle déteste le père de cet enfant parce qu'il l'a mise enceinte sans son consentement. Ma mère avait interdit son lit à mon père après qu'il eut ramené Richard à Wilmont et qu'il l'eut reconnu comme son fils légitime. Mon père accepta cette restriction quelque temps puis, ma mère se refusant de lever la punition, il finit par s'impatienter et fit retirer le verrou de la porte de sa chambre, où il reprit ses visites nocturnes. Pour ma mère, j'étais l'enfant qui n'aurait jamais dû naître.

Il eut un rire un peu grinçant.

— Richard, quant à lui, mérite déjà le paradis car il a vraiment connu l'enfer à Wilmont. Ma mère lui rappelait en toute occasion qu'il n'était qu'un bâtard de la plus vilaine espèce. Quant à moi, elle m'ignorait ; c'était un peu, et même beaucoup, comme si je n'existais pas.

Marian le considérait avec ses grands yeux gris voilés de larmes. Elle ne pouvait croire ce qu'elle venait d'entendre et se réjouissait intérieurement que ses filles échappent à ce genre de traitement. Elles étaient pauvres, certes ; du moins étaient-elles aimées. Elle comprenait, toutefois, la réaction de la mère de Stephen, sans pour autant concevoir un tel rejet d'un enfant innocent qu'on a porté dans son sein pendant neuf mois et qui n'est autre que le frère cadet d'un aîné que l'on chérit.

— J'imagine que votre mère a été horrifiée lorsque votre père lui a imposé Richard. Avoir en permanence sous les yeux la preuve vivante de l'infidélité de son mari doit être odieux.

— Oui… C'était insupportable pour elle.

— Que s'est-il passé qui l'ait radoucie ainsi ?

— Plusieurs mois après la mort de mon père, ma mère a pris la décision de débarrasser Wilmont de tous les bâtards, aussi bien Richard que Daymon. Gerard, bien sûr, ne l'a pas toléré. Il a conduit notre mère à l'abbaye de Romsey, lui interdisant de revenir à Wilmont tant qu'elle n'aurait pas compris que les enfants n'étaient pas responsables des circonstances dans lesquelles ils avaient été conçus et que seuls leurs pères l'étaient.

Leurs mères aussi ! pensa Marian. Elle était aussi responsable de la naissance d'Audra et de Lyssa que Stephen. Seigneur ! Elle avait été plus que consentante, couchée dans le foin de la grange de Murwaithe. Elle était alors trop entichée de Stephen pour penser à quoi que ce fût. Seul le désir, la passion la guidaient.

— Votre mère n'éprouve-t-elle plus de ressentiment contre Richard ?

— Non. Quand bien même en aurait-elle, Gerard l'a priée de tenir sa langue ; dans l'intérêt de Daymon, avant tout.

— Et contre vous ? demanda Marian en serrant la main de Stephen dans la sienne.

— Ç'a été long, mais, aujourd'hui, nous pouvons nous parler sans nous quereller. Si je doute que nous ayons un jour de la tendresse l'un pour l'autre, nous avons atteint une certaine harmonie dans nos relations. Ne pourriez-vous, à notre exemple, trouver un moyen de vous réconcilier avec votre père ?

Il n'y en avait qu'un : désigner le père des jumelles. Elle avait longuement tergiversé à ce sujet et n'était jamais arrivée à prendre aucun parti…

— Mon père attend une confession de ma part, et je suis incapable de la lui faire. Jusqu'au jour des aveux, il ne me pardonnera pas. Il n'y a aucun espoir d'entente entre nous.

— Qu'avez-vous à confesser de si lourd ?

Le cœur de la jeune femme se mit à lui battre. Elle fit non de la tête.

— Marian ?...

— Regardez ! Les enfants s'éloignent un peu trop. Il faut les rappeler.

Elle se redressait pour descendre du rocher, mais Stephen la retint tandis qu'il sifflait brièvement deux fois, comme il l'aurait fait avec ses chiens.

Les deux jeunes garçons se retournèrent.

— Reviens par ici, Daymon ! cria Stephen.

— Mais les grenouilles...

— Pas de discussion !

Les enfants obéirent sans plus attendre et commencèrent de remonter le cours d'eau, les deux garçons en tête, suivis des filles.

— Lâchez-moi, Stephen.

Il eut un long soupir.

— Non, Marian. Je ne vous laisserai pas seule une seconde fois ; je vous le jure.

— Il n'y a rien à avouer... Rien qui vous préoccupe...

La voix de la jeune femme s'étrangla tandis que les larmes roulaient sur ses joues.

Stephen la serra dans ses bras et elle se laissa aller contre lui. Elle s'accrochait à son bliaut comme elle s'était retenue à la branche dans la rivière, pour ne pas se laisser emporter par le flot de ses émotions.

Elle luttait comme elle avait toujours lutté, mais elle était fatiguée. Mon Dieu, qu'elle était lasse de se battre seule, de n'avoir pas une épaule solide où appuyer la tête !

— Aucune situation n'est irrémédiable, reprit Stephen d'une voix douce en caressant la nuque de Marian. Dis-moi cette vérité qui te pèse. Peut-être pourrai-je t'aider ?

Que ne l'avait-il aimée, au moins un peu, il y a six ans ! S'il l'avait quittée avec quelques mots tendres, s'il lui avait envoyé un message pour lui confier qu'il la gardait dans son cœur... Alors, elle lui aurait peut-être avoué qu'elle était enceinte de lui ? Mais il n'avait rien dit, rien fait, et elle était si jeune et si fière...

Qu'était devenue cette fierté, à présent ? Elle était entre les bras de Stephen et ne voulait pas en sortir. Oserait-elle lui dire ce qu'il ignorait ? Il n'était pas amoureux d'elle, certes, mais il avait de l'affection pour les filles. Il ne leur ferait pas de mal, elle en était certaine.

Il lui prit le visage entre les mains et le souleva un peu pour la regarder dans les yeux.

— Dis-moi la vérité, répéta-t-il dans un murmure, mais avec fermeté.

La douceur mêlée de tristesse qu'elle lut dans son regard acheva de vaincre la résistance de Marian.

Comment annonçait-on à un homme qu'il était père de deux petites filles, plus de cinq ans après leur naissance ? Fallait-il le préparer à entendre une telle vérité ou pouvait-on la lui révéler sans préambule ? Comment réagirait-il ? Que penserait-il ?

— Plusieurs mois après ton départ... alors que je ne pouvais plus le cacher à personne...

Elle ferma les yeux pour chercher les mots qui convenaient et des larmes roulèrent le long de son visage.

Stephen déposa un baiser sur son front avec une infinie douceur.

— Continue...

— On me pressait de questions, mais j'ai refusé de dire qui m'avait mise dans cet état...

Voyant qu'il ne comprenait toujours pas, elle ajouta :

— Je n'ai pas voulu dire le nom de celui qui m'avait mise enceinte.

Stephen fronça les sourcils.

— Il s'agissait de ton mari ?...

— Je ne me suis jamais mariée.

— Mais alors...

Elle le sentit se raidir alors que le sang refluait de son visage et qu'il portait son regard sur Audra et Lyssa. Marian s'agrippa à son bliaut et implora le ciel comme elle ne l'avait jamais fait. Plût à Dieu qu'elle n'eût pas commis une erreur de plus !

— Ce sont mes filles, dit-il dans un souffle. Mes petites filles...

Marian, incapable de prononcer un mot, hocha la tête.

— Je suis leur père, reprit-il en regardant la jeune femme, cette fois.

— Oui.

Bouleversé, Stephen oscillait entre la joie et la colère.

Marian lui avait menti... Elle lui avait fait croire que les jumelles étaient d'un autre...

Laura et Lyssa... Ses filles... Ses propres enfants !

Pourquoi ne le lui avait-elle pas fait savoir ? Pourquoi ne l'avait-elle pas fait chercher ?

Il était parti, bien sûr, sans même un au revoir, mais il ne l'avait pas voulu. A son retour à Wilmont, il s'était inquiété à ce sujet ; ne voyant pas le père de Marian se manifester pour exiger qu'il épousât sa fille, il en avait tiré la conclusion qu'elle n'attendait pas d'enfant.

Or, au même moment, Marian se savait enceinte de lui et commençait à souffrir dans le silence, et une solitude de plus en plus grande. Elle avait accouché loin de sa famille et à l'insu de celui qui l'avait mise dans cet état...

Doux Jésus, je suis père !

Que faire, à présent ? Annoncer la bonne nouvelle à tous ? Il était prêt à monter en haut de la tour de guet pour crier à qui voulait l'entendre qu'il était le père des jumelles !

Mais n'était-ce pas un peu prématuré ? Ne fallait-il pas d'abord qu'il se calmât, qu'il retrouvât la pleine maîtrise de ses esprits ? Et il avait bien des questions à poser à Marian !

Il était autant ému et heureux de ce qu'elle venait de lui apprendre qu'il était furieux contre elle qu'elle le lui eût caché aussi longtemps. Il était particulièrement en rage à la pensée que s'il ne l'avait pas provoquée, elle aurait peut-être emporté son secret dans la tombe.

Et il aurait vécu dans l'ignorance de l'existence de ses deux adorables petites filles ! C'était insupportable !

Il regarda de nouveau les jumelles. Elles observaient avec attention une flaque d'eau, ignorant totalement que la terre avait tremblé sous leurs pieds et que quelques arpents de paradis venaient de surgir.

Quel genre de père serait-il ? Il était un peu effrayé par les responsabilités qui allaient, soudain, lui incomber. Marian et les filles dépendaient de lui, désormais...

Hélas ! Arriverait-il à être un père respectable, un mari fiable ?

Il plongea le regard dans les grands et beaux yeux gris de la jeune femme et n'y lut que doute et appréhension. Il fallait la tranquilliser ; la rassurer sur ses intentions ; lui faire clairement comprendre, surtout, qu'il ne la laisserait pas tomber comme la dernière fois. Mais avant de prendre toute décision, il devait s'assurer qu'il savait encore où étaient les quatre points cardinaux...

— J'ai l'impression que vous êtes perdu, dit Marian, revenant instinctivement au vouvoiement dès qu'elle sentait qu'une distance se creusait entre eux. Je me doute que c'est une surprise pour vous...

— Marian ! Comment peux-tu appeler ça une surprise ? Le ciel me serait tombé sur la tête que je n'en serais pas plus ébranlé. Jamais je n'aurais imaginé une chose pareille. J'étais convaincu de recevoir des nouvelles si je t'avais mise enceinte. Les mois passant, cette idée m'a abandonné complètement et lorsque je t'ai revue à Branwick, il ne m'est pas venu un instant à l'esprit que les jumelles puissent être mes filles. Mais pourquoi ne m'as-tu pas prévenu ? Je serais venu sur-le-champ !

— A l'époque je n'étais même pas certaine que tu aies gardé le souvenir de mon nom !

Il resta un moment silencieux. Il était injuste d'en vouloir à Marian. Il savait n'avoir pas toujours eu un comportement digne d'éloge. Il n'aurait eu aucune peine à trouver plusieurs bonnes raisons justifiant l'attitude de la jeune femme.

— Tu as donc refusé de révéler à ton père le nom de celui qui t'avait mise enceinte. Que s'est-il passé alors ?

Elle laissa son regard errer le long du ruisseau jusqu'à

Lyssa, assise sur la berge, qui riait à gorge déployée en voyant Philip éclabousser Daymon et Audra.

Mes filles, pensa Stephen qui avait tourné les yeux dans la même direction que Marian. Il eut comme un vertige. Il ne pouvait croire qu'il était père depuis...? Cinq ans ! Il compta les mois et prit conscience que les jumelles auraient six ans aux alentours de Noël. Il les avait crues plus jeunes d'une bonne année.

— Père est entré dans une rage noire, répondit la jeune femme en regardant l'eau courir entre les rochers comme si elle cherchait dans ses remous une explication à toutes ces années de souffrance. Il m'a demandé cent fois le nom de mon amant et j'ai toujours refusé de le lui donner.

Elle reprit sa respiration. Sa gorge était serrée et son souffle court.

— Convaincu que je ne parlerais jamais s'il ne sévissait pas, il a fait le serment de ne pas laisser vivre sous son toit une courtisane et ses bâtards, et m'a menacée de me jeter dehors si je ne cédais pas. Carolyn était justement en visite à Murwaithe. Horrifiée par les propos de mon père, elle m'a proposé de venir à Branwick et j'ai sauté sur l'occasion. Le lendemain matin, nous avons quitté Murwaithe, sans adieux à mes parents.

Stephen comprenait, maintenant, pourquoi Marian supportait aussi bien le mauvais caractère et les caprices de sa cousine. Elle l'avait sauvée d'une plus grande misère encore.

Et il pardonnait à la jeune femme d'avoir fait croire qu'elle était veuve pour échapper au mépris de son entourage et éviter que les jumelles ne fussent considérées comme des bâtardes.

— C'est une idée de Carolyn de vous faire passer pour veuve ?

— Oui. Hormis mon oncle, tout le monde ignore la vérité à Branwick.

Si elle n'avait pas eu le recours d'aller vivre chez son oncle, que serait devenue Marian ? Hugo de Lacy aurait-il été assez cruel pour la chasser de chez lui alors que sa grossesse était déjà bien avancée ? Marian l'avait cru, sinon elle n'aurait pas accepté de suivre Carolyn.

A cet instant, Stephen vit arriver Audra en courant. *Ma petite fille...* Cette prise de conscience le remplissait de joie comme elle le terrifiait.

— Maman ! s'écria l'enfant en arrivant devant le rocher sur lequel ils étaient assis. Lyssa se frotte la nuque.

Marian fit la grimace.

— C'est le début d'une migraine. Il faut retourner à la tente.

Stephen se leva et rejoignit Lyssa, assise sur la berge, qui arrachait des touffes d'herbe et les jetait avec humeur dans l'eau. Des larmes baignaient son visage.

— Tu as mal à la tête ? lui demanda-t-il en s'agenouillant près d'elle.

La fillette ne répondit pas. Elle boudait visiblement ; Daymon et Philip la regardaient sans rien oser dire. Sans doute les avait-elle déjà vertement rabroués.

— Je t'avais dit de ne pas en parler, lança Lyssa à sa sœur qui venait d'arriver avec leur mère. On s'amuse bien. Je ne veux pas partir.

— Il le faut, rétorqua Audra qui, d'évidence, jouait à l'aînée.

— Non ! s'emporta Lyssa. Je n'ai presque pas mal, maman. Ne pouvons-nous pas rester un peu plus longtemps au bord de l'eau ? Je ne veux pas retourner sous la tente.

Marian s'agenouilla à son tour et caressa la joue de l'enfant.

— Tu sais que ça ne fera qu'empirer. Mieux vaut agir le plus vite possible.

Voyant que Lyssa allait ergoter, Marian scella ses lèvres de l'index.

— Tu sais que nous n'avons pas d'autre choix. Lorsque la douleur sera passée, nous reviendrons ici.

Stephen tendit les bras pour soulever l'enfant, qui se laissa faire.

— L'eau et les grenouilles seront toujours là, dit-il alors qu'elle posait la tête sur son épaule.

Sa fille ! Il avait été heureux chaque fois qu'il l'avait portée, mais ça n'avait jamais été comme maintenant.

La petite troupe se mit en marche et dès qu'ils eurent atteint la clairière, Stephen chargea Daymon de courir jusqu'au château et de prévenir Ardith que Lyssa aurait bientôt besoin de toute son attention.

Daymon s'élança comme une flèche, Philip sur ses talons.

— Il ne faut pas déranger Ardith, protesta Marian. Elle est déjà si occupée avec son bébé et tous ses hôtes…

— Ce n'est pas une tâche de plus qui changera la situation. Ce serait trop dommage de ne pas saisir cette occasion de découvrir si elle a ou non le moyen d'apaiser les migraines de Lyssa.

Marian ne semblait pas contente mais elle n'insista pas. Il se doutait qu'elle avait une si grande habitude de prendre seule les décisions en ce qui concernait les filles qu'elle supportait mal que quelqu'un les prît à sa place, s'agît-il de leur père. Or, en reconnaissant qu'il était leur géniteur, elle lui avait donné des droits sur elles qu'il entendait exercer pleinement…

Ardith les attendait en haut de l'escalier conduisant au donjon. Elle les fit entrer et ordonna :

— Monte-la dans la chambre des enfants. Je prends le nécessaire en cuisine et je vous rejoins.

La grande salle était bondée. Jamais Stephen n'y avait vu autant de monde. Il longea le mur et se dirigea au plus vite vers l'escalier à vis. Il en avait gravi la première marche lorsqu'il se retourna pour regarder la vaste cheminée, devant laquelle Gerard et Richard étaient en pleine discussion avec Robert de Portières…

Après ce qu'il venait d'apprendre, il se sentait pleinement en droit d'inviter ses frères à éconduire tous les prétendants qui se présenteraient pour demander la main de Marian.

Cette dernière le poussa.

— C'est trop tôt, Stephen. Il faut que nous parlions d'abord…

Tout en reprenant son ascension, le chevalier s'interrogea : Marian avait-elle lu dans ses pensées ? C'était impossible…

Mais alors, qu'avait-elle voulu l'empêcher de faire ? Avait-elle craint qu'il voulût informer ses frères de ce qu'il venait d'apprendre ?

Si elle s'imaginait qu'il garderait secrète sa paternité, elle se trompait fort !

15.

Assise sur les genoux de Stephen qui lui massait la tempe avec un onguent à base d'huile de lavande, Lyssa fermait les yeux comme si elle allait s'endormir.

Ardith avait préconisé ce massage en attendant que la potion qu'elle voulait administrer à l'enfant fût prête. Elle était redescendue en cuisine, d'ailleurs, pour en achever la préparation.

Seule avec Stephen qu'elle regardait avec attendrissement, Marian s'efforçait de tempérer son espoir, de crainte de n'être trop déçue si le nouveau remède n'agissait pas.

Depuis deux ans, elle essayait de faire passer les maux de tête de Lyssa avec des extraits de chrysanthème, de reine des près et de valériane, sans résultat notoire. Ardith préconisait les baies d'aubépine, les chatons de saule et le romarin.

Si le remède agissait, elle ne serait pas venue à Wilmont pour rien, quelles que fussent les autres conséquences de ce périple.

Lyssa laissa échapper un petit soupir d'aise qui fit éclore un sourire sur les lèvres de sa mère. Elle n'avait guère eu le temps de penser à la façon dont elle annoncerait aux filles que Stephen était leur père, mais elle n'était pas inquiète à ce sujet. Si elle s'attendait à ce que les jumelles fussent fâchées contre elle de le leur avoir caché pendant d'aussi longues années, elle ne doutait pas qu'elles accepteraient aisément Stephen dans leur vie.

Quel rôle tiendrait-il auprès d'elles ? Serait-il toujours là pour soigner Lyssa ou ne viendrait-il qu'occasionnellement pour jouer avec elles ?

Il semblait à Marian qu'elle venait d'ouvrir une boîte de Pandore qui ne se refermerait jamais. En révélant à Stephen qu'il était le père de ses filles, elle avait transformé irrévocablement leurs vies à tous les quatre...

Ardith entra dans la chambre, une tasse à la main.

— Eh bien, Stephen, tu étais censé calmer la douleur de Lyssa, pas l'endormir.

— Réveille-toi, ma chérie, fit Stephen, ou je vais avoir des problèmes.

La petite fille rouvrit les yeux et Ardith lui présenta la tasse.

— J'ai essayé de rendre la potion un peu plus agréable au goût en y ajoutant du miel. Tu la trouveras peut-être encore très mauvaise mais elle devrait te guérir de ta migraine.

La petite fille huma le breuvage et plissa aussitôt le nez de dégoût.

— Bois-le d'un seul trait, conseilla Stephen. Plus tôt ton mal de tête cessera, plus tôt nous pourrons repartir chasser les grenouilles.

L'argumentation de Stephen ne parut pas suffisante. Marian se leva, prit la tasse des mains de l'enfant et but une gorgée de son contenu.

— Je t'ai déjà fait boire des préparations bien pires que celle-là.

Lyssa se laissa enfin fléchir et vida la tasse d'un trait, comme le lui avait recommandé Stephen.

Ardith montra le lit de Daymon.

— Et maintenant, allonge-toi. Nous saurons d'ici une heure ou deux si la composition de cette décoction est efficace pour toi.

Stephen étendit l'enfant sur le lit et la borda. Il resta un moment penché sur elle comme en contemplation et Marian crut se voir peu après la naissance des jumelles, lorsqu'elle les regardait dormir en s'étonnant d'avoir pu donner la vie à ces deux petits anges.

A présent qu'il se savait le père de Lyssa et d'Audra, les regardait-il d'une autre manière ?

Ardith se pencha sur le berceau de Matthew.

— Il va se mettre à hurler à peu près au moment où je vérifierai l'état de Lyssa. En attendant, je ferais bien d'aller m'occuper de mes hôtes. Vous restez ici, n'est-ce pas ?

Marian opina du chef.

— Merci, Ardith. C'est tellement gentil de vous être occupée de Lyssa, quand vous avez tant à faire.

Un sourire radieux éclaira le visage de la baronne.

— Ne me remerciez pas. Je ne fais que mon devoir. Je ne supporte pas de voir un enfant souffrir sans lui venir en aide.

Elle se dirigea vers la porte et, avant de la franchir, se retourna.

— Tu viens avec moi, Stephen ?

— Non, ne m'attends pas. Je te rejoindrai plus tard.

Ardith se retira.

Marian et Stephen restèrent un long moment immobiles et silencieux puis la jeune femme se leva et s'approcha de Lyssa, qui venait de gémir. Elle constata, cependant, qu'elle dormait.

— J'ai l'impression que votre massage à l'huile de lavande a eu beaucoup d'effet, murmura-t-elle.

— Vous vouliez me parler ? fit-il dans un souffle.

Elle vint vers lui, mais s'arrêta à une distance suffisante pour n'être pas tentée de le toucher. Elle avait trop envie de se blottir dans ses bras, de poser la tête sur son épaule... Or, il ne fallait pas : lorsqu'elle était contre lui, elle devenait incapable de réfléchir.

Elle hésita puis, prenant une grande inspiration, déclara :

— Je n'ai jamais regretté d'avoir eu des jumelles. Elles sont belles, intelligentes, et si attachantes... Grâce à Dieu, elles n'ont presque jamais eu à souffrir du regard méfiant de certains à leur égard, mais la menace demeure et nous ignorons si elles ne se heurteront pas un jour ou l'autre à quelque obstacle inattendu...

Elle s'interrompit puis, regardant Stephen droit dans les yeux, poursuivit :

— Je crains qu'en leur apprenant que vous êtes leur père, nous n'aggravions leur situation, à Branwick en tout cas, car elles seront, dès cet instant, considérées comme des bâtardes, et l'on saura aussi que leur mère a menti...

Le courroux se lut sur le visage de Stephen.

— J'ai l'intention de reconnaître Audra et Lyssa ! Vous n'en avez tout de même pas douté, j'espère ?

— Non... mais je préférerais que nous ne disions la vérité qu'à vos proches.

— Et votre propre famille ?

— Elle n'a pas besoin de savoir.

— Pas même votre père ? Ne serait-il pas soulagé,

après toutes ces années, d'apprendre enfin qui est le père de ses petites-filles ?

Probablement, pensa Marian ; las, il s'efforcerait alors de marier sa fille avec le père des jumelles, comme il s'y serait employé six ans plus tôt ; or elle ne voulait, pas plus aujourd'hui qu'à l'époque, être poussée au mariage à cause de sa maternité.

— C'est possible, mais je ne veux pas qu'il le sache ! Lui moins qu'aucun autre ! Vous m'avez parlé de la souffrance de Richard, lorsqu'il était enfant. Or, c'est précisément ce que je veux éviter aux filles. Croyez-vous que votre père lui ait rendu la vie plus agréable, en le reconnaissant devant tous ?

— La situation est très différente, protesta Stephen. Ma mère n'a jamais pardonné cette incartade à mon père car il l'a vécue avec une paysanne. Dès qu'elle posait les yeux sur Richard, elle revoyait l'infidélité de son mari avec une femme de basse extraction, ce qui était doublement humiliant pour elle. Il vaut mieux prendre Daymon en exemple. Il n'a guère à se plaindre de son sort.

— Vous croyez vraiment qu'il sera traité comme Everart ?

— Pas exactement... Il n'est pas appelé, bien sûr, à porter le titre de baron et à succéder à son père. Il est en quelque sorte considéré comme un fils puîné. Matthew se retrouvera à peu près dans la même situation.

A court d'arguments, Marian se tut et Stephen en profita pour s'engouffrer dans la brèche.

— Je ne vois pas très bien en quoi tout ceci nous concerne. Ni mon père ni Gerard n'étaient libres d'épouser la femme qu'ils avaient mise enceinte. Dans notre cas, c'est tout à fait différent. Dès l'instant où nous serons mariés et que j'aurai reconnu les filles, elles auront tous les droits d'enfants légitimes.

Marian eut un élan de joie qui ne dura qu'un instant. Elle avait cru entendre une déclaration d'amour dans les propos de Stephen, mais il n'en était rien. Il se proposait de l'épouser uniquement par devoir, pour donner un foyer aux jumelles. Il s'agirait ni plus ni moins d'un mariage de convenance.

Si seulement il m'aimait...

L'attirance qu'ils éprouvaient l'un pour l'autre était restée aussi vive que lorsqu'ils s'étaient connus. Stephen ne lui avait-il pas dit, la veille, qu'il brûlait du désir de la prendre dans ses bras ? Il aurait suffi qu'elle se mît sur la pointe des pieds et qu'elle effleurât ses lèvres d'un baiser pour que tous leurs gestes s'enchaînent...

Mais avec Stephen elle avait appris depuis longtemps à faire la distinction entre l'amour et le désir...

— Si j'avais été prête à me marier uniquement dans l'intérêt des jumelles, j'aurais révélé votre nom à mon père, mais j'avais mes raisons, que je ne vous exposerai pas, pour ne pas le faire, et aujourd'hui j'en ai d'autres.

Stephen tressaillit comme si elle l'avait giflé. Qu'importe ! Elle devait continuer sinon elle n'arriverait jamais à dire ce qu'elle avait à dire.

— Dois-je vous rappeler, Stephen, que vous n'êtes pas libre ? Vous êtes engagé avec ma cousine. Vous ne pouvez la repousser, maintenant, sans lui faire le plus grand préjudice.

— Je ne suis pas fiancé à Carolyn.

— Peut-être pas officiellement, mais votre famille a fait savoir, hier, à toute la haute noblesse du royaume, que vous aviez l'intention de l'épouser. Je ne veux pas qu'elle soit l'objet de la moquerie et du mépris parce qu'un jour vous l'élevez au plus haut rang et, le lendemain, vous la rejetez.

Il se mit à aller et venir dans la chambre, pressant si fortement ses mains l'une contre l'autre que leurs jointures en devenaient toutes blanches.

— Et si je trouvais une solution pour Carolyn qui ne lui fût pas défavorable ?

Elle se sentit défaillir, mais ne voulut pas faiblir et reprit sa respiration. Rassemblant son courage, elle repartit :

— Je devrais toujours refuser.

— Pour ces raisons dont vous me parliez ?

Elle fit oui de la tête.

— Ne pourriez-vous me les dire ?

Marian ferma les yeux. Elle ne s'était jamais confiée à personne à ce sujet... Mais Stephen n'était pas n'importe qui. C'était le seul et unique homme qu'elle eût aimé — et qu'elle aimait toujours, d'ailleurs. Peut-être ne méritait-il pas cette explication, mais si elle la lui donnait, ne trouverait-elle pas le chemin de sa propre guérison ? Depuis qu'elle avait pris conscience que Stephen l'avait fécondée sans l'aimer, son cœur n'avait pas cessé de saigner.

Elle s'assit sur un siège, face à celui où Stephen venait de prendre place.

— Après votre départ, il y a six ans, j'ai attendu vos nouvelles pendant des semaines. Je ne pouvais croire que vous soyez parti sans même me dire un mot.

— Je m'en suis expliqué...

— Certes, mais à l'époque, j'ignorais que vous eussiez été appelé ailleurs avec votre père. Ce n'était pas important, cependant. Vous pouvez me croire. Ce qui a été terrible, ç'a été de comprendre, à mesure que le temps passait et que vous ne vous manifestiez pas, que je m'étais trompée, que j'avais pris pour de l'amour ce qui n'était que du désir, un simple besoin d'assouvissement des sens. Pardonnez-moi, mais j'étais alors encore bien jeune et naïve.

Il releva la tête, qu'il avait gardée baissée pendant tout l'aveu de la jeune femme, et resta muet. Marian ravala sa salive pour tâcher de dénouer sa gorge et, jurant ses grands dieux qu'elle ne pleurerait pas, elle reprit :

— Peu après Noël, j'ai commencé à me demander si je n'attendais pas un bébé. Je n'ai parlé de mes craintes à mes parents que lorsque mes robes sont devenues nettement trop serrées et qu'il m'a été impossible de cacher plus longtemps ma grossesse. Mon père a exigé que je lui dise le nom de celui qui m'avait fait ça ; je n'ai jamais pu m'y résoudre, sachant qu'il essaierait de nous marier de force.

Elle s'interrompit un instant avant de poursuivre :

— J'avais fini par comprendre que vous ne m'aimiez pas et je redoutais que votre père, pour cette raison, ne fît un très mauvais accueil au mien. Vous êtes issu d'une famille titrée alors que j'appartiens à la petite noblesse. J'ai redouté que mon père ne revînt de Wilmont éconduit et humilié.

— Je doute qu'il eût été mal accueilli.

— Peut-être ai-je eu tort, mais je ne voulais pas prendre le risque d'être rejetée une seconde fois... Par votre père ou par vous !

— Comment pouviez-vous en être aussi sûre ?

— Oh ! Stephen... Je ne crois pas que vous auriez

aimé être contraint de m'épouser. Et réfléchissez un instant au couple que nous aurions formé si vous vous étiez laissé fléchir. Vous n'aviez que seize ans ! Or, moi, comme toutes les jeunes filles de mon âge, je rêvais d'un vaillant chevalier qui me donnerait une kyrielle d'enfants. Vous n'aviez alors d'autre désir que de parcourir le monde. Vous m'auriez rapidement haïe de vous retenir prisonnier.

Incapable de rester plus longtemps assise, Marian se leva et marcha jusqu'au berceau. Matthew tétait son pouce. Il avait faim et ne tarderait pas à pleurer.

— N'est-ce pas pour préserver votre liberté chérie que vous avez choisi d'épouser Carolyn ? Elle supporterait que vous partiez plusieurs mois pour vous rendre sur vos terres en Normandie ou au-delà. Moi... je ne l'accepterais pas.

Stephen se leva à son tour et, les mains jointes dans le dos, s'avança vers elle d'un air pensif.

— Qu'auriez-vous fait si Carolyn ne vous avait pas emmenée à Branwick, quand votre père vous a menacée de vous jeter à la porte ?

Marian, qui ne s'attendait pas à cette question, haussa les épaules.

— Je serais sans doute aller me réfugier dans un bourg ou une cité.

— Vous étiez très jeune, Marian, et vous étiez enceinte. Comment auriez-vous survécu ? Vous auriez été réduite à mendier. Je ne suis pas certain que vous auriez franchi la porte de votre donjon.

Marian baissa les yeux. Elle ne savait que répondre.

— Ne vous méprenez pas. Je suis heureux que votre oncle vous ait recueillie, mais Carolyn ne vous a-t-elle pas fait du tort sans le savoir ? Si elle n'avait pas été à Murwaithe au moment où votre grossesse est devenue évidente, il se pourrait, n'ayant aucune autre solution de rechange, que vous ayez accepté de révéler mon nom. Je suis certain, pour ma part, que mon père n'aurait pas éconduit le vôtre et que je me serais souvenu de vous.

Marian hocha la tête, dubitative. « Il se serait souvenu de moi non par amour mais parce que mon nom aurait évoqué pour lui des instants de sensualité débridée... »

Un petit gémissement s'éleva du berceau, puis des bruits se succion. Le bébé réclamait le sein maternel.

Stephen sourit tristement.

— Je vais aller prévenir Ardith que Matthew s'impatiente.

Il se dirigeait vers la porte quand, soudain, il se retourna.

— Vous me préviendrez, n'est-ce pas, lorsque vous jugerez le moment opportun pour annoncer aux filles que je suis leur père ?

— Evidemment. Stephen !

— Oui ?

— Je sais que vous pensez que j'ai eu tort, mais je suis persuadée que vous auriez été, tout comme moi, farouchement opposé à ce qu'on vous marie de force.

— Peut-être... Je ne puis m'empêcher de penser que nous aurions pu trouver quelque arrangement. Voyager ensemble, aller vivre en Normandie...

Poussé à la confidence par ses frères qui lui avaient servi coupe de vin sur coupe de vin, Stephen allait et venait dans la chambre de Gerard.

— Marian ne veut pas devenir ma femme. Elle accepte que je m'occupe des filles mais refuse le mariage, et elle est très entêtée. Si je ne l'aimais pas autant, je crois que je la jetterais dans les douves.

Il vida sa coupe et la posa sur une crédence.

— Par quel moyen puis-je lui faire entendre raison ?

Richard et Gerard échangèrent un regard, et il sembla à Stephen que son frère aîné se retenait de rire. Ni l'un ni l'autre ne lui donnaient de réponse.

— Vous m'êtes d'une grande aide, ironisa Stephen. Vous avez pourtant tous les deux des femmes de caractère. Gerard, en particulier. Après trois ans de vie conjugale, tu as dû apprendre à plier ta femme à ta volonté. N'as-tu aucun conseil à me donner ?

Gerard remplit la coupe de Stephen.

— As-tu simplement pensé à lui dire que tu l'aimais ?

— Bien sûr, j'y ai pensé ! Mais si je le lui disais, elle ne me croirait pas. Ma déclaration viendrait beaucoup trop tard pour elle.

— En es-tu bien sûr ?

— Oui. Elle me reprocherait de ne lui jurer mon amour que pour fléchir sa décision.

— Il y a peut-être un autre moyen de lui prouver tes sentiments que par des mots ? suggéra Richard.

Stephen hocha la tête, croyant comprendre où voulait en venir son frère… Il craignait de n'avoir abusé du vin car il sentait les tempes lui battre d'une manière un peu douloureuse. Le visage de Lyssa s'imposa à lui. Quelle joie n'avait-il éprouvée en la voyant retourner à la tente, un sourire aux lèvres, la migraine complètement dissipée par le remède d'Ardith ?

— J'aimerais bien lui manifester ma tendresse, mais elle ne veut plus que je l'approche.

— Elle a avant tout besoin d'être rassurée, fit Richard. Il faut qu'elle te croie prêt à renoncer à ta vie de jeune homme pour assurer son bonheur et la protéger, elle et vos filles. Si tu n'es pas capable de lui faire cette promesse, alors renonce définitivement à elle. Il faut choisir. Tu ne peux garder ta liberté et dormir chaque nuit près de Marian. En as-tu d'ailleurs seulement envie ?

— Oui, je me meurs de désir pour elle. A tel point même que la dernière fois que Carolyn m'a provoqué, j'ai eu l'impression de ne plus être un homme car je demeurais de glace entre ses bras.

— Le mieux en ce cas est d'arrêter de la courtiser, dit Gerard.

— Certes, mais Marian craint qu'elle ne soit trop gravement humiliée si je me détourne maintenant d'elle pour épouser sa cousine.

Il y eut un silence que rompit le baron :

— La meilleure solution ne serait-elle pas de laisser Edwin remporter la compétition qui vous oppose ?

— Je craindrais que Marian ne fût pas dupe et m'en voulût encore plus d'avoir, en quelque sorte, triché. Elle considérerait sans doute que j'ai abusé de sa confiance. Non. Il me semble que la meilleure solution serait que Carolyn me rejetât.

— Tu pourrais l'inviter à partager ton lit et rien ne se passerait, dit en plaisantant Gerard.

Stephen éclata de rire.

— J'ai un peu trop bu mais pas au point de suivre ton

conseil. Te représentes-tu Carolyn rapportant à Marian que j'ai voulu lui manifester ma tendresse et n'y suis point parvenu ?

— Plutôt que de trouver une femme pour Edwin, nous ferions peut-être mieux de trouver un mari pour Carolyn ? dit Richard. Et que penses-tu, justement, du chevalier de Tinfield ? Ne serait-ce pas un bon choix ?

— Je crains que non. Elle le trouve trop vieux.

— Quel âge a-t-il ?

— Je ne sais pas, mais n'as-tu pas noté qu'il grisonnait ?

— Ça ne veut rien dire.

— Pour toi, peut-être, pas pour Carolyn. Et puis il ne peut concevoir qu'une femme administre elle-même ses biens. Pour lui, elle doit nécessairement être soumise à l'autorité d'un homme. Bien qu'il ait découvert au cours des dernières semaines qu'elle était parfaitement capable de régner sur Branwick, il ne veut pas l'admettre.

— S'il était sûr de la conquérir, ne pourrait-il faire cet effort ? Est-il amoureux d'elle ?

— Oui, de toute évidence. Il lui fait la cour depuis ses quinze ans... Vous voyez bien que la constance de son amour ne l'a pas favorisé ! Même s'il s'efforçait d'être un peu moins rigide, je ne suis pas certain que l'attitude de Carolyn changerait à son égard. Il n'en demeurerait pas moins trop âgé à ses yeux.

Stephen prit sa coupe et la vida d'un trait.

— J'ai besoin d'aller marcher pour m'éclaircir les idées. J'irai m'assurer que le mal de tête de Lyssa n'est pas revenu et, peut-être, Marian estimera-t-elle que le moment est propice pour révéler aux filles qui je suis ?

Il marcha vers la porte.

— Merci de votre attention. Vous pouvez mettre vos femmes dans la confidence, mais ne dites rien à personne d'autre.

— Tu sera là pour le souper ? demanda Gerard.

— Bien sûr. Je crois qu'il y a du cuissot d'ours au repas. C'est ma viande préférée. Et je ne voudrais pas décevoir Ardith en ne faisant pas honneur à sa cuisine.

Lorsque Stephen se fut retiré, Richard se laissa tomber sur le lit de son frère.

— Ça doit être sérieux. Je ne l'ai jamais vu aussi dépité.

— Moi si, rétorqua le baron. C'était juste après l'enlèvement de Daymon et d'Ardith. Nous réfléchissions à la façon dont nous pourrions nous y prendre pour les libérer et étions réunis tous les trois, Stephen, Corwin et moi. Je vois encore Stephen, l'épaule bandée et l'oreille sanguinolente, abattu, la tête entre les épaules, inconsolable... Il avait la certitude d'avoir failli à la confiance que lui avait accordée Ardith. Il ne voulait rien entendre même lorsque nous lui rappelions qu'il s'était jeté, mains nues, sur cinq hommes d'armes, et qu'il ne devait qu'à la providence de n'avoir pas été tué. J'ai l'impression qu'il nourrit, à présent, le même complexe à l'égard de Marian. Il considère qu'il a failli à son amour et qu'il est donc indigne d'elle. Et pour le faire changer d'avis, entêté comme il est, ce ne sera pas une mince affaire.

Richard éclata de rire.

— J'ai l'impression que tu parles de toi. Il n'est pas le seul à être obstiné ! Bien, que décidons-nous ?

— Je crois qu'il faut attendre. C'est à lui de savoir ce qu'il veut. Cette fois, nous ne pouvons pas le tirer d'affaire. Lui seul peut s'en sortir.

— Et s'il n'y arrive pas ?

— Il se pourrait, alors, qu'il s'embarque pour l'Italie comme il en a souvent parlé, et nous ne le verrions plus pendant quelques années.

16.

Il trouva Marian les paupières closes, assise sur une couverture de vair, adossée au-dehors à un piquet de la tente.

Je t'aime, Marian, se dit-il en s'approchant d'elle à pas feutrés. *Crois-moi, je t'en prie !*

Mais comment l'en convaincre ? Par la tendresse, sans doute, comme le lui avaient suggéré ses frères. Il fallait simplement réveiller en elle le désir qu'il semblait avoir éteint par sa maladresse.

— Vous dormez ? fit-il en s'inclinant vers elle.

La jeune femme ouvrit les yeux.

— Non, je somnolais...

Il lui prit la main et la porta à ses lèvres.

— Bonsoir, jolie maman de mes petites filles...

Marian retira sa main et s'assit toute droite.

— Lyssa et Audra ne sont pas là ?

— Non. A notre retour du château, la comtesse de Warwick les a invitées à venir jouer avec ses enfants.

— Et si Lyssa n'est pas revenue ici, c'est le signe que son mal de tête n'a pas repris ?

Un sourire éclatant naquit sur le visage de la jeune femme.

— En effet. Si vous saviez quel soulagement j'éprouve de savoir qu'il existe un remède à ses migraines ! Merci, Stephen, et remerciez de ma part Ardith qui a été si patiente et si bonne avec nous.

— Elle était très heureuse de pouvoir vous rendre ce service...

Stephen tourna les yeux vers la tente du comte de Warwick qui se dressait, imposante, à quelque distance.

— Les filles vont-elles bientôt revenir ?

Le sourire de Marian s'évanouit comme si elle était déçue qu'il s'inquiétât ainsi des jumelles. N'était-il venu dans la tente que pour elles ?

— Je sais que vous êtes impatient de leur apprendre que vous êtes leur père, mais il faudra attendre la fin du souper. Elles sont conviées à partager le repas des enfants du comte.

Cette invitation était providentielle. Marian et lui-même disposaient de la tente pour eux seuls, Carolyn étant retenue au donjon jusque tard dans la soirée.

— Du moment que nous ne tardons pas trop à le leur dire, ce n'est pas grave.

— Vous avez parlé à vos frères ?

— Oui. Je leur ai demandé de n'en rien dire à personne, à l'exception de leurs femmes. Je vous promets de respecter la discrétion que vous m'avez réclamée.

Satisfaite de cette réponse, Marian se laissa aller en arrière.

Sa poitrine ferme se dessinait sous le drap grossier de sa robe de paysanne et Stephen éprouvait vivement le désir de la caresser, de sentir sous sa langue la douceur satinée de sa peau...

— J'ai peur qu'Ardith ne me regarde plus du même œil, maintenant qu'elle sait comment j'ai eu les filles.

— Ni Ardith ni Lucinda ne vous jugeront. Elles ont eu l'une et l'autre des relations intimes avec mes frères bien avant le mariage. Elles ne vous reprocheront pas d'avoir succombé quand elles en ont fait autant.

— Faible consolation… Elles se sont données à des hommes qui les ont épousées, alors que moi…

Elle rougit en prenant conscience de ce qu'elle venait de dire sans réflexion et se leva d'un bond.

— Les robes de Christina… Je veux que vous les lui rapportiez. Je vais aller les chercher.

Elle disparut sous la tente avant même qu'il n'eût le temps de protester et, malgré sa très forte envie de la suivre, il attendit dehors.

— Les voici, l'entendit-il dire après un bref instant.

Voyant qu'elle ne ressortait pas, il profita de l'occasion qui s'offrait à lui et pénétra dans l'ombre de la grosse toile écrue. Dans le demi-jour, la jeune femme lui tendait le sac de cuir.

— Il est hors de question que je les reprenne, s'offusqua-t-il. Elles sont à vous. Vous le savez très bien, d'ailleurs.

— Je n'en ai pas l'usage.

— Il y a le souper, ce soir, et, demain, la cérémonie de baptême auxquels vous êtes censée participer.

— Si elle m'y voit, Carolyn va avoir une crise nerveuse. Elle me fait déjà le reproche d'abuser de votre temps et d'importuner votre famille.

— Elle peut penser ce qu'elle veut, ça m'est égal.

— Stephen…

Il posa les mains sur ses épaules.

— Assez, Marian ! Nous savons fort bien l'un et l'autre qu'il est hors de question que je l'épouse. La seule chose qui compte pour moi, à présent, c'est vous et les filles.

Les beaux yeux gris de la jeune femme se couvrirent d'un voile humide. Il ne voulait plus la voir pleurer. Si elle accédait enfin à ses désirs, il se promettait de ne plus permettre qu'elle versât une seule larme.

— Carolyn ne me pardonnera jamais d'avoir anéanti ses projets.

— Je vous jure de tout faire pour qu'elle ne se sente ni humiliée ni lésée, répondit-il en joignant les mains derrière la nuque de Marian où ses petits cheveux follets étaient doux comme de la soie. Je ne sais pas encore exactement comment nous nous y prendrons, mais je sais qu'il y a des solutions. Ce n'est pas comme si de réels liens d'affection nous unissaient.

— Mais elle veut vous épouser.

— Elle veut surtout un géniteur qui la laisse faire ce qu'elle veut, en particulier administrer seule Branwick. Je ne suis pas le seul chevalier en Angleterre qui puisse lui donner satisfaction. Et maintenant, de grâce, renoncez à plaider la cause de votre cousine devant moi. Vous ne me ferez pas changer d'avis. Je ne puis ni ne veux épouser Carolyn. Est-ce bien compris ?

Elle levait sur lui ses grands yeux couleur d'ardoise où il crut voir la lueur d'un espoir naissant.

— Je sais que j'ai beaucoup à faire pour me racheter, mais donnez-moi une chance. Nous avons déjà perdu six ans. Je voudrais ne pas perdre un jour de plus.

Il entendit tomber le sac de cuir qu'elle avait gardé à

la main, sentit la chaleur des paumes de la jeune femme contre sa poitrine.

— Ne pourrions-nous revenir deux jours en arrière, au moment où vous aviez enlacé vos jambes autour de ma taille, où je sentais votre corps nu sous la chemise mouillée, collé au mien...

La jeune femme ferma les yeux.

— Vous m'avez dit que vous ne vouliez pas de moi.

— Non, Marian. Vous savez bien que c'est faux. J'ai pensé que ce n'était pas le moment... Je craignais que nous ne soyons surpris, mais je mourais d'envie de vous prendre dans mes bras.

Il se tut un instant, puis, en lui caressant le visage :

— J'ai eu tort de ne pas le faire... Je l'ai bien regretté.

Marian rouvrit les yeux. Elle venait de se revoir suspendue à la branche d'aulne, luttant pour n'être pas entraînée vers le fond par le courant.

— Lorsque j'étais accrochée à la branche, je n'ai jamais vraiment eu peur. Je savais que vous viendriez me sauver. Je me suis promis, alors, de vous dire que vous étiez le père des jumelles... Je rêvais pour nous d'une nouvelle chance et il m'a semblé qu'il fallait que je vous montre d'abord que mon désir pour vous ne s'était pas émoussé au fil du temps, qu'il était toujours aussi fort qu'autrefois...

Elle baissa les yeux en rougissant comme il lui prenait les mains et les portait à ses lèvres.

— Marian, dit-il dans un souffle, si je suis venu te trouver, c'est parce que j'ai envie de toi comme jamais...

Il l'enlaça, la serra dans ses bras avec une tendresse

mêlée d'impatience. Elle retrouvait son Stephen d'autrefois, prompt, passionné, impétueux, vibrant de désir... Tant pis si elle commettait une erreur. Elle ne le repousserait pas car elle était aussi brûlante de désir que lui.

— Tu crois que nous avons le temps ?

Il n'attendit pas la réponse de la jeune femme pour s'emparer de ses lèvres. Il l'embrassa avec une ardeur qui lui était familière mais aussi un raffinement dont il ne s'embarrassait pas jadis. Marian avait connu un tout jeune homme qui donnait l'impression d'être gouverné par la seule passion, et elle découvrait un homme enrichi par l'expérience, un homme qui se contrôlait, mais dont le désir, visiblement, n'avait pas diminué.

Il interrompit leur baiser après un long moment et, sans réitérer sa question, dit d'une voix étranglée par l'émotion :

— Je vais nouer le cordon du rabat ?

Marian, qui le regardait avec une expression de tendre soumission et restait silencieuse, défit les lacets de sa robe et retira ses bottes.

Il n'avait pas besoin d'une réponse plus éloquente. Il ferma l'unique accès de la tente puis, revenant vers Marian, retira son bliaut qu'il jeta à terre. Il défit ensuite le lacet de sa chemise et la passa par-dessus sa tête avant de la laisser tomber sur le sol. Il ouvrait les bras pour enlacer la jeune femme quand elle le repoussa d'une main.

— Attends... Je veux te voir.

Stephen sourit. Marian n'avait jamais été timide ni mal à l'aise, même la première fois, alors qu'elle était encore vierge.

— Tu dois t'en souvenir ?

— Je me souviens d'un très jeune homme. Je veux voir l'homme mûr, à présent.

Les mains de Stephen tremblaient lorsqu'il retira ses bottes puis ses chausses rouges. Elle ne baissa pas les yeux devant sa splendide anatomie mais, plus fortement émue qu'elle ne l'avait pensé, elle s'empourpra — et finit par cacher pudiquement son visage dans ses mains.

— Je te déplais ?

Elle fit énergiquement non de la tête.

— Pas du tout... Tu es magnifique...

Relevant enfin les yeux, elle sourit avec suavité.

— C'est mon tour, maintenant, de te voir, murmura-t-il en effleurant ses lèvres d'un baiser.

Elle plongea ses grands yeux moirés de larmes dans les yeux verts et profonds de Stephen et souleva lentement sa chemise du bas vers le haut, laissant apparaître ses cuisses, son ventre, sa poitrine...

Elle avait beaucoup changé, elle aussi. Bien qu'ayant gardé une très jolie silhouette, ses hanches s'étaient arrondies et sa poitrine avait grossi ; elle n'en était pas moins désirable, au contraire, même.

— Mon Dieu ! Comme tu es belle... Défais tes cheveux, s'il te plaît.

Elle dénoua sa lourde tresse, laissant sa chevelure s'épanouir librement autour de ses épaules, et s'agenouilla sur une courtepointe en futaine qu'elle avait joliment décorée de broderies.

Dès qu'il fut près d'elle et qu'elle sentit ses lèvres sur les siennes, ses mains sur son corps, il sembla à Marian que le temps était aboli, ses craintes dissipées. Après six ans de séparation, ils retrouvaient leur désir et leurs sensations intacts.

Les caresses douces mais insistantes de Stephen ne tardèrent pas à opérer leur magie et la jeune femme s'étendit sur le dos, s'offrant à lui.

— Pas encore, ma chérie...

— Si, Stephen, je te veux tout en moi...

Il scella les lèvres de la jeune femme d'un ardent baiser puis descendit le long de sa poitrine et de son ventre jusqu'au siège de sa féminité, où il pressa amoureusement la bouche...

Elle ouvrit tout grand les yeux et un petit gémissement s'échappa de sa gorge... Cambrant les reins, elle poussa un cri étouffé puis laissa retomber les hanches avec un long sanglot. Des larmes roulèrent de ses beaux yeux gris embués de bonheur.

Nouant les bras autour du cou de Stephen qui se dressait au-dessus d'elle, elle se pressa contre lui.

— Viens, le supplia-t-elle.

Il la recouvrit de son grand corps musclé et vint en elle avec une force mesurée, puissance et tendresse. Lui ceignant la taille de ses jambes, elle l'attira plus profondément en elle et se mit à bouger au même rythme que lui. Stephen se retint le plus longtemps qu'il put ; au moment où il sentit qu'il allait jouir, il se retira de Marian.

Elle le serra plus fort, l'obligeant à reprendre sa place dans le nid douillet qu'il venait de quitter.

— Je te veux totalement, Stephen : ou tu es avec moi pour toujours ou nous ne sommes pas ensemble.

Si Marian ne voulait que cela pour preuve de sa volonté de vivre toujours avec elle, il ne la lui refuserait pas.

Il reprit son mouvement ample et rythmé, et ne donna

libre cours à son plaisir que lorsqu'il sentit la jeune femme vibrer de nouveau sous lui.

— Oh ! Stephen... Que c'est bon ! murmura-t-elle en fermant les yeux.

Il se pencha sur elle et lui couvrit le visage de petits baisers avant de capturer ses lèvres et de l'embrasser longuement et passionnément.

Lorsqu'il roula sur le côté, elle accompagna son mouvement pour ne pas se séparer de lui et ils restèrent face à face, les jambes entrecroisées ; elle, blottie entre ses grands bras, fragile et divinement belle...

Ils durent s'assoupir quelques instants... Stephen fut le premier à sortir de la voluptueuse torpeur qui les avait envahis. Il passa lentement la main sur la hanche de Marian, qui ouvrit les yeux et lui sourit. Mon Dieu ! Comme il serait merveilleux de s'éveiller chaque matin près de ce visage angélique, de voir ces grands yeux gris s'ouvrir et le regarder...

Ne serait-ce pas le bonheur parfait ?

Il sentit les longs doigts fins de la jeune femme lui caresser le ventre et, déjà, le désir le gagnait...

— Qu'allons-nous faire de Carolyn ? demanda Marian qui venait d'imaginer la réaction de sa cousine si elle les surprenait maintenant.

— Gerard se propose de lui trouver un autre mari. Quelqu'un de jeune et tolérant qui ne l'obligera pas à vivre dans la soumission comme la plupart des femmes.

— Pourquoi n'épouserait-elle pas Edwin ?

— Trop vieux et trop de préjugés.

— Mais non, il n'est pas vieux. Je t'assure qu'il est encore très vigoureux.

— Comment le sais-tu ? demanda Stephen dans un

accès de jalousie dont il eut aussitôt conscience qu'il était injustifié.

Elle le regarda avec un petit sourire indéchiffrable qui l'irrita malgré lui. « Elle se moque de moi, pensa-t-il en baissant les yeux, et elle a bien raison. N'ai-je pas couru la gueuse sans relâche depuis six ans ? Elle s'en doute et ne m'en fait pas le reproche. Si, de son côté, elle a connu quelques moments de tendresse, ça ne me regarde pas. »

Il releva la tête et vit qu'elle le considérait avec une infinie douceur. Il ne lisait rien d'autre que l'expression du plus bel amour dans ce regard. Pourquoi imaginait-il ces choses ? Il devait se corriger et cesser de voir les autres à travers le prisme déformant de ses propres faiblesses. Marian n'avait peut-être rien à se reprocher ?

— Edwin n'a que trente-six ans, répondit Marian. C'est encore jeune. Beaucoup de chevaliers ne prennent femme qu'à cinquante ans, après avoir couru les tournois et guerroyé sous tous les cieux.

— Tu as raison...

Le comte de Warwick lui-même, songea-t-il, n'était devenu père qu'après quarante ans.

— Et puis je suis certaine que Carolyn aime Edwin. Elle n'évoque son âge que comme une excuse pour...

La jeune femme s'interrompit soudain.

— Continue ! De quelle excuse veux-tu parler ?

Elle plissa les yeux.

— Tu dois me jurer de ne jamais rapporter un mot à Carolyn ou à Edwin de ce que je vais te dire.

Piqué dans sa curiosité, Stephen se dressa sur un coude.

— Je vous le jure, ô ma dame !

— Tu sais que Carolyn a enterré déjà deux maris qui étaient nettement plus âgés qu'elle ?

Il acquiesça d'un signe de tête.

— Aussi redoute-t-elle de renouveler l'expérience. Elle n'a besoin que d'être rassurée en ce qui concerne Edwin. Il faut que tu saches, en effet, que feu ses maris ont succombé alors qu'ils accomplissaient leur devoir conjugal.

Stephen ne put se garder de sourire.

— Tu devines, bien sûr, que notre Carolyn redoute de voir Edwin mourir de la même façon entre ses bras ?

— Oui, je réagirais de la même manière à sa place. Mais, si j'ai bien compris, Edwin, malgré ses cheveux gris, est encore bien plus jeune que les défunts maris ?

— Oh ! oui... Ils avaient presque l'âge d'oncle William.

— Il suffirait d'une nuit dans les bras d'Edwin pour que Carolyn fût débarrassée de ses craintes ?

— Exactement. Seulement, Carolyn est si réticente à ce sujet qu'elle ne fera jamais rien pour attirer Edwin dans son lit.

Stephen se rallongea, les mains nouées sous la nuque. S'il réussissait à convaincre le chevalier de tenter sa chance avec Carolyn, ce premier obstacle serait écarté. Après une nuit d'amour couronnée de succès, il suffirait de lui faire entendre raison au sujet des compétences, d'ailleurs évidentes, de Carolyn, et leur mariage ne connaîtrait plus d'obstacle...

La main de Marian effleura sa force mâle avec timidité... Il ne lui en fallait pas plus pour qu'il abandonnât sa réflexion et concentrât toute son attention sur la jeune femme.

Tournant la tête vers elle, il vit qu'elle le regardait langoureusement entre ses longs cils sombres.

— Tu n'as pas changé, dit-il avec un petit sourire sensuel.

— Toi non plus, répondit Marian de sa voix chaude en s'asseyant sur Stephen.

Elle se pencha sur lui, laissant tomber sur son visage la pluie soyeuse de sa chevelure tandis qu'elle déposait de tendres baisers sur ses lèvres. Comme elle sentait son désir vibrant contre elle, elle descendit lentement sur lui.

Stephen laissa échapper un gémissement et saisit les hanches de la jeune femme tandis qu'il se mettait à aller et venir en elle avec force, les portant tous deux rapidement vers le plaisir, comme si une vague les avait soulevés et les entraînait dans une spirale incontrôlable.

Il lui sembla que la terre grondait autour de lui alors même que des éclairs jaillissaient devant ses yeux et qu'il se sentait emporté avec Marian dans un tourbillon de sensations voluptueuses...

Un long moment après, comme la jeune femme reposait dans ses bras, le souffle court, la peau chaude et humide, il prit conscience que le grondement qu'il avait entendu et les vibrations qu'il avait ressenties devaient être dus au passage d'un grand nombre de chevaux.

De nouveaux convives venaient sans doute d'arriver à Wilmont. Il était temps qu'il retournât au château avant qu'on ne s'aperçût que Marian et lui-même avaient disparu la plus grande partie de l'après-midi.

— Il faut se lever et s'habiller, Marian, dit-il en se redressant.

— Crois-tu ? fit-elle d'une voix ensommeillée.

— Oui, ma chérie, répondit-il en lui caressant la joue. Il va bientôt être l'heure du souper.

— Je n'ai pas faim, dit-elle, roulant sur le côté comme pour se rendormir.

— Il faut manger pour reprendre des forces. Je vais t'envoyer Christina pour t'aider à t'habiller et à te coiffer. Je te conseille de n'être pas dans cet état lorsqu'elle arrivera sinon la rumeur va se répandre que tu as eu un après-midi bien agité.

Il se leva et rassembla ses vêtements pour s'habiller tandis que la jeune femme s'étirait paresseusement. S'il n'avait pas craint d'être surpris par un domestique envoyé à sa recherche, il se serait étendu de nouveau près de Marian dont le corps admirable exerçait sur lui une irrésistible attraction.

Lorsqu'il eut fini de se vêtir, il sortit les deux robes de la poche de cuir qu'avait tenté de lui rendre la jeune femme et les étendit devant elle. La bleu ciel qu'elle avait portée la veille et une autre ambre, plus élégante.

— J'aime beaucoup celle-ci, dit-il en soulevant la robe ambre.

Elle eut un petit rire de gorge en se dressant sur un coude, sa chevelure blonde ondulant lascivement sur ses épaules et ses reins.

— Si vous le dites, monseigneur.

Cette façon de parler, chaude et caressante, flatta l'ouïe de Stephen qui eut un petit sourire attendri. Reposant la robe, il s'empara des hardes de paysanne qu'il abhorrait et les plongea dans le sac de cuir.

— Ma robe ! s'écria Marian.

— Je vais la brûler, repartit Stephen en dénouant les lacets du rabat de la tente. A ce soir, au souper !

Il sortit de la tente accompagné par les cris de protestation de la jeune femme.

En se dirigeant vers le donjon, il réfléchissait à la façon dont il pourrait décider Edwin à passer la nuit avec Carolyn sans déclencher l'hostilité de cette dernière. Mais sa première démarche concernerait Robert de Portières et Geoffroy de Montgomery. Il fallait leur dire très clairement que Marian de Lacy n'était plus libre, qu'elle serait bientôt l'épouse du chevalier Stephen de Wilmont.

Il devait ensuite réussir à se faire éconduire par Carolyn. Or, le succès du stratagème qu'il élaborait dépendait de la persuasion amoureuse d'un chevalier proche de la quarantaine...

Pour permettre l'accomplissement de ce dessein, il fallait, bien sûr, convaincre Edwin de la nécessité de séduire radicalement Carolyn, et lui faire comprendre que la conquête totale de son cœur passait par celle de son corps.

Si, un matin, il laissait Carolyn éblouie et comblée, et sortait de la chambre, radieux et solide sur ses deux jambes, elle lui serait acquise pour toujours.

17.

Marian revêtit la robe bleue pour le souper, afin de bien faire comprendre à Stephen qu'il n'avait pas d'ordre à lui donner tant qu'ils n'étaient pas mariés.

Sans doute reçut-il le message car il sourit puis eut un léger froncement de sourcils, en réponse au regard brillant d'ironie et de tendresse qu'elle lui lança au moment de passer à table.

Elle était, cette fois, à la table de Gerard, rallongée pour pouvoir accueillir deux fois plus de convives. Corwin et la princesse Judith Canmore y occupaient les places d'honneur, près du baron et de la baronne. A leurs côtés étaient assis le comte et la comtesse de Warwick, Richard et Lucinda, Stephen et Carolyn et, enfin, Marian et Edwin.

Autorisé par le roi à épouser Judith Canmore, Corwin était arrivé avec sa fiancée dans l'après-midi, et c'était lui et son escorte dont Stephen avait entendu la cavalcade lorsqu'il était sous la tente, dans les bras de Marian.

A la fin du repas, composé, essentiellement, de venaisons, d'un entremets au miel et de fruits secs, le baron se leva et Marian constata qu'elle laissait force nourriture sur son tranchoir.

Heureusement, elle ne serait pas perdue. Les filles de cuisine porteraient tous les restes à la porte du château, où les pauvres attendaient leur tour.

— Avant que tu n'ailles chercher tes filles, dit Carolyn qui se penchait derrière Edwin pour parler à sa cousine, je voulais te dire de ne pas t'étonner si tu ne me voyais pas rentrer, cette nuit. Je ne te verrai sans doute pas avant la cérémonie de baptême, demain matin.

— Pourquoi ? s'enquit Marian, le cœur serré, soudain.

Un petit sourire suffisant se dessina sur les lèvres de Carolyn qui lui répondit :

— La baronne mère m'a invitée à une petite réunion familiale. Il semblerait qu'ils veuillent fêter les fiançailles de Judith et de Corwin, et que la nuit sera bien avancée lorsque chacun regagnera son lit. Je dormirai certainement au donjon.

En entendant malgré lui les propos de Carolyn, Edwin devint blanc comme un linge. Marian eut envie de le consoler, de lui conseiller d'ignorer les propos de la cruelle et irresponsable jeune femme. Elle devinait ce qu'il ressentait chaque fois que Carolyn et Stephen donnaient l'illusion de former une paire.

A présent, encore, elle aurait voulu être celle qui accompagnerait Stephen à cette réunion privée, mais c'était impossible aussi longtemps qu'il était le fiancé officiel de sa cousine.

Stephen, qui avait entendu la conversation, se leva et s'approcha de Marian.

— Vous êtes conviée également, Marian, dit-il, ainsi que les jumelles, sur la requête d'Ardith...

A ces mots, le cœur de la jeune femme bondit de joie.

— Non, elle ne se joindra pas à nous, intervint Carolyn avec brusquerie. J'ai déjà décliné l'invitation en son nom.

Devant l'expression désapprobatrice de Stephen, Carolyn poursuivit :

— Votre famille a été très bonne avec Marian car elle est ma cousine et sera votre parente le jour où nous serons mariés... Enfin, si mon père approuve ce mariage. J'ai dit très clairement à votre mère qu'il n'était pas nécessaire de témoigner davantage de marques de sympathie à Marian. Elle a bien voulu le comprendre. Je ne vois pas, d'ailleurs, comment Marian aurait pu participer à cette réunion alors qu'elle doit récupérer ses filles qui sont en compagnie des jeunes Warwick.

Stephen posa un regard sévère sur Carolyn.

— Vous semblez avoir pris l'habitude de décider à la place de votre cousine en bien des occasions. C'est un peu comme si vous estimiez avoir des droits sur elle.

— Je m'inquiète au sujet de Lyssa et d'Audra, répliqua Carolyn, déconcertée. Elles sont habituées à se coucher de bonne heure. Si elles ne dorment pas assez, elles ne seront pas en forme pour assister au baptême.

« C'est vrai », pensa Marian, mais Stephen avait raison. Carolyn lui donnait des ordres comme à une subordonnée, et, souvent, elle allait trop loin.

Sans doute avait-elle une part de responsabilité dans cette soumission à sa cousine, mais ne dépendait-elle pas d'elle même pour le boire et le manger ?

— Que choisissez-vous de faire, Marian ? demanda

Stephen. Vous êtes invitée à cette petite fête familiale et il ne dépend que de vous d'y assister ou non.

L'insistance de Stephen, l'espoir qu'elle lisait dans son regard rendaient plus facile à Marian de décliner l'invitation. Il était plus raisonnable, en effet, de mettre les filles au lit sans tarder si elle voulait qu'elles soient parfaitement angéliques au baptême, où elles porteraient les jolies robes que Christina avait déposées dans la tente avant le souper.

— Merci, Stephen, mais j'ai promis aux filles d'aller les chercher après le repas. Elles seront fatiguées après une longue journée passée en compagnie des jeunes Warwick. Je crois qu'il est plus sage de les coucher au plus vite.

— En êtes-vous bien certaine ?

Marian aurait voulu le serrer dans ses bras en signe de reconnaissance pour toute l'attention qu'il lui témoignait ; elle dut se contenter de lui sourire.

— Oui, absolument. Vous avez déjà vu Audra d'humeur maussade, n'est-ce pas ? Nous ne voudrions pas qu'elle le soit demain matin.

— Oh ! non, mon Dieu ! Par pitié ! fit Stephen avec un petit rire.

Puis, se tournant vers Edwin :

— J'avais espéré m'entretenir avec vous, cet après-midi, mais je n'en ai pas trouvé l'occasion. Auriez-vous un moment à m'accorder ?

— Si vous voulez, répondit Edwin d'une voix lasse en se levant.

— Veuillez nous excuser, mes dames, dit Stephen avant de s'éloigner avec le chevalier.

Marian suivit du regard Edwin qui courbait l'échine,

donnant l'impression de porter sur les épaules toute la misère du monde. Elle aurait voulu lui dire un mot de réconfort, mais c'était trop tard. Carolyn, d'ailleurs, venait de prendre la place du chevalier à côté d'elle.

— Je suis contente que tu te sois rangée à mon opinion, Marian.

— C'est la plus sage solution, cependant, je ne comprends pas pourquoi tu a pris la liberté de répondre à ma place…

— Je n'ai eu d'autre intention que de te rendre service.

Marian voulut croire à la sincérité de sa cousine. Elle n'eut pas le loisir, de toute façon, de l'interroger davantage à ce sujet, car le comte et la comtesse de Warwick se levèrent de table, annonçant qu'ils retournaient à leur tente. Il était préférable qu'elle les accompagnât et reprît ses filles sur-le-champ.

— Dois-je faire porter au château ta courtepointe et ta paillasse ? demanda-t-elle à sa cousine.

— Non, je n'en aurai pas besoin, répondit énergiquement Carolyn comme un étrange sourire s'esquissait sur ses lèvres. Stephen m'a offert de passer la nuit dans sa chambre. Ce sera agréable de dormir dans un lit, sur un matelas de laine… avec lui, je crois bien…

Marian eut envie de hurler qu'il n'en serait rien, mais elle était trop émue pour parler.

Jamais Stephen ne ferait ça ! Pas après les instants merveilleux qu'ils avaient partagés tantôt ni les promesses de vie commune qu'il lui avait faites !

S'il proposait sa chambre à Carolyn par courtoisie, ça ne signifiait pas qu'il eût l'intention de l'y retrouver. Au contraire. C'eût été une grave indélicatesse de profiter ainsi de l'occasion. Carolyn n'exprimait qu'un souhait qui ne se réaliserait pas.

Quelque peu rassurée, elle trouva le courage de regarder sa cousine dans les yeux.

— Je ne saisis pas. Tu aimes Edwin et tu es prête à te donner à un autre ?

Carolyn haussa les épaules.

— Ce ne serait pas la première fois. J'aimais déjà Edwin quand je me suis mariée pour la seconde fois. Regarde autour de toi. Combien de ces femmes ont aimé un homme et en ont épousé un autre ? La majorité, sans doute.

— Ce n'est pas une raison pour les imiter. Tu as le choix, toi. Pourquoi ne pas te donner à l'homme que tu aimes ?

Le regard de Carolyn s'assombrit un bref instant, comme si elle allait céder à la colère.

— Tu sais très bien pourquoi je ne prends pas ce risque. Et puis, sache que ce n'est pas du tout désagréable de partager le lit de Stephen. Il est très sensuel.

Carolyn ne s'était-elle pas déjà vanté d'avoir passé une nuit avec Stephen à Westminster ? D'après ses dires, elle avait beaucoup apprécié ces moments… Lui avait-elle de nouveau accordé ses faveurs à Branwick ?

Marian chassa la vision repoussante qui se formait malgré elle dans son esprit. Elle n'oublierait jamais complètement que Stephen avait passé une nuit en compagnie de sa cousine, mais rien ne l'obligeait à y penser constamment. Cela, d'ailleurs, s'était produit avant qu'ils ne se revoient à Westminster, et de longues semaines avant qu'ils ne soient enfin réunis.

Marian se leva sans avoir cédé à la tentation de planter

ses ongles dans le visage de sa cousine. S'enrager contre elle et manifester ainsi sa défiance à l'égard de Stephen ne la mènerait nulle part. Elle ne voulait ni ne pouvait croire qu'après six ans de séparation Stephen l'eût serrée dans ses bras pour la laisser tomber de nouveau.

— Vous êtes prête, ma chère ? s'enquit la comtesse en s'approchant de Marian.

— Oui, comtesse, répondit cette dernière en s'efforçant de sourire à la très courtoise et noble dame.

— Allons-y, Charles est impatient d'aller se coucher.

Marian suivit le couple en luttant contre son imagination, qui la transportait dans la chambre de Stephen qu'elle n'avait jamais vue et qui allait accueillir Carolyn cette nuit...

Stephen avait exprimé le désir de vivre avec elle et de rattraper le temps perdu ; elle aurait voulu, surtout, l'entendre dire qu'il l'aimait. Il lui aurait été tellement plus facile d'écarter ces mauvaises pensées si elle avait eu l'assurance de son amour...

Stephen remplit deux pots de bière au tonneau et en donna un à Edwin avant de l'entraîner dans l'angle le plus sombre et le plus solitaire de la salle. Le chevalier, sans mot dire, l'observait du coin de l'œil avec un certain étonnement.

— Avez-vous des projets pour la soirée ? fit Stephen après s'être garanti que personne ne pouvait surprendre leur conversation.

— Non... Peut-être prierai-je Armand de me trouver

des partenaires pour une partie de dés... Lui et Harlan ne se privaient pas de jouer à Branwick.

— Certes, Harlan ne se déplace jamais sans ses dés. Mais j'ai une autre suggestion à vous faire. Il s'agit d'une distraction que vous trouverez sans doute plus à votre goût.

Un sourire tendu se dessina sur les lèvres d'Edwin.

— Dans la mesure où deux servantes m'ont déjà invité à venir les réchauffer, cette nuit, je crains que votre proposition ne manque de piquant.

Stephen, qui avait appris à bien connaître Edwin à Branwick, n'hésita pas à le taquiner.

— Pensez-vous qu'elles passeront un bon moment ?

Le chevalier, d'une humeur particulièrement maussade ce soir-là, releva le sourcil d'un air courroucé.

— Ça ne vous regarde pas, mais sachez que je pratique la chose depuis plus longtemps que vous et que j'ai eu le loisir de me perfectionner.

— Je ne vous propose pas de compétition. Je veux seulement vous prévenir que la personne que je me propose de vous faire rencontrer n'est pas facile à contenter.

Edwin but une longue gorgée de bière avant de répondre :

— Ça m'est bien égal puisque je ne la verrai pas.

— Et si je vous dis que cette femme est très belle et très noble ?

— Je ne veux pas la connaître.

— Vous la connaissez déjà. Vous êtes même ici à cause d'elle.

Edwin parut interloqué.

— Que voulez-vous dire ?

— Je vous suggère de passer la nuit dans un grand

lit très confortable au côté de celle qui règne sur votre cœur depuis de trop longues années.

Edwin plissa les yeux avec méfiance.

— Vous exagérez, chevalier. Je vous savais un peu trop impétueux et, parfois, à la limite de l'impertinence, mais j'ignorais que vous fussiez cruel.

Sur ces mots, il tourna les talons.

— Je suis incapable de plaisanter sur un sujet aussi grave, mon ami, répondit Stephen en lui posant la main sur l'épaule. Si vous voulez toujours épouser Carolyn, vous pouvez l'avoir, avec ma bénédiction. Il ne vous reste qu'à la convaincre de se donner à vous.

Edwin se retourna, incrédule.

— Je vous trouve bien inconstant. A moins que vous ne soyez tombé amoureux d'une autre ?

— Je ne peux rien vous cacher... mais il ne s'agit pas d'inconstance. Vous le comprendrez plus tard... En tout cas, j'ai compris que lorsqu'une femme retient notre cœur captif, il n'y a rien d'autre à faire que d'essayer de la conquérir. Je comprends, maintenant, pourquoi vous avez été aussi fidèle à Carolyn.

— En vain ! Je n'ai toujours pas réussi à capturer son cœur.

— Ce n'est pas ce que pense sa cousine. Marian m'a affirmé que Carolyn vous aimait depuis de nombreuses années.

— Mais elle me trouve trop vieux.

— Je sais que vous ne l'êtes pas... Vos quelques cheveux gris donnent assurément une fausse idée de votre âge.

— C'est une vraie malédiction dans ma famille. Les hommes grisonnent dès vingt-cinq ans.

— Ce qu'il vous reste à faire, c'est rassurer Carolyn. Lui montrer que vous êtes jeune malgré les apparences. Savez-vous comment sont morts ses deux maris ?

— Non, mais je ne vois pas le rapport...

— Ils ont tous deux succombé à un coup de sang après avoir exercé leur devoir conjugal.

— Est-ce possible ? C'est inouï. Qui vous l'a dit ?

— Marian, en me priant instamment de n'en toucher mot à personne, mais il me semble de mon devoir de vous en faire part, les circonstances de ces décès expliquant l'attitude de Carolyn à votre égard. Elle redouterait en se donnant à vous d'être responsable de votre mort.

— Je comprends..., fit Edwin, méditatif. Il n'y a donc aucune chance pour qu'elle m'ouvre la porte de sa chambre.

— Nous allons lui tendre un piège. Elle est conviée à une petite réunion familiale, ce soir. Lorsqu'elle s'achèvera, il sera trop tard pour qu'elle retourne sous la tente. Je l'inviterai donc à dormir dans ma chambre et à ne pas tirer le verrou de la porte pour me permettre de l'y rejoindre. J'irai, en fait, vous chercher, et c'est vous qui vous glisserez dans la pièce.

— Ça se passera très mal quand elle me reconnaîtra.

— Je n'en suis pas certain... Elle aura bien bu et quand elle vous verra vous dévêtir... Ne lui posez aucune question, n'écoutez pas ce qu'elle vous dira, contentez-vous de vous mettre en tenue d'Adam et, après, j'en mettrais ma main au feu, tout ira pour le mieux.

Edwin secoua la tête d'un air incrédule.

— C'est impensable !

— Pas tant que vous le croyez. Tentez votre chance,

vous verrez bien. Je vous le répète : Carolyn est amoureuse de vous.

— Hum…

— Où dormez-vous ?

— Là, près de l'âtre.

— Je prendrai votre place, cette nuit, et vous la mienne. Faites bon usage de mon lit et, par pitié, survivez à l'épreuve !

Quelques heures plus tard, Stephen, qui avait suivi Edwin à distance, s'arrêta devant la porte de sa chambre. Le chevalier venait de la refermer derrière lui et de tirer le verrou. Aussitôt, il entendit une voix féminine s'écrier :

— Que faites-vous ici ?

Suivit un échange de propos que Stephen ne comprit pas. Il hésita à se retirer, mais c'était plus fort que lui. Il ne pouvait se décider à bouger avant d'avoir la certitude qu'Edwin ne s'était pas fait jeter dehors.

Il colla l'oreille à la lourde porte de chêne et perçut un bruit étouffé de conversation. Si Edwin ne suivait pas ses conseils, il n'était toujours pas repoussé.

L'envie s'empara de Stephen d'aller retrouver Marian sous la tente, mais il craignait de la réveiller ainsi que les jumelles, qui ne comprendraient pas de le voir auprès de leur mère à une heure aussi tardive.

Il était plus raisonnable de descendre se coucher sur la paillasse d'Edwin.

Il colla une dernière fois l'oreille à la porte. Silence… Tout ceci laissait présager le meilleur…

Heureux de ce dénouement qui lui laissait le champ

libre pour demander la main de Marian, il descendit l'escalier et gagna la seule couche encore libre près de l'âtre.

Etendu sur le dos, les mains jointes sous la nuque, il regardait les jeux d'ombres au plafond, créés par les bannières qui ondulaient sous l'effet de l'air chaud s'élevant vers les hautes voûtes de la grande salle. Il se représentait Marian endormie sous la courtepointe qui avait accueilli leurs ébats, ses cils sombres s'allongeant sur sa joue lisse...

Comment retrouver le chemin de son cœur ? Elle avait été si profondément blessée, autrefois, qu'il lui était presque impossible d'oublier ces moments douloureux. Il s'agissait pour Stephen de rebâtir avec elle une relation qui fût fondée sur une confiance méritée.

Or, le seul moyen d'obtenir cette confiance, c'était d'être un père parfait pour Audra et Lyssa. Dès le lendemain, il annoncerait la vérité aux petites filles au sujet de leurs origines et pourvoirait sans tarder à tous leurs besoins. Il conviendrait aussi, en dépit de la mise en garde de Marian, mais avec son accord bien sûr, de rencontrer au plus vite ses parents. La réconciliation avec sa famille contribuerait certainement pour beaucoup à la guérison de son âme.

Tous ces efforts suffiraient-ils à convaincre la jeune femme de son amour ?

Même s'il lui fallait six ans pour reconquérir le cœur de Marian et sa confiance, il était prêt à faire tout ce qui était en son pouvoir pour y parvenir. Il aurait seulement aimé avoir la recette qui lui eût garanti le succès.

18.

Une délicieuse odeur de viandes rôties régnait dans la haute cour du château.

Marian passa avec les jumelles devant les énormes broches qui portaient l'une un bœuf, l'autre un porc, la troisième force volailles et la quatrième des venaisons que les bras noueux de solides gaillards faisaient tourner devant un grand feu.

Un parfum de pain chaud provenait de la boulangerie, se mêlant à celui des rôts et des oignons qui mijotaient avec d'autres légumes dans deux volumineuses marmites.

Les filles, qui n'avaient jamais vu la préparation d'un repas pour un aussi grand nombre de convives, ouvraient de grands yeux en regardant les viandes crépiter dans la chaleur, les graisses couler au sol, les fumées s'élever dans le ciel bleu de cette belle matinée de juillet.

— Venez, mes chéries, dit Marian avec impatience.

Elle avait mal dormi et était angoissée au moment d'entrer dans le donjon, où elle ne savait pas exactement ce qui l'attendait.

Toute la nuit, elle s'était tournée et retournée sur sa couche, cherchant de la main Stephen qu'elle aurait tant aimé avoir près d'elle, lui en voulant de n'être pas là tout en se reprochant les soupçons qu'elle avait à son sujet.

En bas du grand escalier, elle laissa aller les filles et les vit gravir les degrés en courant ; elle les suivit à une allure plus digne, soulevant la jupe de sa robe de soie ambre pour ne pas marcher sur l'ourlet.

La plupart des invités, dans leurs plus beaux brocarts, étaient déjà rassemblés dans la grande salle. Marian baissa les yeux avec satisfaction sur sa robe ; si elle n'était peut-être pas aussi richement décorée ni ornée que les bliauts et les robes des plus illustres convives, elle lui conférait le rang auquel elle avait droit.

— Je commençais à me demander si je ne devrais pas aller vous réveiller, dit Stephen en prenant le bras de Marian qui ne l'avait pas vu approcher.

Elle fut aussitôt réconfortée par sa présence.

— Nous avons traîné un peu devant les rôtisseurs.

— Oui ! fit Lyssa. Il y a d'énormes bêtes qui tournent, tournent… Et les filles de cuisine remuent la soupe dans de grandes marmites !

Stephen sourit.

— Tu sembles bien en forme, et ta sœur aussi…

Il se pencha sur la jeune femme et murmura à son oreille :

— Peut-on en dire autant de leur maman ?

— Pas vraiment… J'ai eu un sommeil assez agité.

Il eut un petit rire.

— Moi aussi. Il est vrai qu'il y a un certain temps que je n'ai pas dormi sur une paillasse.

Il la regarda dans les yeux et ajouta :

— Si j'avais su que tu ne dormais pas, je serais venu me glisser près de toi dans l'obscurité.

Ces quelques mots remontèrent le moral de Marian mieux que ne l'auraient fait plusieurs heures d'un profond sommeil.

— Je t'aurais accueilli à bras ouverts.

— C'est gentil de me le dire...

Il se pencha sur les jumelles et les embrassa, les complimentant sur leurs jolies robes.

— C'est dame Ardith qui nous les a fait faire, répondit Audra en tournant sur elle-même pour montrer que dans le mouvement sa jupe de soie se soulevait.

— Vous êtes charmantes dans cette tenue, dit-il avec tendresse.

Incapable de le regarder plus longtemps converser avec ses filles sans avoir les paupières gonflées de larmes, Marian chercha des yeux sa cousine.

— Carolyn n'est pas encore descendue, dit Stephen comme s'il lisait dans les pensées de la jeune femme. Ni Edwin, d'ailleurs. Je suppose qu'il a passé l'épreuve avec succès...

Un sourire éclaira le regard de Marian.

— Que voulez-vous dire ?...

— Précisément ce que vous avez compris. Et il semble que nos tourtereaux y aient pris goût. S'ils ne libèrent pas rapidement ma chambre, je vais être obligé d'aller les en déloger ! Il faut que je me change et je n'ai plus guère de temps avant la cérémonie.

— Je ne puis le croire..., murmura Marian.

A cet instant, cependant, elle vit paraître Edwin et Carolyn au bas de l'escalier.

— Ah ! les voilà ! fit-elle, ébahie. Comment ce prodige a-t-il pu se produire ?

— Je vous avoue que j'y ai un peu contribué. Bah !

ce qui compte, c'est le résultat. Voyez comme ils ont l'air heureux.

Le chevalier et Carolyn, en effet, arboraient des sourires rayonnants comme ils traversaient la salle en se tenant par le bras, faisant ainsi savoir à tous ceux qu'ils croisaient quel coup d'éclat avait eu lieu dans la nuit. Certains se retournaient avec curiosité, l'expression égrillarde, d'autres secouaient la tête, consternés.

Il était temps qu'il paradât à son tour avec Marian et les filles, pensa Stephen qui trouvait la situation fort cocasse. Chacun comprendrait alors que Wilmont était le cadre idéal de l'amour courtois.

— Je monte faire un peu de toilette et me changer, dit-il. Je ne serai pas long.

— Vous vous sauvez de crainte que je ne vous adresse des reproches, n'est-ce pas ? fit Marian. Vous avez répété à Edwin le secret que je vous avais confié...

— C'était le seul moyen de sortir de l'impasse où nous étions tous, et vous avouerez que personne n'en a pâti.

Sur ces mots, il s'éloigna et Marian vit Carolyn quitter un instant Edwin pour courir vers Stephen et lui sauter au cou. Ils échangèrent quelques mots puis Stephen repartit à grands pas vers l'escalier.

Carolyn accepterait-elle, maintenant, d'épouser Edwin ? Tout portait à le croire, et Stephen serait enfin libre !

— Venez, les filles, dit-elle. Il faut aller dire bonjour à votre tante et à Edwin, et leur montrer vos belles robes.

Très fières, Audra et Lyssa se dirigèrent vers le couple.

— Comme vous êtes belles, ce matin ! s'exclama Carolyn en se penchant pour les embrasser.

Edwin baisa la main de Marian puis les deux cousines s'embrassèrent chaleureusement. Profitant de ce que Carolyn la serrait dans ses bras, Marian demanda :

— Dois-je comprendre que tu as enfin fait le bon choix, ma cousine ?

— Oui, tu ne te trompes pas. Nous en reparlerons en privé...

Marian constata que le regard de sa cousine sur elle-même avait déjà changé : elle ne semblait pas du tout pressée de changer de tenue, alors qu'elle portait une robe un peu chiffonnée... En d'autres circonstances, Marian savait qu'elle se serait précipitée à la tente pour passer au plus vite une autre robe et paraître sous son meilleur jour aux yeux de la famille de Stephen.

Elle prononçait en son for intérieur le nom aimé entre tous quand celui qui le portait si bien se trouva soudain à son côté.

— Déjà ! fit-elle. Vous êtes magnifique.

Elle le regarda de bas en haut, s'extasiant sur les riches broderies de son bliaut dont les tons étaient en parfaite harmonie avec la robe ambre qu'elle portait.

— Je crois que nous ne ferons pas mauvaise impression, repartit Stephen en glissant le bras sous celui de la jeune femme. Allons rejoindre les autres. Gerard et Ardith ne vont pas tarder à paraître.

Il la conduisit vers le rassemblement qui s'était formé au pied de l'escalier. Le cœur de Marian se mit à lui battre tandis qu'ils s'approchaient du groupe de convives composé de la plus haute noblesse d'Angleterre.

— Regardez, maman ! s'écria Audra. Le bébé est enveloppé dans la couverture que vous avez brodée !

Stephen serra la main de la jeune femme dans la sienne.

— Je la leur ai donnée, ce matin, dit-il à mi-voix, sachant qu'elle leur plairait énormément et qu'ils voudraient l'utiliser pour le baptême.

En voyant Matthew dans les bras de sa mère, douillettement niché dans la couverture écrue, Marian aurait dû être émue aux larmes ; elle éprouva au contraire une peur irraisonnée, comme si tout allait trop vite...

Stephen ne quitta pas Marian ni les jumelles de la journée, s'affichant avec elles de façon ostentatoire durant la cérémonie de baptême et au cours du repas qui suivit. Si d'aucuns n'avaient pas compris de quel côté penchait son cœur ni deviné quel lien l'unissait à Audra et Lyssa, ils manquaient singulièrement de perspicacité.

Toute l'après-midi, en effet, il saisit chaque occasion pour se rapprocher des petites filles et montrer combien elles lui ressemblaient. Et lorsque la gouvernante de Daymon et Philip vint chercher les deux petits garçons pour les conduire à leur chambre, il envoya les jumelles avec eux.

Marian souriait ; ses gestes étaient gracieux ; elle était aimable avec chacun et tout le monde lui témoignait une déférence qui prouvait que le message de Stephen passait. Nonobstant, quelque chose dans son regard trahissait une souffrance intérieure.

Même la confirmation par Carolyn de son intention de se marier avec Edwin dès leur retour à Branwick n'avait pas réussi à dissiper l'inquiétude que Stephen lisait dans ses grands yeux gris.

Il avait eu envie de la porter dans ses bras jusqu'à sa chambre et d'effacer ce voile de tristesse en lui témoignant son amour, mais il ne s'était pas présenté un seul moment où ils eussent pu s'octroyer ce genre de liberté.

A défaut de s'esquiver de la grande salle, il avait trouvé le moyen de s'écarter un moment avec elle pour s'enquérir de ce qui n'allait pas. Las, Marian ne lui donna aucune réponse qui pût expliquer le trouble qu'il la soupçonnait d'éprouver.

S'ils s'étaient unis plus tôt, à Branwick, dans la chaumière, il aurait pu attribuer le comportement de la jeune femme aux malaises affectant le début d'une grossesse, mais ce n'était évidemment pas le cas. La veille, certes, il avait pu la mettre enceinte...

— Aimerais-tu attendre un enfant ? lui demanda-t-il sans autre préambule.

— Euh... Oui... Peut-être..., fit-elle, comme si elle ne croyait pas à cette éventualité.

— Lorsque nous serons mariés nous pourrons nous y employer sérieusement, dit-il pour la réconforter au sujet de ses projets.

— Ce sera davantage un plaisir qu'un devoir, répondit-elle, faisant naître un sourire sur les lèvres de Stephen.

Il la prit dans ses bras et effleura ses lèvres d'un baiser. Il aurait voulu lui dire qu'il avait hâte de se présenter devant son père pour lui demander sa main, mais il craignait, en évoquant la personne d'Hugo de Lacy, de lui rappeler de mauvais souvenirs.

— Penses-tu que les filles soient réveillées, ma chérie ? Je ne supporte plus d'attendre. Je veux que nous leur disions la vérité avant ce soir sinon elles finiront par l'entendre de la bouche de quelqu'un d'autre.

— Excitées comme elles l'étaient lorsqu'elles sont montées avec les garçons, je doute qu'elles aient dormi ne serait-ce qu'un instant.

— Alors allons-y tout de suite. Ma patience est à bout.

Il prit la main de la jeune femme et se dirigea vers l'escalier, dont il aurait gravi les marches en courant si son cœur n'avait pas battu aussi fort. Les jumelles seraient-elles heureuses d'apprendre qu'il était leur père ? Que ferait-il si elles le rejetaient ?

Les jambes soudain coupées, il s'arrêta brusquement.

— Peut-être vont-elles me repousser ?

Marian sourit en faisant non de la tête.

— Elles t'aiment déjà, pourquoi seraient-elles fâchées d'apprendre que tu es leur père ? Elles seront très flattées, au contraire. C'est peut-être à moi, en revanche, qu'elles feront des reproches pour avoir gardé le secret si longtemps. Heureusement, les jeunes enfants pardonnent aisément à ceux qu'ils aiment.

— Qui de nous deux va le leur annoncer ?

— Il vaut mieux que ce soit moi, et sans témoin, si possible. Peut-être devrions-nous aller sous la tente ?

— Non, nous irons dans ma chambre.

En approchant de la chambre des enfants, ils entendirent des rires qui confirmèrent ce que Marian avait pressenti. Non seulement les filles ne dormaient pas, mais elles étaient en train de jouer avec les garçons.

L'appréhension de Stephen revint subitement lorsqu'il ouvrit la porte et vit Audra et Lyssa abandonner leurs compagnons de jeu pour courir vers lui et Marian.

— Avez-vous un peu dormi ? demanda cette dernière

avec une gaieté forcée, car le malaise que Stephen avait décelé en elle persistait malheureusement.

— Pas beaucoup, répondit Audra.

— Je m'en doutais... Venez, mes chéries. Stephen et moi voudrions vous parler.

Ils gagnèrent la chambre de Stephen où Marian fit asseoir les filles sur le lit avant de prendre place entre elles.

— Oh ! c'est doux, fit Lyssa en passant la main sur la peau de loup qui recouvrait le lit. Nous sommes dans votre chambre ?

— Oui, répondit Stephen qui remarqua que Marian rougissait.

Etait-ce parce qu'elle venait de prendre conscience qu'elle était assise sur son lit ou parce qu'elle songeait, tout comme lui, que la fourrure serait douce au contact de sa peau nue ?

Cette nuit, ma chérie, pensa-t-il.

Il inviterait, dès ce soir, Marian à partager sa couche, et elle deviendrait, à part entière, sa femme, en attendant la célébration de leur mariage devant Dieu.

La jeune femme reprit sa respiration et passa le bras dans le dos des fillettes.

— Je crois que j'ai une bonne nouvelle pour vous. Vous allez être un peu surprises, mais il faut que vous sachiez qu'autrefois maman a commis une grave erreur et vous a privé d'un père, d'un nom...

Les jumelles levaient sur leur mère de grands yeux et l'écoutaient dans un silence religieux.

— Vous savez que vous appartenez à la noblesse de ce royaume...

— Parce que notre père était noble ? demanda Lyssa.

— Oui, et moi aussi.

— Etait-il issu d'un haut parage ? s'enquit Audra dont le regard brillait de curiosité.

— Oui... Il appartient à l'une des plus anciennes familles normandes...

Marian releva la tête pour regarder Stephen qui écoutait, pâle, les traits du visage défaits par l'émotion.

— Il est temps, maintenant, que vous fassiez sa connaissance.

— Mais il est mort ! protesta Lyssa.

Le sourire de Marian s'effaça.

— Je dois vous demander pardon, mes chéries, pour vous avoir laissées croire ce conte. Votre père est bien en vie et va, à partir d'aujourd'hui, prendre la place qui lui revient parmi nous.

Marian avait prononcé ces mots sans quitter des yeux Stephen, laissant ainsi peu de doute aux filles au sujet de l'identité de leur père.

Le temps sembla suspendre son cours tandis que les jumelles échangeaient un long regard.

Puis Audra se leva et s'approcha de Stephen, dont elle resta, néanmoins, distante d'un pas.

— Vous êtes notre père ?

— Oui, répondit-il d'une voix étranglée.

Les yeux de la petite fille s'embuèrent de larmes.

— Est-ce que nous avons fait quelque chose de mal pour que vous nous ayez quittées ainsi ?

Stephen eut l'impression que son cœur se fendait.

— Oh ! non, ma petite, dit-il en se penchant pour soulever l'enfant dans ses bras.

Audra resta de marbre.

— J'ignorais jusqu'à votre existence, mais c'est par pure insouciance... Tout a changé, maintenant. Je vais épouser votre mère et nous vivrons ensemble comme une vraie famille.

Le regard de la fillette s'assombrit comme celui de Marian lorsqu'elle était sur le point de lui faire des reproches.

— Notre chaumière est toute petite et inconfortable.

— Je le sais..., mais nous allons choisir ensemble l'un de mes fiefs, celui qui vous plaira le mieux, pour nous y installer. Tu es d'accord ?

— Oui.

Il alla s'asseoir sur le lit près de Marian et prit Audra sur ses genoux.

— S'il vous est difficile de m'accepter comme votre père, reprit-il, vous pouvez me considérer, le temps de vous habituer, comme un proche ami de votre famille.

Lyssa monta sur les genoux de sa mère.

— Mais si vous êtes notre père, il faut que nous vous appelions papa, n'est-ce pas ?

Il lui caressa la joue.

— Oui, lorsque vous serez prêtes. J'en serai très heureux et très honoré.

Le sourire de Marian le rassura sur ce qu'il avait dit. Il fallait évidemment laisser le temps aux filles de s'adapter à cette réalité qui venait de leur tomber sur la tête. Elles s'étaient déjà forgé, sans doute, une certaine image de leur père, et voilà qu'il venait tout bouleverser...

A cet instant, on frappa violemment à la porte.

— Messire Stephen ?

C'était la voix d'Armand et le ton en était trop pressant pour qu'il le priât de revenir plus tard.

— Entre !

L'écuyer ouvrit la porte et pénétra dans la chambre.

— Pardonnez-moi de vous déranger, messire, mais un messager vient d'arriver de Torgate, et il demande à vous parler sur-le-champ.

Torgate, l'un des fiefs de Stephen situé en lisière du grand domaine forestier de New Forest si apprécié du roi... Le sénéchal n'enverrait pas un messager sans une bonne raison.

— Sais-tu de quoi il s'agit ?

— Des pillards sévissent sur vos terres, messire.

Stephen était devenu si différent que Marian s'arrêta à quelques pas de lui pour le considérer, le cœur serré, partagée entre le respect, l'admiration et une impression douloureuse de trahison.

Entouré de ses frères dans la haute cour de Wilmont, il écoutait le récit du messager qui avait chevauché pendant deux jours et deux nuits sans repos sinon, très brièvement, pour changer de monture.

Tout dans l'attitude de Stephen révélait le puissant seigneur indigné des sévices subis par ses gens et impatient de rendre une justice brutale et expéditive.

Marian n'avait jamais vu cet aspect de sa personne, mais elle comprenait qu'il fût révolté : le rapport du messager était effrayant. Il était question de récoltes ravagées, de greniers et de chaumières incendiés, de troupeaux décimés, de femmes violées, de vilains sauvagement tués...

— Combien sont-ils ? demanda Stephen, interrompant le récit de son sujet.

— Une dizaine, messire. Difficile de savoir exactement. Ils agissent toujours de nuit, s'en prennent aux fermes isolées...

Stephen se tourna vers Gerard.

— Si tu le veux bien, je prendrai avec moi Harlan, Armand et deux sergents.

Gerard opina du chef puis regarda le soleil, qui déclinait à l'ouest.

— Quand veux-tu partir ?

— Dès que j'aurai revêtu mon haubert et que mon cheval sera sellé.

Marian n'entendit pas la fin de la conversation. Les oreilles lui bourdonnaient. Elle était bouleversée.

Il n'allait pas partir maintenant, alors qu'ils venaient d'annoncer aux jumelles qu'il était leur père !

S'il était tué, ce serait affreux pour les filles. Et pour elle... Mon Dieu ! Elle ne survivrait pas à une telle épreuve.

Voyant Stephen se diriger à grands pas vers l'escalier conduisant à la porte du donjon, elle courut derrière lui.

— Attends, Stephen ! Il faut que nous parlions.

Il ralentit et lui tendit la main.

— Viens avec moi. Tu m'aideras à me changer.

Marian monta l'escalier à son côté, gardant le silence jusqu'à ce qu'ils fussent dans la chambre de Stephen.

— Je ne veux pas que tu partes ! s'exclama-t-elle dès qu'elle eut refermé la porte derrière elle.

Stephen, qui lui tournait le dos, traversa la pièce et ouvrit un coffre duquel il tira un casque de forme conique qu'il jeta sur le lit. Comme il retombait sourdement sur la peau de loup, Stephen se pencha de nouveau sur le coffre.

Un frisson courut dans le dos de la jeune femme lorsqu'elle entendit le cliquetis des mailles de la lourde cotte qu'il soulevait dans ses mains.

Elle serra les poings pour ne pas trembler.

— Je ne veux pas que tu partes à Torgate.

— Je n'ai pas le choix. Tu as entendu ce que disait le messager ?

— Oui, mais ne peut-on envoyer quelqu'un d'autre pour arrêter les pillards ?

— Ce sont mes terres et mes gens, répondit-il en étalant le haubert sur le lit. Il est de mon devoir de les protéger.

Il passa la main sur la cotte, vérifiant qu'aucune maille ne manquait ou n'était usée.

— Harlan et Armand ne pourraient-ils se faire accompagner de deux ou trois sergents d'armes supplémentaires et te permettre ainsi de rester avec nous ?

Stephen se redressa lentement et regarda la jeune femme dans les yeux.

Il veut partir, pensa-t-elle en elle-même. Le danger, l'aventure, la chevauchée à travers bois et plaines fertiles : tout ceci, c'était évident, l'excitait cent fois plus que la vie de père de famille.

— C'est mon devoir de secourir mes sujets, répéta-t-il. Je ne passe pas mon temps à inspecter mes domaines, mais si les vilains placés sous ma protection sont menacés dans leurs vies et leurs biens, j'interviens immédiatement et n'envoie personne à ma place pour les protéger ou les venger.

— Et que fais-tu de tes devoirs envers tes filles ? Est-ce qu'elles ne comptent pas, elles aussi ? Nous leur annonçons que tu es leur père et, dans la foulée, tu les quittes pour accomplir une mission que d'autres pourraient remplir à ta place, quoi que tu en dises. Pour elles, ce sera tout simple. Elles se diront qu'elles ne comptent pour rien à tes yeux.

— C'est faux !

— Elles sont trop jeunes pour comprendre le sens du devoir. Elles retiendront seulement que tu les abandonnes le jour où elles ont le plus besoin de toi.

Il marcha jusqu'à Marian et posa les mains sur ses épaules.

— Je vais leur expliquer pourquoi je dois partir et leur faire la promesse de revenir et de remplir mon devoir à leur égard, mais ce n'est pas seulement pour les filles que tu es si préoccupée, n'est-ce pas ? Puis-je croire que tu es inquiète pour moi ?

Il caressa la nuque de la jeune femme qui leva sur lui un regard suppliant.

— Je ne veux pas que tu partes, dit-elle dans un sanglot. Tu vas tellement me manquer.

Et, en elle-même, elle ajoutait : *Ne m'abandonne pas, pas une seconde fois !*

Il la serra dans ses bras et elle saisit dans ses mains fines la soie de son bliaut, tirant dessus comme pour la déchirer et sentir une dernière fois la chaleur de sa peau contre elle...

— N'aie pas peur, Marian. Aucun brigand n'osera s'en prendre à moi.

Elle leva la main pour toucher son oreille, dont le lobe avait été coupé.

— La lame d'une épée pourrait t'atteindre malgré toi.

— Je te promets de ne commettre aucune imprudence et de revenir entier, sans mauvaise blessure.

Elle voyait bien que ses craintes n'entamaient pas sa résolution et que, si elle insistait, elle ne ferait que l'impatienter sans rien obtenir.

— Combien de temps seras-tu parti ? fit-elle en essuyant ses larmes.

— Aussi longtemps qu'il le faudra pour rendre justice et m'assurer que l'ordre est revenu sur mes terres.

Il effleura d'un baiser la tempe de la jeune femme.

— Aide-moi à revêtir mon armure. Plus tôt je partirai, plus tôt je serai de retour.

Stephen retira son bliaut de soie et sa chemise, dénudant son buste sculptural. Marian ne put résister à l'envie d'y appuyer la joue pour écouter battre son cœur. Inconsciente des conséquences de son geste, elle lui caressa la poitrine de ses longs doigts fins…

Stephen laissa échapper un soupir et, s'emparant des lèvres de la jeune femme, il la renversa sur la peau de loup et commença de défaire les lacets de sa robe.

— Stephen… mon amour… oh ! oui…

Elle lui retira ses braies tandis qu'il la dénudait en la couvrant de baisers. Voyant qu'elle était prête à l'accueillir, il lui souleva les hanches et vint en elle avec force et passion. Elle le serra dans ses bras de toutes ses forces, escaladant au même rythme que lui les degrés d'un indicible plaisir qui explosa dans un tumulte de froissements d'étoffes, de plaintes et de gémissements.

Il resta un moment immobile, le visage dans le cou de Marian dont il respirait le parfum comme s'il craignait de l'oublier, comme s'il redoutait de ne plus jamais le humer.

— J'aimerais que tu occupes ma chambre pendant mon absence, dit-il dans un souffle. Je serais heureux de savoir que tu dors ici, que tu gardes notre lit bien au chaud.

Passer des semaines à Wilmont sans Stephen, dormir dans son lit où elle penserait à lui sans cesse, vivre ici en s'ennuyant terriblement de lui ? Non, elle ne s'en sentait pas capable. Elle deviendrait folle.

— Carolyn m'a dit qu'elle repartait à Branwick demain matin avec Edwin. Je les accompagnerai avec les filles.

— Tu ne vas pas retourner dans la chaumière ?

— C'est notre maison jusqu'à ce que tu nous en trouves une autre.

Il releva une mèche de cheveux qui barrait le front de la jeune femme.

— Promets-moi de résider dans le donjon.

— Si tu le veux, repartit Marian qui ne voulait pas se quereller avec lui à ce sujet quand il allait risquer sa vie.

Comme elle l'aidait à revêtir son haubert, une peur incontrôlable la gagna. Non seulement elle redoutait qu'il fût blessé ou pire encore, mais, surtout, elle avait lu dans son regard qu'il avait *envie* d'aller à Torgate, qu'il accomplissait son devoir comme il serait parti à l'aventure.

Lorsqu'il serait loin d'elle, ne changerait-il pas d'avis ?

Ne découvrirait-il pas que la liberté avait plus de prix que l'amour d'une femme et de deux petites filles ?

Reviendrait-il auprès d'elle ou partirait-il vers un autre destin ?

19.

Marian regardait d'un air ébahi son oncle, cet oncle qu'elle avait cru bien connaître ; elle venait d'apprendre qu'il correspondait avec sa propre mère, Edith de Lacy, à son insu.

— Vous saviez ? répéta-t-elle, incapable de se remettre de sa stupéfaction.

— Disons que j'avais de forts soupçons, répondit William de Grasse en s'adossant à ses oreillers. Tes parents seront heureux d'apprendre que le mystère est enfin levé sur l'identité du père de tes enfants.

Marian, dont la tête s'était mise à tourner tant la nouvelle que lui avait assenée son oncle l'avait abasourdie, s'assit au bord du lit.

Elle arrivait tout juste à Branwick avec Carolyn et Edwin, qui s'étaient empressés de faire part à William de leur désir de se marier. Il leur avait donné sa bénédiction avec beaucoup de joie puis avait écouté avec intérêt les jumelles relater le voyage et le séjour à Wilmont.

Après que William eut envoyé les filles chercher de la brioche à la cuisine et que les amoureux se furent retirés, Marian avait complété le récit des jumelles et confessé le lien qui l'unissait à Stephen. Son oncle avait souri avec bienveillance et appris à sa nièce que son secret n'en était pas un.

— Comment l'avez-vous appris ?

— Ta mère a eu très vite des soupçons au sujet du jeune Stephen. Elle en avait même parlé à ton père, qui avait menacé de le jeter dehors. Il ne l'a pas fait, sans doute parce que ce n'est pas la façon dont on traite le fils d'un grand seigneur si l'on espère mourir de sa belle mort dans son lit. Mais qu'importe le passé. Tout va rentrer dans l'ordre, maintenant, n'est-ce pas ?

— Oui, je l'espère...

— Que veux-tu dire ? Tu n'es pas certaine qu'il t'épouse ?

— Si... Il me l'a promis... Mais il est parti remettre de l'ordre sur ses terres et ce n'est pas sans risque.

La jeune femme n'avoua pas à son oncle ses craintes que Stephen fût repris par le goût de l'indépendance et de l'aventure, et qu'il partît loin, très loin...

Stephen était satisfait. Justice était rendue. Six des pillards étaient morts dans les combats et les trois qu'ils avaient capturés pendaient au bout d'une corde. Il avait demandé qu'on les décrochât après trois jours et qu'on leur donnât une sépulture. Il ne supportait pas de voir ces misérables corps décharnés se balancer au vent jusqu'à ce qu'ils ne fussent plus que des squelettes.

Harlan et Armand, surtout, auraient aimé l'entraîner à Londres, où ils avaient pris l'habitude de se distraire après l'accomplissement de leurs missions, mais il avait refusé. Marian lui manquait cruellement ainsi qu'Audra et Lyssa, ses deux petites filles chéries. Aussi était-ce à bride abattue qu'il avait pris la direction de Branwick.

Ses compagnons, auxquels il avait offert de s'arrêter à Wilmont s'ils le souhaitaient, avaient tenu à rester avec lui. Armand se réjouissait à la pensée de revoir sa jolie servante et Harlan était sûr de trouver des compagnons de jeu chez messire de Grasse.

Bien avant que les cavaliers ne passent devant sa porte, Marian entendit le bruit des sabots et le cliquetis des harnais. Elle posa son ouvrage en se disant qu'elle était folle de croire que Stephen pût déjà être de retour, et s'approcha de l'huis qui restait ouvert sur la campagne.

Les cavaliers, au nombre de trois, s'approchaient rapidement. A leur tête, un grand cheval noir…

Le cœur de la jeune femme se mit à lui battre. Elle reconnaissait Stephen dans son armure, l'écu des Wilmont au côté, entouré d'Armand et d'Harlan.

Le vieux chevalier et l'écuyer saluèrent de la main Marian et poursuivirent leur chemin vers le château tandis que Stephen tirait sur les rênes de son étalon et sautait à terre.

Marian, laissant échapper un cri de joie, s'élança vers lui. Il poussa la barrière et n'eut que le temps d'ouvrir les bras pour accueillir la jeune femme qui lui sautait au cou.

La soulevant dans ses bras, il tourna sur lui-même avant de la reposer à terre et de l'embrasser avec passion. Elle se serrait contre lui de toutes ses forces.

— Quelle joie de vous revoir, monseigneur dit-elle dans un souffle.

— Pour moi aussi, ma dame. Vous ne pouvez vous représenter combien vous m'avez manqué, vous et les filles. Sont-elles ici ?

— Non, elles sont avec leur oncle. J'ai fait en sorte qu'elles passent le plus de temps possible au château jusqu'à votre retour. Voulez-vous que nous allions les chercher ?

— J'aimerais parler un peu avec vous, seul à seule, avant cela.

— Comme il vous plaira, fit Marian, le cœur serré.

Avait-il changé d'avis pendant leur séparation ? Il avait assurément repris goût à l'aventure et peut-être n'éprouvait-il plus le désir de vivre avec elle et les jumelles ? Elle n'aurait jamais dû le laisser partir seul !

A peine ces pensées lui eurent-elles traversé l'esprit qu'elle les en chassa. Il fallait rompre avec ce travers, contracté six ans plus tôt, de tirer des conclusions hâtives en ce qui concernait Stephen.

— Tout ne s'est-il pas bien passé à Torgate ? N'avez-vous pas réussi à mâter les pillards ?

— Si, justice a été pleinement rendue. Dès que les derniers brigands en vie ont été châtiés, je suis revenu vers vous. Les jumelles ont-elles compris pourquoi j'étais obligé de vous quitter ? Lorsque je me suis arrêté pour leur dire au revoir, elles ne m'ont pas semblé bouleversées.

— Je crois qu'elles ont été davantage troublées de découvrir que leur mère n'était pas parfaite. Nous avons eu plusieurs discussions, pendant votre absence, sur les tares des adultes...

Stephen déposa un baiser sur le front de la jeune femme.

— Mais vous êtes parfaite.

Elle eut un rire railleur.

— Non, vous le savez bien, mais je n'attends pas non plus de vous que vous le soyez.

Il sourit.

— Dois-je en conclure que vous m'avez pardonné de vous avoir abandonnée alors même que nous venions enfin de nous retrouver ?

— Je sais que vous ne l'avez pas fait de votre plein gré. Vous avez le devoir de protéger vos sujets. J'ai réagi un peu égoïstement. Dorénavant, j'essaierai de ne point vous tenir rigueur d'avoir d'autres préoccupations que moi et les filles.

Il passa la main sur la joue de la jeune femme, qu'il considérait avec un regard attristé.

— Je ne te range pas au niveau de mes préoccupations, Marian. Tu es toute ma vie, ce que j'ai de plus cher au monde. Rien ne compte en dehors de toi. Je t'aime...

Marian eut l'impression que ses jambes allaient se dérober. Sa respiration s'était arrêtée. Stephen n'avait pas conscience qu'il venait de prononcer des mots qu'elle n'osait plus espérer. Il lui avait fait le plus beau cadeau du monde. Il lui avait donné son cœur. Quoi qu'il arrive, elle le garderait précieusement au plus profond d'elle-même.

— Moi aussi, je t'aime, Stephen. Et je voudrais te...

Il ne la laissa pas poursuivre. D'un baiser, il lui scella les lèvres, et il l'enlaça tendrement. Le désir de Marian s'enflamma aussitôt. Elle aurait été prête à se donner à lui, maintenant, sur le chemin de Branwick...

— Qu'ai-je fait pour mériter ton amour, ma chérie ?

— Tu es revenu auprès de moi.

— Cela suffit-il ? s'enquit-il, confus.

— Oui. J'ai besoin seulement de savoir que tu m'aimes. Même s'il t'arrive de partir, il me suffit de savoir que tu penses à moi et que tu vas revenir pour être heureuse.

— Tu n'as aucun autre désir ? fit-il avec un petit sourire.

— Si, toi, repartit-elle, mutine.

Elle lui prit la main et l'entraîna vers la chaumière.

— Monseigneur acceptera-t-il de partager ma modeste couche ?

— J'en serai très honoré, ma dame, fit-il en la soulevant dans ses bras.

Il entra dans la masure, dont il poussa la porte du pied derrière lui, puis étendit Marian sur une courtepointe.

— Ici ou dans le plus beau château, cela importe peu pourvu que je sois avec toi, ma mie...

Elle lui prit le visage entre les mains et plongea son beau regard dans les yeux de Stephen, verts comme l'espérance...

— Tu me promets que nous ne serons plus jamais séparés ?

— Plus jamais. Dès demain, nous irons à Murwaithe où je demanderai ta main à ton père.

— Il va en faire, une tête, dit-elle en pouffant de rire.

Puis elle reprit, en caressant la joue de Stephen :

— Mais je crois qu'il sera très heureux et, au fond, très flatté que sa fille entre dans l'illustre famille des Wilmont.

Il la contempla avec tendresse et, se penchant sur elle pour effleurer ses lèvres d'un baiser, murmura :

— Je t'aime, Marian. Mon premier et mon plus bel

amour... Quel bonheur que nos chemins se soient de nouveau croisés ! Aujourd'hui, avec toi et mes deux petites filles, je suis sans doute l'homme le plus comblé au monde.

Sur ces mots, il s'empara des lèvres de la jeune femme, lui témoignant toute la force et la profondeur de son amour par l'ardeur de ses baisers et la fièvre de ses caresses...

Collection *Les Historiques*

HARLEQUIN

PROCHAINS RENDEZ-VOUS LE

1er août 2006

LE GENTILHOMME LIBERTIN, ***d'Anne Herries* • n°342**

SAGA AU NOM DE LA REINE, 2e PARTIE.

Angleterre, 1560. *Intrigues de cœur et de Cour sous le règne d'Elizabeth I…*

Alors que Catherine Moor se rend à la Cour avec son père pour être présentée à la reine, leur diligence est attaquée par des rufians. Catherine essaie de les repousser lorsqu'un inconnu survient et la tire de ce mauvais pas. L'incident est relaté à la reine qui, conquise par le courage de Catherine, en fait sa suivante préférée. Parmi les familiers du palais, la jeune fille reconnaît son sauveur, un certain Nicholas Grantly, ami du plus proche conseiller de Sa Majesté...

LA FAVORITE DU ROI, ***de Terri Brisbin* • n°343**

Angleterre, 1178. Depuis l'enfance, Marguerite d'Alençon croit son avenir tracé. Son père ne lui a-t-il pas toujours répété qu'une fulgurante ascension l'attendait ? Et sa beauté, en effet, lui a valu de devenir la maîtresse du roi. Un destin prestigieux dont, pense-t-elle, le mariage sera le point d'orgue sitôt que le souverain aura divorcé de son actuelle épouse. Seulement, voilà : non seulement Henri ne divorce pas, mais, pour éloigner Marguerite devenue gênante, il la donne en mariage à un seigneur anglais…

LES FIANCÉS DE LA COURONNE, ***de Juliet Landon* • n°344**

Angleterre, 1088. Fille d'un riche marchand proche de la Couronne, lady Rhoese voit sa vie basculer quand Guillaume le Conquérant envahit l'Angleterre et impose le joug normand. Pour avoir la mainmise sur la fortune de la jeune femme, Guillaume la fiance d'autorité à l'un de ses chevaliers « en récompense de ses loyaux services »…

UN SCANDALEUX SECRET, ***de Patricia Frances Rowell* • n°345**

Angleterre, 1814. Devenue veuve, lady Diana se retrouve à la rue: joueur et noceur, son mari ne lui laisse que des dettes. Pire, elle découvre qu'il fomentait un complot pour libérer Napoléon de l'île d'Elbe. Traquée par de mystérieux ennemis et craignant pour la vie de ses enfants, la jeune femme n'ose croire en sa chance quand un ami de son défunt époux lui propose de l'héberger dans sa famille. Aux abois, elle accepte son offre et lui cache les menaces dont elle est l'objet…

LA MAITRESSE DU DONJON, ***de Joanne Rock* • n°346**

Angleterre, 1307. Lorsqu'un incendie dévaste le château familial, Rosalind de Beaumont, soutenue par ses fidèles vassaux, laisse croire à tout le monde que son frère a échappé au brasier où ont péri leurs parents. Cette ruse, espère-t-elle, lui permettra d'assurer la protection de la forteresse en attendant jqu'elle obtienne du roi l'autorisation d'épouser un ami d'enfance. Mais tout se gâte quand la citadelle est assiégée par les troupes d'un redoutable Highlander…

elle n'est en effet pas pour la rassurer : malgré les apparences, l'homme pourrait bien n'être qu'un manipulateur machiavélique, prêt à se servir d'elle pour échapper à la prison…

La fille de l'assassin, de Metsy Hingle • N° 262

Tess Burns Abbott avait quatre ans lorsque, un soir, elle a découvert sa mère assassinée dans le salon de sa maison. A côté d'elle, l'arme du crime à la main, se tenait son père Jody...
Vingt-cinq ans ont passé. Confondu par le témoignage de sa fille, Jody Burns a été condamné pour meurtre. Tess, elle, a grandi auprès de ses grands-parents, refusant toujours de revoir son père malgré ses protestations d'innocence. Jusqu'au jour où elle apprend qu'il s'est suicidé en prison, et où une femme se met à la harceler au téléphone. Une femme qui lui répète que Jody Burns a en fait été assassiné, et qu'il était innocent du crime dont Tess l'a toujours cru coupable…

Moi & Emma, d'Elizabeth Flock • N° 263

« Moi, c'est Carrie. Carrie Parker. Enfin, avant, je m'appelais Carrie Culver, mais depuis que maman s'est remariée avec Richard, c'est comme ça : moi et Emma, on s'appelle Parker. Emma, c'est ma petite sœur. A nous voir, on le croirait pas, pourtant. Ses cheveux à elle sont tellement blonds qu'on dirait une balle de coton. Pas comme les miens. Et puis, elle a peur de rien, Emma. Sauf de Richard quand il devient très méchant… »
Récit déchirant et plein de sensibilité, Moi & Emma *conte la vie d'une petite fille confrontée à la violence familiale, et ses efforts désarmants de courage et de volonté pour échapper à cet enfer – jusqu'au drame final, stupéfiant et bouleversant...*

Crime et imposture, de Laura Van Wormer • N° 46 (Réédition)

Ecrivain à succès, Libby Winslow est désignée comme jurée lors du procès d'un fils de bonne famille, James Layton, accusé d'avoir assassiné un top model qui repoussait ses avances. Dans l'enceinte du tribunal, la jeune femme se lie alors d'amitié avec Alexander McCalley, un séduisant architecte retenu lui aussi comme juré dans cette affaire. Au fil des jours pourtant, Libby s'inquiète du comportement de plus en plus agressif de cet homme envers elle. Et lorsqu'elle s'avise que le tribunal aurait tout intérêt à vérifier l'identité de ses recrues, il est déjà trop tard…

COMMANDE... COMMANDE... COMMANDE...

COMPLÉTEZ VOTRE COLLECTION !

Pour prolonger le tourbillon de l'Histoire et le souffle de la passion...
...découvrez les romans de votre collection
Les Historiques
que vous n'avez pas encore lus !

5,32 € par roman.

- ❒ *N°229 LE MAÎTRE DES PASSIONS, de Laurel Ames*
- ❒ *N°230 UNE NUIT D'ÉGAREMENT, de Judith Stacy*
- ❒ *N°239 UNE AUTRE CHANCE, de Kate Bridges*
- ❒ *N°269 LE GENTLEMAN LIBERTIN, de Jacqueline Navin*
- ❒ *N°270 LA COLOMBE ET LE FAUCON, de Denise Lynn*
- ❒ *N°279 L'INCONNUE DU DONJON, de Margo Maguire*
- ❒ *N°288 LA FILLE DU BANDIT, de Margo Maguire*
- ❒ *N°298 LA FIANCÉE VIKING, de Debra Lee Brown*
- ❒ *N°308 L'HÉRITIÈRE MYSTÉRIEUSE, de Anne Gracie*
- ❒ *N°309 LES CŒURS CAPTIFS, de Millie Criswell*
- ❒ *N°310 LE BAL DU SCANDALE, de Kate Bridges*
- ❒ *N°311 LE MAITRE DU DONJON, de Juliet Landon*
- ❒ *N°319 LE SEIGNEUR DE TROUVILLE, de Lyn Stone*
- ❒ *N°320 LA MAITRESSE DU VICOMTE, de Ann Elizabeth Cree*
- ❒ *N°321 SUR ORDRE DE LA COURONNE, de Joanna Makepeace*
- ❒ *N°323 LA FAUSSE MARIÉE, de Joanne Roch*
- ❒ *N°324 LE CHÂTEAU DES NEIGES, de Frances Rowells*